LOS ELEMENTOS DE UN *beso*

SHULA LI

LOS ELEMENTOS DE UN *beso*

MOLINO

Papel certificado por el Forest Stewardship Council®

MIXTO
Papel | Apoyando la silvicultura responsable
FSC® C117695

Penguin Random House Grupo Editorial

Primera edición: marzo de 2024
Tercera reimpresión: septiembre de 2025

Printed in Spain — Impreso en España

ISBN: 978-84-272-4074-2
Depósito legal: B-656-2024

Compuesto en Grafime Digital, S. L.
Impreso en Liber Digital, S. L.
Casarrubuelos (Madrid)

MO 40742

Para aquellos que esperan encontrar a su alma gemela.

PRÓLOGO

En el mundo hay casi ocho mil millones de personas y hay una hipótesis que sostiene que conoceremos a cinco mil de ellas a lo largo de nuestra vida, pero solo ciento cincuenta causarán un impacto importante en nosotros. Así que, cuando Brice y Lexi se cruzan por primera vez, es imposible determinar en cuál de las dos categorías estará uno en la vida del otro. Sin embargo, lo que sí puedo asegurar es que su encuentro tiene lugar en la Universidad de Weston y, si nos ponemos precisos, en el campus de la facultad de Química.

Es la sesión de bienvenida para los nuevos alumnos de este curso. La decana ha decidido reunirlos a todos en el hall del edificio para darles la oportunidad de que establezcan sus primeros vínculos, ya sea con sus futuros compañeros, amigos, parejas o... ¿Por qué no? Enemigos.

No olvidemos que pueden pasar muchas muchas cosas durante estos cuatro años de carrera.

Pero centrémonos en lo que hemos venido.

Por la puerta principal aparece Lexi, con sus rasgos asiáticos y su melena negra en un recogido igual de impecable que su vestimenta. Tanto que, conociéndola, seguro que la ha elegido meticulosamente.

La confusión tiñe su rostro al percatarse del poco movimiento en la sala y es cuestión de segundos para que deshaga sus pasos hasta el cartel de la entrada, cuyo mensaje es claro: PRESENTACIÓN + TOUR PARA LOS ALUMNOS DEL PRIMER AÑO. Y justo abajo hay una flecha que señala el interior y la hora de inicio.

—Quizá es demasiado temprano —murmura para sí misma, comprobando la hora en su móvil.

Tras una respiración profunda entra de nuevo al hall. Esta vez, recorre el perímetro de la estancia mirando los folletos informativos de los diferentes clubes y actividades extrauniversitarias hasta sentarse en un banco.

Le disgusta la idea de tener que esperar y su postura delata sus nervios. Mientras tanto, su mente da vueltas y vueltas a sus preocupaciones.

Quiere causar una buena impresión a todos y cada uno de los profesores con los que se cruzará durante el día. Es su primer año, lo que en su diccionario significa ser una don nadie, una hoja en blanco lista para ser rellenada y siente la presión de tener que demostrar a todos su valía.

Por su parte, la entrada de Brice es un poco más caótica. Un torbellino que irrumpe en el orden de la sala. Claro, no llega tarde, pero sí justo. Todo porque decidió que hoy era un buen día para desviarse y probar un nuevo camino para llegar a la universidad. Como veis, es de esos que toman decisiones sin meditarlas demasiado y rara vez se arrepiente de ellas.

Varias personas giran la cabeza hacia él cuando se abre

camino entre la multitud. Se choca con varios hombros, pero la gran sonrisa en su rostro y el «perdón» que lanza de sus labios hace que nadie pueda enfadarse con él. Brice domina el arte de caerles bien a todos.

Cuando encuentra su grupo, se coloca detrás de sus compañeros con total despreocupación. Se lleva las manos a los bolsillos mientras escucha el discurso de su profesora asignada. Todo él transmite alegría porque se ha asegurado de que así sea y ha enterrado sus problemas tres metros bajo tierra. Ya pensará en ellos en otro momento. O quizá los olvidará.

Sea como sea, su atención está puesta en el presente, en lo que significa un nuevo comienzo para él. Aire fresco. Y puede que en algo más, mejor dicho, alguien.

—En esta vitrina tenemos un ejemplar de la primera edición de *The Sceptical Chymist,* de Robert Boyle. ¿Alguien me puede decir la importancia de esta obra para la historia de la química? —pregunta Margot, quien se ha presentado como la coordinadora de una asignatura que no van a cursar hasta tercero de carrera—. Vamos, podéis hablar. No muerdo.

Brice mira por encima del silencio que se ha formado entre sus compañeros y levanta la mano con la intención de responder. Sin embargo, termina por colocarla detrás del cuello porque alguien se le adelanta.

—Boyle sentó las bases de la química moderna y en esa obra negó la teoría de que la materia estaba formaba por los cuatros elementos que defendía la alquimia.

—Así es. —La mujer sonríe satisfecha—. Y usted se llama...

—Alexa Wang.

—Un placer, señorita Wang. Y, ya que estamos, ¿sabe cuáles eran los cuatro elementos?

—Tierra, fuego, aire y agua.

La pequeña intervención hace que Lexi capte todas las miradas, pero, cuando Margot retoma su explicación, recupera la atención de los alumnos. De todos los alumnos, excepto de uno, Brice. Él camina a su lado mientras avanzan por los pasillos y la observa con curiosidad.

—¿Estás apuntando cada palabra que sale de su boca? —rompe el hielo Brice. Lexi lo ignora, a pesar de saber perfectamente que se está dirigiendo a ella. Es la única del grupo con una libreta y un bolígrafo en la mano. Ante la falta de respuesta, él añade—: Vaya, sí lo estás haciendo.

—¿Algún problema con que lo haga? —contesta cortante, sin levantar la cabeza del papel. El gesto no consigue que Brice la deje tranquila, más bien provoca todo lo contrario. Ahora ha aumentado su necesidad de querer caerle bien.

—No. Ninguno. Aunque, aquí... —Brice repasa con el dedo la última frase que ha escrito con una sonrisa—, se te ha pasado apuntar la respiración profunda que acaba de hacer.

Lexi baja la libreta de golpe y se gira hacia él con una mirada de pocos amigos que deja bastante claro que su comentario no le ha divertido en lo más mínimo.

En un primer momento, no puede evitar fijarse en el atractivo del chico y pasa un microsegundo, no, un nanosegundo, admirándolo. Luego, agita la cabeza para recuperar la concentración.

—No ha sonado tan gracioso como crees.

—Pues en mi cabeza ha sonado genial —dice Brice, manteniendo su sonrisa radiante—. Tal vez el problema no soy yo…

—¿Qué insinúas?

—Nada. —Se encoge de hombros, inocente.

—Venga, dilo.

—Puede que el sentido del humor de alguien no funcione demasiado bien.

La expresión de Lexi se endurece; el comentario le ha molestado. Y Brice acaba de pasar a forma parte de su lista de personas no gratas.

Aunque yo estoy de acuerdo con Brice. Y Lexi también lo estaría si no se lo tomara todo tan en serio. Para ella, el primer día es importante y no deja espacio a bromas de un graciosillo que no ha hecho más que irritarla.

—Mi sentido del humor está en perfecto estado.

—He dicho alguien. No me estaba refiriendo a ti.

—Claro que no —murmura Lexi, poniendo los ojos en blanco. Ella retoma su labor de tomar notas cuando ve que Brice no tiene intención de alejarse—. ¿Tienes algo más que añadir?

—Ahora que lo dices… ¿No crees que es un poco inútil estar tomando notas? Ni que fueran a evaluarnos de esto. Además, te estás perdiendo de los detalles del tour.

—Que nadie tome nota no significa que no sea importante. ¿Y quién te dice que no me estoy fijando en los detalles? —Levanta la mano para señalar la estancia. Trata de ocultar la sorpresa al darse cuenta de que están en otra sala diferente.

—Ni siquiera te paraste para mirar el ejemplar de *The Sceptical Chymist.*

Lexi abre la boca para replicar, pero no se le ocurre nada porque Brice está en lo cierto. Ha estado tan centrada escribiendo que no ha prestado atención a muchas cosas, aunque se niega a admitirlo.

—Estoy segura de que tendré tiempo de sobra para fijarme en los detalles durante los cuatro años que voy a pasar aquí.

—También lo podrías hacer ahora y evitar que tu único recuerdo del primer día de universidad sea estar escribiendo en una libreta. Algo muy deprimente si me permites opinar.

—Suerte que no te esté pidiendo opinión. Pero para mi desgracia tendré que añadir a ese recuerdo a alguien que por algún motivo quiso molestarme.

Brice dibuja una sonrisa torcida mientras Lexi frunce el ceño, cuestionándose qué le ha resultado tan gracioso de sus palabras. No le da más vueltas y retoma sus notas de nuevo. Él suelta un par de comentarios más que hacen que ella quiera ponerle un esparadrapo en la boca.

Pero, cuando llega al final de la sesión de bienvenida, también llegamos al final de su pequeña coincidencia y de ellos. O quizá no del todo, porque un pajarito me ha asegurado que uno de los dos volvió a casa pensando en el otro. Así que aún hay esperanzas de que sea uno de esos finales que dan cabida a segundas partes.

Solo el destino lo decidirá. O yo.

Firmado (os quiere):

No soy Cupido

1

Un año después

QUEDA UNA SEMANA AÚN PARA QUE COMIENCEN LAS CLASES oficialmente, pero aquí estoy yo, caminando en círculos delante de la universidad.

Son las once, quedan veinte minutos para que sea mi turno. El corazón me va a mil y me tiembla el pulso. Repaso por milésima vez las tarjetas para comprobar que me sé el discurso a la perfección. Tomo una respiración profunda y entro de una vez por todas al edificio.

A principios de año, publicaron la convocatoria de unas prácticas voluntarias para los estudiantes de segundo año de Química. A simple vista parecían otras de las típicas prácticas del montón que ofrece la universidad para obtener créditos extra, pero estas eran más que eso: entre todos los alumnos aceptados, elegirían el perfil más apto para ofrecerle una beca de colaboración de diez meses en AT Labs, uno de los mejores laboratorios del país; conocido por su desarrollo de tecnologías capaces de mejorar los sistemas analíticos actuales. Solo para daros un ejemplo, crean métodos automáticos usados en el ámbito clínico para descartar patologías de manera rápida y con un coste muy bajo. También, tienen una línea de investigación abierta sobre los métodos de *screening* basados en sensores bioquímicos que me llama especialmente la atención.

Sin duda, se trataba de una oportunidad única para mejorar mi currículum académico que no podía dejar escapar, pero, sobre todo, era una oportunidad para conseguir que mis padres estén orgullosos de mí. Envié la solicitud sin pensármelo dos veces y hace dos semanas recibí un correo informándome que era una de las candidatas para la última fase de selección.

Así que sí, la entrevista de hoy es decisiva y necesito superarla para entrar a la verdadera competición.

Compruebo dónde está el despacho del doctor Smith en el correo y me acerco a los carteles para buscar el departamento de Química Analítica.

Planta 2, ala C, número 202.

Subo las escaleras que dan a la segunda planta y me quedo parada sin saber hacia qué pasillo ir. En serio que deberían modernizar estas señales tan confusas porque me parece increíble que me siga perdiendo, estando en mi segundo año de carrera. Pero, después de equivocarme un par de veces y preguntar a una profesora que me encuentro por el camino, entro por unas puertas con un cartel que indica: PROHIBIDA LA ENTRADA DEL ALUMNADO.

Hay varios despachos y el 202 no está muy lejos. Me siento en uno de los bancos pegados al ventanal de cristal.

Diez minutos más.

Saco las tarjetas de nuevo y las releo otra vez…

Me las sé como la palma de mi mano, pero, si me quedo esperando sin hacer nada, me pondré más nerviosa de lo que estoy.

Por fin, la puerta por la que he entrado hace unos segundos se abre y levanto la vista.

Acaba de entrar un chico rubio, con un aspecto bastante desaliñado, como si hubiera salido de casa corriendo con prisa.

El ligero movimiento de cejas delata que no esperaba mi presencia aquí. Pero se recompone rápido porque al segundo dibuja una sonrisa medio torcida en su rostro, haciendo que aparezca un hoyuelo en el lado izquierdo de su mejilla. No puedo evitar que me moleste un poco la asimetría. Aunque lo que realmente capta mi atención es su forma de mirarme, como si me conociera de algo, y eso me desconcierta porque yo no lo recuerdo. ¿Quizá nos hemos cruzados alguna vez en los pasillos de la facultad?

—Hola —saluda alegre y se sienta a mi lado.

No contesto, mi mirada sigue fija en él mientras estudio su rostro en busca de algo que me resulte familiar. Sin embargo, lo único que consigo es que sus ojos marrones claros me miren con perplejidad.

—Hola —carraspeo y vuelvo a centrarme en mis tarjetas. Sea quien sea, no importa en estos momentos. Lo que debo hacer es aprovechar los minutos que quedan para dar un último repaso a mi discurso. Nada puede salir mal.

Paso las tarjetas de una en una. Pronto noto su mirada

clavada en mí y me remuevo en mi sitio algo incómoda. Espero que desvíe su atención, sin embargo, pasan los minutos y parece que se ha acercado incluso más. Me giro hacia su dirección y nuestras miradas se encuentran, delatándole. Se incorpora de golpe.

—¿Puedes dejar de mirarme? ¿O al menos disimular un poco más?

—Oh, lo siento. —Se lleva una mano al cuello, avergonzado—. No quería incomodarte, solo tenía curiosidad por saber qué estabas leyendo—. Señala mis tarjetas con un movimiento de barbilla. Inconscientemente, las pongo boca abajo—. No sabía que una sola persona podía acumular tantas matrículas de honor —comenta divertido.

Obviamente las ha leído. Hago un esfuerzo por no poner los ojos en blanco. Pero está claro que me ha molestado su gesto y la sonrisa que hay en su rostro solo lo empeora más. Es como si le encontrara algo gracioso a mis logros. ¿Acaso tiene mejor expediente que el mío?

—Supongo —digo cortante mientras le doy la espalda para continuar con mi repaso. Cualquiera entendería que es una indirecta muy directa de que la otra persona no quiere seguir hablando contigo, pero a él no debe parecérselo porque abre la boca de nuevo.

—Y estás aquí también por las prácticas, ¿no?

Vaya pregunta más estúpida. Literalmente no hay ni un alma en estos momentos en la universidad a excepción de las personas que ha convocado el doctor Smith.

—Ajá…

—Quizá terminemos siendo compañeros de laboratorio.

Aunque no sé si al doctor Smith le gustará tanto mi discurso improvisado después de oír el tuyo—. Hace una pausa. Siento que espera a que me ría, pero no lo hago. Así que prosigue—: Por cierto, no me he presentado antes, soy Brice. Y tú...

En ese momento, el sonido de la puerta al abrirse lo interrumpe. Los dos nos giramos para mirar a la chica que sale del despacho. A punto de echarse a llorar.

—Alexa Wang, cuando quiera, puede usted pasar —llama el doctor Smith.

Me pongo de pie de golpe y cierro la puerta de madera en la cara del cotilla de ojos castaños, quien me sonríe de nuevo. Es como si no pudiera evitarlo y a mí me empieza a parecer irritante.

Tras una respiración profunda dejo de pensar en él y me alejo de la puerta con cierta inseguridad. Que ella haya salido llorando no significa que vaya a hacerlo yo también. No hay de qué alarmarse, me repito a mí misma.

La estancia es pequeña y los muebles antiguos. Hay estanterías de un tono marrón bastante desagradable a ambos lados de la pared; están repletos de libros y algún que otro material de laboratorio, pero de esos antiguos que se nota que solo están de decoración. También hay una cafetera medio llena en una de las esquinas. El escritorio del doctor está justo al fondo y sobre este hay un ordenador gigante de última generación. Un contraste de lo más curioso. Está claro que el intento de modernización de la universidad que se hizo hace años no llegó a todas partes.

El doctor Smith, un señor de mediana edad con pelo gris

y largo, pero no el suficiente como para disimular su creciente calva, me sonríe detrás de sus gafas y hace un gesto con la mano para que me siente en uno de los sillones delante de su escritorio.

Inicia la entrevista contándome el funcionamiento de las prácticas y explicándome el proceso de avaluación, cosas que ya sé, así que me dedico a asentir y a devolverle una sonrisa.

Es de esos profesores enrollados y que parecen que están felices siempre. En contra de mi voluntad, la cara sonriente de ese chico aparece en mi mente. Sacudo la cabeza para hacer desaparecer esa imagen.

—¿Está bien, señorita Wang? —Le miro perpleja.

—¿Disculpe?

—Ha puesto usted mala cara. ¿He dicho algo que…?

—Una mosca —le interrumpo de golpe. Agito la mano frenéticamente delante de mi cara—. Que se me ha metido una mosca en el ojo.

¿Una mosca? ¿En serio, Lexi? ¿No se te ha ocurrido nada mejor?

El doctor Smith asiente dubitativo y continúa con su monólogo.

Finalmente, me pide que le hable de mí.

Sonrío satisfecha. El momento para el que me he estado preparando estos últimos días. Así que le comienzo a contar desde el principio, de mi etapa de secundaria, de mi primer año en la carrera, de mis impresiones, de mis matrículas de honor y, por último, nombro a algunos profesores que me han felicitado por mi gran trabajo en su asignatura. Cuando me dice que sabe quiénes son, mi yo interior da un salto de alegría. Pienso que todo va sobre ruedas hasta que el doctor Smith abre la boca al terminar mi discurso.

—Todo lo que me ha contado está muy bien, me parece usted una joven entusiasta con un currículum sorprendentemente completo para su edad.

Me pongo tensa. Sé que va a poner un pero antes de que lo diga siquiera. Siempre que alguien comienza alabando tus cualidades es porque va a añadir algo negativo. Es como si intentaran evitar que te sientas tan mal.

—Pero… —lo que decía— ya estoy al corriente de todo lo comentado; me he leído su expediente académico antes de convocarla a esta reunión. Lo que verdaderamente me gustaría saber es cuál es el motivo detrás de su interés por llevar a cabo estas prácticas.

Me tomo unos segundos para elaborar mi respuesta.

—Como le escribí en la solicitud, creo firmemente que estas prácticas son una gran oportunidad para formarme como futura profesional del ámbito y…

—Efectivamente —me interrumpe—, eso mismo dijo usted también en la solicitud. Me temo que no me he expresado bien, así pues, le reformularé mi pregunta: ¿qué le impulsa a querer esta oportunidad? ¿Por qué cree que debería elegirla a usted y no al otro joven que espera enfrente de mi despacho?

Otra vez él.

—Mmm…

Mi mente se queda en blanco. Pasa un segundo. Dos. Tres. El doctor Smith me mira expectante a la espera de una contestación, pero estoy sin palabras. Entonces, junta las manos sobre la mesa y niega con la cabeza. En definitiva, no es una buena señal.

—Bueno, señorita Wang, daré por finalizada nuestra entrevista. Déjeme acompañarla a la salida —estira el brazo, invitándome a ponerme de pie.

No. No. No.

Rodeo con más fuerza el reposabrazos del sillón.

Esto no puede terminar así. Necesito arreglarlo. Sé que puedo hacerlo. Tengo que inventarme algo que dé la vuelta a la situación. Entreabro mis labios.

—Pero... —lo intento de nuevo—. Yo...

La puerta del despacho se abre y Brice se pone de pie. Cruzamos miradas. Me obligo a soltar la silla y ponerme de pie.

—Señor Evans, es su turno.

Brice se dispone a entrar al despacho mientras yo salgo. Cruzo la estancia en un estado de piloto automático. Mi cerebro no logra procesar lo que acaba de ocurrir. Se niega a creer que no he pasado la entrevista, que he perdido la oportunidad de la beca.

El mundo se me viene encima. Todos mis planes para este semestre se desvanecen. Todo el tiempo invertido se va por la borda.

Una vez en el pasillo, el doctor Smith añade:

—Y, señorita Wang, piense en mis palabras. —Tras eso, camina de vuelta a su silla.

Brice procede a cerrar la puerta y lo último que veo es su estúpida sonrisa. Ahora mismo me dan ganas de arrancársela de un golpe. Debe de estar contento con mi fracaso.

Me siento en el banco y apoyo la cabeza entre las manos.

No lo entiendo. Me he informado sobre estas prácticas, tengo un expediente increíble y he dicho exactamente lo que se supone que quería oír, lo que le gustaría oír a cualquier profesor en su posición.

«¿Qué le impulsa a querer esta oportunidad?».

Qué más da. Lo importante es que soy apta para ocupar una de las seis plazas. ¿Qué pretendía que respondiera? ¿Que estoy aquí porque quiero cambiar el mundo? Oh, vamos, estoy segura de que los otros seleccionados lo único que quieren también es conseguir los créditos extra y trabajar en ese dichoso laboratorio.

Estoy dolida, enfadada, triste, decepcionada.

Salgo de la universidad con la vista nublada. Llego a la parada del bus. Se me caen unas lágrimas y me las seco de inmediato. Estoy bien. Igual tampoco deseaba tanto estas prácticas si no supe responder a esa pregunta tan tonta del doctor Smith.

Mi móvil suena con una llamada entrante de mi madre. Lo silencio. No quiero hablar con nadie y lo último que necesito es que ella se entere de lo que me acaba de pasar. Estaría muy decepcionada en estos momentos. Hice bien en callarme que me inscribí a estas prácticas.

Cinco minutos más tarde.

Ocho llamadas perdidas.

Varios mensajes no leídos.

Me seco las lágrimas y me aclaro la voz antes de devolverle la llamada.

—Estoy sana y salva, mamá.

—Dios mío, Lexi, por fin me respondes. Pensé que te había pasado algo malo, que habías tenido un accidente con el avión. —Me la imagino sujetándose el pecho con la mano. Esbozo una leve sonrisa—. No vuelvas a darme estos sustos nunca más, la próxima haz el favor de llamarme nada más aterrizar.

Mierda. La llamada que habíamos acordado. Se me ha olvidado completamente.

Cogí el primer vuelo a Weston para llegar a tiempo a la entrevista y con los nervios no he pensado en nada más que en llegar a la universidad lo antes posible.

—Lo siento..., me puse a limpiar el piso y a hacer la compra y he perdido la noción del tiempo —miento.

Es una excusa terrible. Tendría que haber dicho otra cosa, es físicamente imposible que haya dedicado más de tres horas en hacer esas dos cosas.

La línea se queda en silencio. Supongo que está analizando mis palabras y está dudando si creerme o no. Deseo con todas mis fuerzas que no me insista más con el tema.

—Seguro que sí —dice dubitativa—. De verdad que no entiendo por qué te has ido ahí tan temprano cuando las clases no empiezan hasta la semana que viene.

—Ya te dije, quería venir con tiempo y hacerme a la idea de estar sin vosotros de nuevo. —La oigo carraspear al otro lado de la línea.

—¿Y cuándo me dijiste que llegaba Beth?

Elisabeth, o, como todos la llaman, Beth, es mi mejor amiga y también compañera de piso desde hace un año.

—Dentro de dos días.

—¿Dos días aún? Es que tendría que haberme ido contigo, no me tuve que haber dejado convencer por ti y por tu padre.

—Deja de preocuparte, mamá, que ya tengo diecinueve años. Estaré bien. Ya estuve un año viviendo fuera y no me ha pasado nada.

—Aún —remarca. Me abstengo de bufar. Entiendo que se preocupe por mí, pero a veces exagera demasiado—. ¿Seguro que estás bien? Te noto un poco baja de ánimos.

—Estoy bien. Solo estoy un poco triste por estar lejos de ti y de papá —miento otra vez. Me siento fatal haciéndolo, pero contarle la verdad solo la preocuparía más y es lo último que quiero ahora.

—Sabes que, si quieres, me puedo subir ahora mismo al próximo avión a Weston para estar ahí contigo hasta que llegue Beth, ¿no?

—Lo sé..., pero no será necesario. Bueno, te dejo, que ya estoy llegando al piso. Te quiero —apresuro a terminar con esta llamada antes de que comience a hacerme un montón de preguntas más.

—Yo también, pequeña. Cuídate mucho y recuerda: para cualquier cosa que necesites estoy a una llamada o un avión de distancia.

—Que sí...

Entonces cuelgo y vuelvo a la realidad.

El doctor Smith casi me ha echado de su despacho.

No he conseguido las prácticas.

Seguro que se las ha quedado el tal Brice, el fisgón caradura de sonrisa perenne.

Soy una decepción.

Llego al piso y me paso lo que queda del día con ese pensamiento. Reproduciendo los minutos que estuve en el despacho del doctor una y otra vez, repasando cada una de las palabras que salieron de mi boca.

Hacia allá de las ocho de la noche, me llega un mensaje de Beth con una captura de pantalla.

Beth

Mira lo que han subido, tía 👀 !!!
Algo me dice que este semestre va a ser la bomba,
que este va a ser nuestro semestre

Nos vemos en dos días,
mientras tanto no me eches mucho de menos 💗

Abro la captura y pongo los ojos en blanco. Otra vez la obsesión de Beth: @nosoycupido.

nosoycupido El amor 💗 está a punto de volver al campus 📖. La cuenta atrás ha comenzado ⏰ #TicTacTicTac

2

MIS PADRES HAN VIVIDO GRAN PARTE DE SUS VIDAS EN INGLATErra, pero no son de aquí. Se criaron en el sur de Jiangsu, una provincia de China, y se conocieron a través de unos amigos en común. Una historia bastante típica. Aunque sus vidas dieron un giro total cuando decidieron emigrar a un pequeño pueblo costero de Inglaterra, buscando una mejor vida y más oportunidades. Siempre admiraré la valentía que tuvieron. No dominaban el idioma del todo y aun así consiguieron abrir un pequeño restaurante de cocina asiática, después de haber estado trabajando sin descanso para ahorrar el dinero suficiente.

Entonces, me tuvieron a mí.

Recuerdo que pasé gran parte de mi infancia en ese restaurante, viendo a mis padres ir de un lado para el otro y cerrando a las tantas de la madrugada. Sus vidas se resumían en trabajo y más trabajo y, a pesar de estar tan ocupados, siempre intentaban pasar el máximo de tiempo conmigo. Sin embargo, a mi yo de entonces no le parecía suficiente. No entendía por qué no podían tomarse un descanso, llevarme de vacaciones o de camping como hacía los padres de los otros niños.

Con la edad lo fui entendiendo y también las cosas cambiaron: el negocio iba viento en popa y se permitieron contratar a más personal. Ya no era solo ellos y, por fin, podían relajarse.

Por esa misma época comencé primaria y tuve la gran suerte de conocer a una niña de cabello color miel y ojos marrones llamada Beth, que con el tiempo se convertiría en una de las personas más importantes de mi vida. Doce años después, sigue siendo mi mejor amiga. Y está a punto de descubrir que llego tarde a buscarla.

Estoy en la terminal uno del aeropuerto, corriendo como una desquiciada porque me fui a la terminal dos por equivocación. Llego a la puerta de salida sin aire en los pulmones.

Diviso a mi mejor amiga entre la multitud al lado de una columna y sentada encima de su maleta. Agito las manos para llamar su atención y, en cuanto me ve, sale disparada a mi dirección para envolverme en un caluroso abrazo.

—Te he echado tanto de menos —dice Beth.

La última vez que nos vimos fue hace dos semanas, cuando vino a cenar a casa antes de irse de crucero por el mediterráneo. Sus padres la habían obligado a ir para que pudiera pasar tiempo con sus abuelos, que habían venido desde la isla a visitarlos. La verdad es que ha sido extraño no haberla visto casi cada día durante este tiempo porque nuestras casas están a dos calles de distancia.

—Y yo también. —Deshago el abrazo—. Ese bronceado te sienta genial.

—¿A que sí? —Se mira los brazos—. Tantas horas en la tumbona ha dado sus frutos —suelta una risita.

—¿Qué tal el vuelo?

—Agotador. Esto de bajar del crucero e irme corriendo a coger un vuelo para venir aquí ha sido la peor decisión que he tomado en mucho tiempo y sabes que suelo tomar muchas malas decisiones —dice remarcando esto último—. Ahora solo necesito tumbarme en el sofá y no moverme durante un par de días.

Llamamos a un taxi para llegar antes y no tener que ir arrastrando en transporte público las dos maletas de veinte kilos que ha traído mi amiga. Estamos delante del piso en cuestión de media hora y lo primero que hace Beth al entrar es, efectivamente, desplomarse en el sofá.

Este será nuestro segundo año viviendo juntas. Debo admitir que me alegré mucho cuando Beth me dijo que iba a estudiar en la misma universidad que yo. En ese momento, el nudo que se me había formado por la idea de tener que irme a una ciudad nueva sin conocer a nadie se aflojó. Estaba tan agradecida de su decisión que por poco monto una fiesta. Y eso es mucho decir, dado que la última fiesta que hice fue en segundo curso, cuando pensé que sería una gran idea ir a los recreativos de la señora Donnie Davies, donde hice varios descubrimientos: la fobia a los payasos puede presentarse a cualquier edad, gritar a pleno pulmón en una fiesta «¡huid, insensatos, el payaso viene a por nosotros!» no da lugar a reacciones tranquilas entre niños de siete años y que, tal vez, la gestión de la ansiedad social no es mi punto fuerte. Tampoco el del payaso. Tengo entendido que ahora se dedica a la venta de seguros de coche.

Comenzamos nuestra búsqueda de piso de inmediato y tras largas noches navegando por páginas y páginas encontramos el que ahora es nuestro hogar: unos pocos metros cuadrados situados entre nuestras dos facultades. No es muy grande, pero tiene el espacio suficiente y mucha personalidad. Nada más entrar, te encuentras el salón con acceso a una cocina abierta. También hay una mesa con sillas para comer. Luego ves dos puertas que dan a nuestras habitaciones, otra que lleva al baño y, por último, la de cristal, por la que se sale a un minúsculo balcón.

Tenemos guirnaldas de luces colgadas alrededor del televisor y cojines coloridos que no combinan entre ellos tirados sobre el sofá. También tenemos una estupenda alfombra del salón, también conocida como el bolsillo de Doraemon, porque tiene manchas de cosas inimaginables

Este miniapartamento con vistas a una callejuela que compartimos con una pandilla de tres gatos medio salvajes ha sido un oasis para las dos. Solo ha pasado un año, pero los recuerdos se amontonan: Beth invadiendo mis noches de estudio para hablarme de su último ligue mientras se atiborra a galletas tumbada sobre mi cama; yo riñéndola al descubrir mis sábanas llenas de migas; concursos de baile improvisados mientras hacemos la limpieza con música de fondo, o maratones nocturnas de cine francés que, por mucho que yo insista en lo genial que es, a Beth sigue pareciéndole demasiado pretencioso y me asegura que sus k-dramas le dan mil vueltas. Al cruzar la puerta a su lado, me doy cuenta de que, sin haberla buscado ninguna de las dos, hemos creado un hogar y ahora, por fin, vuelve a estar completo.

Ruedo las maletas hasta el cuarto de Beth y me tumbo a su lado mientras me pone al día sobre el crucero. Sus observaciones sobre los complejos rituales románticos de los abuelos que van de crucero dan para un documental, o para una comedia. Y, mientras la escucho, olvido por unos momentos mi fracaso monumental de los últimos días.

Los días que nos quedan pasan volando y en un abrir y cerrar de ojos ya estamos poniendo la alarma para despertarnos al día siguiente para nuestro primer día de clase.

Son las siete de la tarde, hemos pasado todo el día encerradas en el piso. Yo he estado leyéndome los planes docentes de cada asignatura, mientras que Beth… Lo cierto es que no tengo ni idea de lo que ha estado haciendo. Lo único que sé es que se ha pasado horas sin soltar el móvil, este casi se ha convertido en una extensión más de su brazo.

—Levi me ha dicho que los de Veterinaria van a organizar una fiesta el primer jueves para celebrar el comienzo del nuevo semestre, ¿te apuntas?

Está sentada en la pequeña encimera que usamos de isla. Tiene el móvil sobre el mármol y no deja de recargar algo cada cierto tiempo.

No le hago mucho caso y sigo fregando los platos sucios que dejé del mediodía.

—Creo que voy a pasar, prefiero quedarme en el piso y así me pongo al día con las asignaturas.

—Pero qué dices… Apenas será la primera semana de clases —me mira como si estuviera loca—. Literalmente no vas a tener nada de lo que ponerte al día.

—Siempre hay algo —le aseguro—. Pero te acompañaré a la siguiente que organicen.

—Eso dijiste el año pasado y solo fuiste a una. Bueno, no sé si aparecer a los cinco minutos de empezar, beberte un agua mineral, quejarte de que podrías estar aprovechando el tiempo mucho mejor en otra parte y desaparecer a la media hora cuenta como acompañarme a una fiesta. No sé, digo yo.

—Lo importante es que fui.

—En serio, Lexi, estás obsesionada con la carrera: «Necesito más créditos», «Tengo que hacer ese trabajo voluntario», «Voy a apuntarme a esto porque estará no sé quién de no sé cuál laboratorio» —me imita—. ¡Vamos! Disfruta de la vida universitaria, relájate un poco, que ya te estresarás cuando te mueras.

—En primer lugar, ¿ya me estresaré cuando me muera? Tu nivel de absurdo está a la altura del Sombrerero Loco. Y, en segundo lugar, ya la disfruto haciendo cosas que me benefician…

—Pero que no te gustan —interrumpe.

—Y que me gustan —remarco—. Estoy bien como estoy.

Y es verdad. Entrar en la carrera de Química ha sido lo que siempre he querido. El objetivo que he perseguido desde la secundaria. Y al fin lo he conseguido. ¿Cómo no me va a gustar?

Aún recuerdo las caras de orgullo de mis padres cuando les dije que me habían admitido. Soy la primera de la familia en ir a la universidad. Así que no es de extrañar que estuvieran semanas celebrándolo y gritándolo a los cuatro vientos. Todo el pueblo se enteró, creo que mi madre aún conserva por algún lado la pancarta que colgó en el restaurante.

—Si tú lo dices —suena recelosa—. Mientras tanto, tengo hasta el jueves para convencerte de que te vengas conmigo —me guiña un ojo.

Termino de secar los platos que me quedan y los guardo en el armario.

Beth sigue en el móvil y la curiosidad me puede. Rodeo la isla y me pongo detrás de ella.

—Llevas todo el día pegada al móvil. ¿Estás comprando entradas para ver a Taylor Swift?

—Ya quisiera yo.

—Déjame ver. —Me enseña la pantalla.

Es la cuenta de Instagram de Nosoycupido. ¿Cómo no? Lleva desde que empezamos la universidad hablándome de ella sin parar. Está obsesionada. Pero mucho. Aún me acuerdo del día que la descubrió: vino de la universidad emocionadísima y diciendo que me iba a enseñar algo brutal. Me hizo sentarme en el sofá y hasta abrió la página con el portátil para que pudiera apreciar mejor la joya que había encontrado. Lo sé, Beth a veces exagera mucho. Bueno, siempre exagera mucho, para ser sinceros. Luego, se tiró el mes entero hablándome de todo lo que estaban subiendo.

—Cuándo lo piensan subir… —recarga el feed de la cuenta sin parar. Lanza el móvil sobre la encimera derrotada. Se gira hacia mí—. ¿Por qué no estás tan emocionada como yo? ¿Acaso no quieres saber quiénes son las dos parejas elegidas?

La verdad es que un poco sí, y todo por culpa de su mala

influencia. Aunque sigo pensando que es una estupidez. El anónimo detrás de la cuenta se llama a sí mismo «Cupido» y promete encontrar a tu alma gemela basándose en un simple formulario. Has leído bien, un formulario, como de esos de spam que te llegan al correo electrónico y nunca respondes. Pero ahí no se queda la cosa. Después de responder a ese formulario con preguntas que técnicamente le ayudarán a analizarte —y para vender tus datos a alguna empresa de mala muerte— y juntarte con alguien que sea compatible contigo al 100 por ciento, solo deciden formar dos parejas cada semestre. A partir de eso, les organizan una serie de citas para crear momentos en los cuales las parejas puedan conocerse e interactuar, teniendo en cuenta que solo existe un Nosoycupido en toda la Universidad de Weston y pueden juntar a personas de diferentes facultades. Y la guinda del pastel es que muestran a sus seguidores cada uno de los movimientos y avances de la pareja. O sea, intimidad 0. Jamás entenderé a las personas que se inscriben voluntariamente a eso.

—Aunque te diga que no, sé que me lo dirás igualmente.

—Cierto. —Va a la nevera para coger su botella de agua—. Ojalá ser una de las afortunadas —suspira.

Sí, Beth es de esas personas que se inscriben voluntariamente. De hecho, lleva varios semestres seguidos haciéndolo desde que decidimos venirnos a estudiar aquí, pero aún no ha tenido suerte.

—Ojalá, y ojalá que cuando estés dentro te des cuenta de que es mentira lo que prometen. Y entonces te soltaré un «te lo dije».

—Pues cuando encuentre al amor de mi vida gracias a Cupido te lo soltaré yo —me mira desafiante.

Niego con la cabeza y dejo que viva en su fantasía. Aunque no quiera creerlo, sigo pensando que no eligen a las parejas al azar y probablemente contraten a esa gente para montar el espectáculo.

Me dirijo al sofá, dispuesta a sumergirme en un artículo académico, pero, apenas me siento, suena el móvil de Beth con una notificación. Deja la botella de agua y se lanza a cogerlo.

Mi móvil también suena segundos después. Una notificación de Nosoycupido. Frunzo el ceño. Qué extraño, si no sigo a la cuenta.

—¡Ya están! —grita dando saltitos—. Ya lo han publicado... —Esta última parte de la frase la dice con un tono más de duda.

Vuelvo a mi móvil y abro mi notificación. Me lleva a mi cuenta de Instagram.

«nosoycupido te ha etiquetado en una foto».

Abro el mensaje y me quedo sin palabras.

Me levanto de golpe y voy corriendo a enseñarle la pantalla a Beth. Ella hace lo mismo. Me mira conteniendo la emoción. La miro con horror.

Mi cara está en la foto.

3

nosoycupido Nuestras nuevas parejas 🖤 🖤 🖤:
Alexa Wang X Brice Evans y Josephine Brown X Alika Saidi. Estoy segurísimo de que se enamorarán perdidamente el uno del otro. Sabéis que yo nunca fallo 😉 y esta vez no va a ser la excepción. Pronto os desvelaré su #primeracita... Así que estad atentos!!!

Hay un collage con las cuatro caras. Miro bien la foto. ¿Cómo he terminado yo, YO, metida en esto? Ni siquiera he rellenado el formulario. No tiene ningún sentido que me hayan emparejado. Y el chico de la foto es el de la entrevista. El Brice, o como se llame, de la sonrisa de *golden retriever.*

¿Cómo es posible?

¿El universo intenta restregarme otra vez que no conseguí las prácticas?

Y encima han puesto una foto donde salgo horrible, con cara de asco y los ojos entreabiertos. Al contrario que Brice, que parece que esté posando para un anuncio de pasta de dientes.

Tenía que haber obligado a Beth a borrar esa foto de su móvil cuando me la tomó. Ese día fuimos las dos a una granja de animales de voluntarias para ayudar, algo que Beth hace cada verano y yo la acompaño. El sol se estaba poniendo y me convenció para entrar al establo de las vacas, porque, según ella, la luz ahí era mejor para las fotos. Las vacas se nos acercaban, pero no hacían nada hasta que, en medio de nuestra sesión, noté un chorro de líquido tibio recorrer por mis pantorrillas. Me giré en cámara lenta y di cara a cara con el culo de una de ellas. A Beth, al darse cuenta de la situación, no se le ocurrió mejor idea que sacar su móvil y hacerme una foto antes de que pegara un chillido. Se rio a mi costa durante el resto de la semana y para encontrarle un lado positivo del asunto me dijo que «al menos fue pis y no caca».

Dejo caer el móvil sobre la mesa, entre perpleja, furiosa y un poco avergonzada. Beth me las pagará por colgar esa foto en su Insta.

—¿Viendo eso otra vez? —Beth pasa detrás de mí aguantándose la risa por la foto y se sienta en la otra silla con su bol de cereales—. Deberías aprovechar la oportunidad. ¿Sabes cuántas personas se morirían por estar en tu lugar? Y, encima, ese tal Brice Evans no está nada, pero nada mal.

No puedo contradecirle en esto último. Con ese pelo ondulado y ese hoyuelo asimétrico que se le forma al sonreír hace que cualquiera se le queda mirando embobado, sin poder evitarlo. Y cómo olvidar esos aires de chico bueno que tiene. Me viene a la cabeza una imagen suya sujetándome la puerta del despacho del doctor Smith y no puedo dejar de poner los ojos en blanco. Tiene toda la pinta de hacer y decir siempre lo correcto y, no sé por qué, pero me irrito con solo pensarlo.

«¿Será que él sí pasó la entrevista y tú no?», me recuerda la vocecita de mi cabeza.

—Que tú quieras o que todos quieran que los empareje esa página no significa que yo también lo quiera.

La obsesión de Beth con Cupido ha hecho que se haya tomado mi elección como algo muy personal, casi como un mensaje del universo para que se convierta en mi celestina propia. Lo está viviendo como si, en vez de a mí, hubiera sido ella a quien han emparejado.

—Oh, vamos, Lexi —pone morritos—. Tienes que vivir esta experiencia, ir a las citas y contarme con todo lujo de detalles todo lo que pasa entre Brice y tú. Necesito esta dosis de chisme. Hazlo por mí.

—Estás fatal. Te aseguro que entre Brice y yo no va a pasar porque no pienso formar parte de este circo. Y para tu dosis de chisme ya tienes a la otra pareja.

—Pero no puedes dejar escapar esta maravillosa oportunidad —se queja Beth.

—Es una pena —digo con falsa aflicción—. Además, dudo que pase nada si me niego a participar.

—Supongo que no, aunque nunca nadie se ha negado.

—Siempre hay una primera vez, ¿no?

—Debes prestar atención a las señales del universo, Lexi.

No le hago ningún caso. Voy a borrar de mi memoria este suceso tan desafortunado y a hacer como si esa publicación nunca hubiera existido.

Termino de desayunar, recojo mis cosas y salgo para la universidad.

Es principios de septiembre, y como suele ser habitual en esta época está nublado y corre algo de viento. Me ajusto la chaqueta y sigo caminando. Me quedan solo dos manzanas para llegar y las dedico a recitar mentalmente la tabla periódica para no pensar en lo ocurrido.

La Universidad de Weston tiene sus facultades repartidas por diferentes lugares de la ciudad, aunque las carreras de la misma rama suelen situarse cerca unas de otras. Como la facultad de Veterinaria, donde estudia Beth, y la de Química, que solo están a diez minutos en metro.

Entro al recinto de la universidad, cubierto de césped salpicado de mesas de pícnic. Hay dos edificios, el Principal y el Secundario —no se pusieron muy creativos con los nombres—, donde se imparten las clases y a pocos pasos están las habitaciones de las residencias.

Sigo el camino hacia el edificio Principal porque este semestre me ha tocado estar en el aula P-204. A diferencia de hace unos días, hay grupitos tumbados en el césped y sentados en las mesas de pícnic esperando a que sea la hora para entrar.

Paso por delante de ellos y algunos se me quedan mirando y cuchichean. No me parece raro acaparar las miradas porque siempre hay alguien que se queda observándome por mis rasgos asiáticos, pero lo del cuchicheo no es normal.

¿Qué estarán diciendo?

No quiero darle mucha importancia porque sé que me comeré la cabeza y terminaré pensando que estaban diciendo algo malo de mí cuando en realidad no es así, pero, cuando subo las escaleras hacia el piso de arriba, me cruzo de nuevo con otro grupo cuchicheando, pero esta vez estoy lo suficientemente cerca para oír lo que dicen.

—Esa es la chica que ha emparejado Cupido —susurra uno mientras me sonríe.

Lo de haberme criado de cara al público en un restaurante hace que tenga muy automatizada la sonrisa de servicio al cliente, así que le devuelvo el gesto sin pensar. Y la sonrisa se me queda congelada en la cara al darme cuenta de lo que ha dicho. Con los ojos abiertos de par en par, las cejas arqueadas en un gesto de perplejidad y con los labios estirados en una mueca de lo más falsa, debo de parecer una demente peligrosa.

De hecho, al chaval se le borra la sonrisa de golpe y empieza a retroceder lentamente. Bien por él, pienso un poco ida, está actuando exactamente como deberías actuar cuando te encuentras con un oso pardo en el bosque. La seguridad es lo primero.

Y, si este pensamiento no demuestra que lo de la cuenta me está afectando más de lo que creía, yo ya no sé qué decir.

Respiro hondo e intento recuperar la calma. Cuando llegue a clase podré concentrarme en lo que de verdad importa.

Llego al aula y me aseguro de que es la P-204 antes de entrar.

Me siento en una de las primeras gradas y preparo mi portátil para tomar apuntes.

Mi móvil suena con un mensaje de Sophie, la única amiga que hice en el primer año en la carrera. Tampoco me esforcé mucho por entablar amistad con mis compañeros, a diferencia de Beth, que parece que ha hecho buenas migas con la mitad de su facultad.

Me avisa que se saltará la presentación de Química Orgánica I porque su bus se ha retrasado. Le respondo que no se preocupe y que le pasaré todo más tarde.

—¡Hola! —me sobresalta una chica de pelo rosa—. ¿Te molesta si me siento aquí? —pregunta, pero ya se ha sentado. Me limito a asentir.

No le hago mucho caso y sigo con lo mío.

La clase se va llenando poco a poco y el ambiente silencioso desaparece por completo, sustituido por un murmullo grupal. Siento de nuevo ojos clavados en mí y escucho de refilón que nombran a Cupido.

—¿Cómo te sientes por salir en Nosoycupido? —habla de nuevo la chica de pelo rosa—. En serio, qué envidia te tengo. ¿Ya te han dicho dónde vais a ir en vuestra primera cita? Te juro que no se lo diré a nadie. —Abro la boca para contestar—. ¿Y ya viste a Brice? ¿Cómo es? ¿Es lo que te esperabas? Seguro que sí, la cuenta nunca se equivoca y además...

—No voy a ir a ninguna cita y no me voy a ver con Brice nunca. No pienso participar en lo que sea que tiene planeado esa cuenta —la interrumpo.

Ella se queda impactada por mis palabras, pero el silencio no dura mucho y se dispone a abrir la boca de nuevo.

Aprovecho para recoger mis cosas porque ni loca me voy a quedar sentada a su lado durante una hora.

—Pero pero… no puedes hacer eso.

—Claro que puedo y lo voy a hacer. —Es lo último que le digo antes de levantarme e irme.

Subo los escalones hacia el final de la clase y, cómo no, más personas se giran y me señalan.

Estoy harta de esto. Harta de las miraditas. Harta de los cuchicheos. Harta de Cupido. Y apenas son las ocho y media de la mañana.

Llego a la última fila de las gradas. Solo hay un chico rubio sentado ahí y me dejo caer con brusquedad sobre una silla lejos de él. No quiero que me pase lo mismo que con la de abajo. Mejor prevenir que curar…

Para mi suerte, llega el doctor Hamilton, que nos impartirá la clase de Química Orgánica I. Nos explica con detalle la forma en la que nos evaluará y el tanto por ciento de cada examen y trabajo que se harán durante el curso. Cosas que ya sé porque me tiré la mañana de ayer leyendo los planes docentes de cada asignatura.

También nos habla del *planning* de los temas que impartirá y el funcionamiento de sus clases, que serán en su mayoría clases magistrales, quitando algunos seminarios. Como termina su explicación pronto, decide aprovechar el tiempo que le sobra para comenzar ya con el tema uno. Se oyen varios bufidos hasta que el doctor Hamilton dice textualmente «si no os apetece, me voy y doy por explicado el tema».

Sophie tampoco llega a la segunda hora y no es hasta el descanso de media hora cuando me dice que ya está en el campus. Salgo a su encuentro desesperada por encontrarme con una cara amiga.

Nos conocimos el primer día de clase, hace un año. Yo probé a venir con el bus a la universidad, pero me bajé en la parada equivocada y terminé caminando quince minutos de más. Menos mal que iba con tiempo de sobra. Siguiendo el mapa entré al campus por la puerta de una de las residencias, pero no tenía ni idea de dónde estaba. Así que le pregunté a la primera persona que encontré si sabía llegar a la facultad de Química. Resultó que también estaba yendo al mismo sitio y al igual que yo se había perdido. Al final encontramos la puerta del edificio, que literalmente estaba girando una esquina detrás de la residencia.

Nos separamos y nos fuimos a nuestras respectivas aulas de reunión. Y más tarde ese mismo día coincidimos de nuevo y nos dimos cuenta de que teníamos el mismo horario de clases. Congeniamos bien desde el primer momento, supongo que por lo parecidas que somos en muchos aspectos.

—No sabes qué pesadilla el transporte público. En estos momentos, me arrepiento tanto de no haberme sacado el carnet de coche…

Sophie está en una de las mesas de pícnic de la entrada. Tiene el pelo recogido en una coleta alta y viste un mono vaquero. Me saca unos centímetros de altura y se le nota su ascendencia latinoamericana en la piel morena y su cabello oscuro. Su madre es mexicana y conoció a su padre durante un erasmus.

—Ha sido una mañana de infarto. ¿Qué tal la tuya? Dime que los profesores que nos han tocado son enrollados y que explican bien —suplica.

Sé que lo dice por ese profesor que tuvimos el semestre

pasado, que literalmente no vocalizaba nada y, al final, todos dejaron de ir a su clase. Y, para remediarlo, decidió hacer rodar una hoja al principio de clase para que todos firmásemos y controlar así nuestra asistencia.

También le cuento lo de Cupido, porque sé que se pondrá de mi lado —a diferencia de Beth—. Me alegro cuando me dice que no debería entrar en el teatro que están haciendo y que hago bien en pasar de eso. Es exactamente lo que necesito escuchar en estos momentos después de que todos pusieran una cara de horror al oírme decir que no iba a participar.

Los treinta minutos pasan rápido y estamos de vuelta en el aula para asistir a nuestras últimas dos horas de clase. Nos sentamos en la última fila de nuevo para no sentirme observada.

La cosa parece haberse calmado al finalizar las clases porque, como supuse, la gente pierde interés fácilmente. Sonrío para mis adentros mientras acompaño a Sophie a la estación de autobuses. Le espera media hora de camino para llegar a su casa.

—Eres Alexa, ¿verdad? —Se nos cruza una chica en el camino—. Me han dicho que Brice te está esperando en la salida principal del campus. Suerte —dice emocionada.

—Creo que te has equivocado, no soy Alexa.

Agarro el brazo de mi amiga y doy un giro dramático, dejando atrás a esa chica confundida por mi respuesta.

No voy a alimentar más este romance hipotético y está claro que no voy a cruzarme con Brice bajo ninguna circunstancia.

—Pensaba que estabas exagerando cuando me lo contaste, pero ahora veo lo obsesionada que está la gente. Además, ¿quién era esa chica?

—Ni idea —me encojo de hombros.

Abandonamos la universidad por una de las salidas de las residencias.

—¿Y cómo decías que se llamaba la cuenta esta?

—@nosoycupido —contesto confusa—. ¿Por qué?

—Solo curiosidad. —Sophie saca el móvil y busca el usuario en Instagram—. Pero ¡si tienen más de veinte mil seguidores y el último post casi diez mil likes. —Me asomo para verlo y es verdad, esta mañana apenas tenía la mitad—. Por cierto, qué guapa sales en la foto, ¿no? —se burla.

Claro que hace gracia cuando no es tu cara la que sale ahí. Y pensar que lo han visto ya diez mil personas. Me despido de Sophie y vuelvo al piso, que parece un tanto desolado sin Beth, quien ha salido a pasar la tarde con unos amigos de la universidad. Así que tengo la casa para mí sola.

Cocino algo rápido para comer y me pongo de fondo una serie. Me suena el móvil y pienso que es Beth hasta que veo el logo de Instagram y de nuevo el usuario de Nosoycupido.

No pienso entrar.

Cinco minutos después, me llegan más notificaciones, pero esta vez de manera constante. Vuelvo a coger el móvil para apagarlo cuando veo que el número de notificaciones no deja de aumentar. Me doy por vencida y los abro.

Es un post con dos chicas, que doy por hecho que son Alika y Josephine, sentadas en un banco y sonriéndose. Deslizo hacia la izquierda, una foto mía de hoy en clase.

nosoycupido Ha llegado a mis oídos una buena 😁 y una mala noticia 😟. Cuál preferís saber primero? La buena, supongo... Nuestras queridas Josephine y Alika se nos han adelantado y han quedado para comer en un restaurante cerca de la zona universitaria, según mis fuentes... No os parece emocionante??? Ahora, supongo, viene la mala noticia... No os quiero decepcionar, pero corren rumores (muy poco agradables) sobre nuestra otra pareja. En concreto, sobre Alexa. Muchos aseguran que HA DEJADO PLANTADO A BRICE delante de su facultad y que SE NIEGA A FORMAR PARTE DE ESTO. Espero de todo corazón 🖤🖤🖤 que solo sean rumores... y que pronto os pueda traer más #updates sobre ellos 😮!!!

Entro a los comentarios y todos me están mencionando. Algunos me dicen que recapacite, otros que es falso y que aseguran que nos han visto a Brice y a mí de la mano y, claro, también están los que me lanzan insultos.

Esto no va a seguir así. Voy a acabar con esto de raíz, como debería haber hecho desde el principio.

4

SI NO FUERA POR BETH, NUNCA HABRÍA DESCUBIERTO NOSOYcupido y seguiría viviendo, como diría ella, debajo de una piedra. De hecho, me encantaría volver a esconderme debajo de esa piedra y dejar que me aplaste hasta desaparecer porque hoy, en la universidad, se repiten los mismos acontecimientos del día anterior. Pero, además de miradas de curiosidad, me gano también miradas de desprecio. Me imagino a estas personas diciéndome a la cara los comentarios tan ofensivos que dejaron en la publicación y mi impotencia crece. Fue un gran error pasarme la noche entera leyéndolos. Tendría que haber pasado del tema e irme a dormir. De ser así, no tendría unas ojeras con el tamaño del cesio, el elemento que tiene el mayor radio atómico de la tabla periódica. Y cuando empiezo a hacer comparaciones con los elementos químicos es que mi cerebro empieza a fallar por la falta de sueño.

Vuelvo a centrarme en los apuntes y tecleo con tanta fuerza las palabras del profesor que el chico de al lado se gira para mirarme. Lo fulmino con la mirada.

Pero sigo sin poder concentrarme y pierdo rápido el hilo de la clase. Mis dedos se deslizan solos para abrir Instagram. Compruebo si Cupido ha leído el mensaje que le envié. No lo ha hecho. Una parte de mí se siente aliviada y está tentada de borrarlo porque lo escribí en un arrebato de ira. Pero la otra parte, más fuerte, me dice que se merece lo que le dije por haberme metido en esta movida sin mi consentimiento. Debería denunciarle.

Entro en su perfil y deslizo hacia abajo, cargando sus publicaciones más antiguas. Su primer post fue hace cinco años y es una animación de un bebé con alas lanzando flechas, que representa a Cupido. Encuentro la foto de la primera pareja que formaron y me fijo que sus usuarios están etiquetados. Me meto en el perfil de la chica y busco la última foto que ha publicado con el chico con el que la emparejaron.

Hace ocho meses.

JA. ¡Lo sabía! Está claro que no han durado. Cupido es un fraude.

Entro al perfil del chico para asegurarme, pero lo tiene en privado. Me quedo leyendo su descripción y, aparte de poner que es un graduado en Ciencias Políticas y que vive en Liverpool, hay una cuenta etiquetada. Clico y me redirige al perfil de la chica.

Puede ser casualidad. Busco el resto de las parejas que ha formado y la sorpresa inunda mi rostro al ver que una de ellas se va a casar y que el resto siguen juntos. No es posible. Ni siquiera el algoritmo de TikTok es tan clarividente…, incluso habiendo profetizado mi futura afición por los chimpancés que bailan tango antes que yo lo supiera. Me derrumbo en la silla.

Mi móvil suena. Me apresuro a buscarlo dentro del bolso cuando me doy cuenta de que el aula está vacía. ¿En qué momento se han ido todos?

Contesto la llamada de Beth mientras recojo mis cosas. Me cuelgo la mochila y salgo por la puerta.

—¿Cómo estás? ¿Sigues viva y de una sola pieza? —Beth también leyó los comentarios de la publicación y esta mañana estaba preocupada por si alguien se atrevía a meterse conmigo en la universidad.

—Sigo viva y de una sola pieza. No te desharás de mí tan fácilmente —digo divertida. Salgo del edificio y cruzo por el césped para acortar el camino a la salida—. Pero, ahora en serio, algunos se han acercado para convencerme de que entrara en razón y otros me han lanzado miradas asesinas. También hubo uno que comenzó a seguirme, pero en plan siniestro.

—No sabía que se iba a liar tanto —murmura más para ella que para mí.

—Podría haber sido mucho peor... Además, ¿cómo ibas a saberlo?

—Porque...

—Espera. —Me salta una notificación. Aparto el móvil de la oreja—. Cupido me ha contestado.

Pego un pequeño brinco, emocionada. Vamos a poner punto final a mi tortura de estos días.

—¿Cupido? ¿Por qué te iba a escribir? —pregunta Beth y apenas puedo oírla porque no he puesto la llamada en manos libres. Conecto el altavoz de inmediato—. Da igual. Tú léelo en voz alta, que me quiero enterar.

Minimizo la llamada y abro el mensaje.

—¡Está en línea! —pego un chillido. Me pongo nerviosa de repente. Veo que es un párrafo kilométrico y me aclaro la garganta antes de leer—: Hola, Alexa, me es imposible eliminar las publicaciones en las que se te menciona, y menos sustituir a Brice y a ti por otra pareja. Va en contra de mis reglas. Te recuerdo que al enviar tu formulario aceptaste las condiciones de participación, como el consentimiento para que te hagan fotos terceros y que las podamos compartir en nuestra cuenta, no revocar tu candidatura en el caso de ser seleccionada y que no nos haríamos responsables de cualquier daño a tu imagen.

Miro la pantalla con la boca abierta. Esto no puede ser verdad y, además, es imposible que estas condiciones sean legales. Seguro que lo he leído mal. Incrédula, me pongo a releerlo, tomándome el tiempo para procesar cada una de las palabras.

Estoy acabada.

—¿Lexi? ¿Sigues ahí? ¿Dice algo más?

—Espero que disfrutes de la experiencia. Atentamente, tu Cupido —termino de leer.

Salgo de mi shock y tardo una milésima de segundo en teclear que no he rellenado ningún formulario y amenazo con denunciarle si no hace lo que digo. Se me olvida desactivar el botón de mayúsculas y parece que se lo esté diciendo a gritos.

Aparecen tres puntitos suspensivos. El desconocido está escribiendo.

Pasan diez segundos. Veinte. Treinta.

La luz verde desaparece.

Se ha desconectado.

—Me ha dejado en visto el muy cabrón. O cabrona. Dios mío, ¿qué he hecho mal para que me pase esto?

Apresuro a petar el chat con diez mensajes seguidos para intentar que se vuelva a conectar y me dé una respuesta. Espero unos segundos y ni siquiera obtengo un mísero «visto».

—Lexi, tengo que contarte algo —dice Beth seria, pero no le presto atención. Mi cerebro está centrado en encontrar alguna solución al problema—. Pero primero prométeme que no te vas a enfadar conmigo.

—Sí, lo prometo. Desembucha.

—He sido yo.

Me quedo bloqueada. Espero que no se esté refiriendo a lo que creo que se está refiriendo. Tomo una bocanada de aire antes de preguntar:

—¿Qué has dicho?

—Que he sido yo. Yo rellené el formulario por ti —suelta tan rápido que me cuesta entenderla—. No esperaba que te eligieran y menos que pasara todo lo que ha pasado. Lo siento, lo siento, lo siento… No me odies mucho.

—Serás…

Oigo un pitido.

Me ha colgado. La muy caradura me ha colgado.

Le devuelvo la llamada y no me contesta.

Es justo en ese momento cuando pierdo los papeles. En general, soy una persona, no diría que tranquila, pero sí mesurada, que intenta no llamar la atención, pero, en ocasiones, no puedo evitarlo y me convierto en una villana de Disney, una mezcla entre Cruella y Úrsula. Esta es una de esas ocasiones.

—¡Zorra traidora! Me vengaré —le chillo a mi móvil en medio del campus.

El mismo campus donde Cupido me ha convertido en una celebrity de segunda. Espero de verdad que ninguno de mis compañeros haya grabado mi exabrupto. Además, la grabación podría usarse de prueba en mi contra cuando me cargue a Beth.

Pero ahora todo cobra sentido: lo contenta que se había puesto cuando nos enteramos del anuncio y lo mucho que me insistió en que participara. ¿Cómo es posible que no lo sospechara antes? Es muy típico de ella. Tomar decisiones por otros sin consultarles primero. A estas alturas, estoy segura de que también rellenó el formulario en mi nombre los dos semestres pasados.

No me creo que me haya traicionado de esta manera. La voy a matar.

Me dispongo a volver a casa y me distraigo pensando en cómo convertiré el asesinato de mi compañera de piso en el crimen perfecto, pero, como viene siendo habitual, lo de gestionar la ansiedad no es lo mío y vuelvo obsesivamente al mismo pensamiento: ¿Por qué este año no puede parecerse al año pasado? Donde mi única preocupación era sacar la máxima nota en los exámenes y no estaba en el ojo del huracán por salir en una cuenta de chismes que, según creía yo, nadie conocía.

Me sobresalto al oír la bocina de un coche. Hay un señor

que vocifera algo y mueve las manos, enfadado. Miro a mi alrededor sin entender qué está pasado hasta que me doy cuenta de que me he quedado parada pensando en medio de un paso de peatones. Muerta de vergüenza, me apresuro a cruzar. El señor me dedica un último pitido y se va, y detrás de él varios coches arrancan también.

—Ahora solo falta que se ponga a llover —murmuro indignada al cielo nublado. De la nada, suena un trueno—. ¡No he dicho nada!

Me doy prisa para llegar al piso. No quiero que me pille la lluvia y terminar empapada. Eso sería el remate para completar mi maravillosa mañana.

Por suerte estoy dentro del edificio cuando empiezan a caer las primeras gotas. Llego a casa con la respiración entrecortada. Esto de vivir en un tercero sin ascensor y con escalones de medio metro es un horror que no le deseo ni a mi peor enemigo. Bueno, ahora mismo sí que se lo deseo a Beth.

Busco las llaves en mi mochila y entro al piso ruidosamente, para que cierta persona se percate de mi presencia.

—Elisabeth Moore, espero que tengas una muy buena explicación preparada. Porque, si no, esta noche, yo dormiría con un ojo abierto.

Beth abre la puerta de su habitación con una sonrisilla, mostrando todos sus dientes. Me recorre un escalofrío por todo el cuerpo. Parece el gato de *Alicia en el país de las maravillas.*

—Mi queridísima Lexi. —Enreda su brazo con el mío, me arrastra hasta el sofá y se deja caer a mi lado después de obligarme a sentarme—. ¿Te he dicho ya lo mucho que te quiero? ¿Y lo buena amiga que eres? La mejor de las mejores —asegura. Arqueo las cejas, incrédula—. Y estoy segura de que, como buena mejor amiga que eres, vas a perdonar a esta pobre alma inocente por haberte inscrito en esa página —pone ojos de cachorrillo mojado.

—Los ojos de corderito no te van a funcionar esta vez —le digo mientras mantengo el contacto visual y pongo mi mejor cara de póker.

Pero a quién intento engañar. Claro que está funcionando. Sabe que no puedo enfadarme con ella si me mira así. Lleva usando esa técnica conmigo desde hace años y siempre se sale con la suya. Incluso le funcionó la vez que me enredó para una cita doble sin avisarme. Y el tipo era un furro. Estuve dos días sin dirigirle la palabra a Beth porque al tercero vino a casa con una tarta que tenía escrito un «lo siento» y con exactamente la misma mirada que me está dirigiendo en estos momentos.

—Te juro que será la última vez que te meto en algo así —levanta la mano juntando el meñique y el pulgar. La miro con desconfianza. Beth se acerca más a donde estoy sentada y añade—: De verdad, no pensé que llegarían a emparejarte, aunque en parte sí que quería que lo hicieran para darle un poco de emoción a tu vida. En cualquier caso, lo siento muchísimo, hice mal en ocultártelo, pero sabía que, si te lo hubiera propuesto, te habrías negado. Y no intentes llevarme la contraria porque nos conocemos.

No se equivoca. La probabilidad de que hubiera aceptado es del 0 por ciento.

—Incluso así continúa estando mal. —Me cruzo de brazos y le doy la espalda—. Además, no pareces para nada arrepentida.

Beth se pone de pie y aparece de nuevo en mi zona de visión.

—Estoy muy muy arrepentida —asegura—. Tanto que te haría la colada durante dos semanas.

—Que sea un mes —propongo. Se le ilumina la cara.

—Trato.

—Pero que conste que sigo enfadada contigo.

Beth se aleja con cara de estar tramando algo. Va hasta la cocina y abre la nevera. Alargo la cabeza para ver qué está cogiendo. Cuando se gira, recupero mi cara de enfado tan rápido como puedo.

—No por mucho tiempo… —Beth aparece con las manos detrás de su espalda, escondiendo sea lo que sea que ha cogido de la nevera. Trato de aparentar un total desinterés—. ¡Sorpresa!

Son las galletas de chocolate de la señora Pax, las mejores del barrio.

—Ya veo que ibas preparada —digo mientras le meto mano a la bandeja con recelo.

Beth me conoce bien y sabe perfectamente cómo sobornarme. Puede que ya no esté tan enojada con ella. Aunque la idea de vengarme cuando menos se lo espere no desaparece del todo de mi cabeza.

—Puede ser —se encoge de hombros, fingiendo inocencia.

—¿Sabes? Pensándolo mejor, creo que hay algo que podrías hacer para que te perdone al 100 por ciento.

—¿El qué? —pregunta con curiosidad mientras mastica la galleta. Veo cómo las migas caen sobre la alfombra y arrugo la cara.

—Ayúdame a deshacerme de Cupido.

Es lo justo, al fin y al cabo, es ella quien me metió en esta situación. Seguro que entre las dos encontraremos alguna solución y como dicen: dos cabezas piensan mejor que una. O eso espero, porque mi cerebro oficialmente está seco de ideas y de planes.

—Ni hablar. —Deja el plato de galletas sobre la mesita y se pone de pie de golpe—. He reconocido parte de mi culpa, pero que te hayan emparejada con Brice es obra del destino y no pienso convertirme en el personaje odioso que intenta interponerse en el final feliz de los protagonistas. Lo mío es el amor, no el odio.

Pero yo, a diferencia de ella, no creo en el destino. Nada en la vida está predefinido. De hecho, creo que esta es un conjunto de sucesos impredecibles, en constante cambio, que se basan en nuestras decisiones. Así que es imposible saber exactamente qué te deparará en el futuro.

Lo mío con Brice, más que cosa del destino, es cosa de la pura casualidad. Seguro que Nosoycupido usará algún tipo de programa que compara los perfiles y junta a los más parecidos. O puede que junte a personas al azar. Me lo imagino lanzando papelitos al aire con todos los nombres y atrapando dos de forma aleatoria.

—Qué pesadilla con lo del destino. —Le lanzo un cojín para que se calle, que atrapa al aire—. Qué más da si decido en su contra…

—¿Cómo que qué más te da? —dice, abriendo mucho los ojos, indignada—. No te estás tomando la situación con la seriedad que se merece. Puede que Brice sea tu media naranja y no lo sepas. Sería supertriste que una media naranja no pudiera encontrar a su otra mitad. La pobre no lo soportaría y se terminaría pudriendo. Y no queremos eso.

—Se pudrirá igualmente con o sin su otra mitad.

—Cuando las naranjas se unen, todas sus células se regeneran y vuelve a ser una naranja completa que puede vivir felizmente.

—Algún día tendrás que contarme quién fue tu profe de Biología en el instituto porque creo que le viene una denuncia por mala praxis o como se llame.

—La señora Matthews era un amor, sus clases sobre el ciclo vital de las ranas fueron una revelación y deberías avergonzarte de meterte con ella. Pero, no, la información viene de una fuente sumamente fiable.

—Déjame adivinar, ¿no será la fuente Elisabeth Moore por casualidad?

—¡Bingo!

—A veces me replanteo nuestra amistad.

—¡Cómo te atreves a decir eso! —exclama y me devuelve el cojín con fuerza. No lo atrapo y se estampa contra mi cara. Se lo vuelvo a lanzar. Ahí empezamos nuestra miniguerra de almohadas y por unos minutos el problema de Cupido pasa a segundo plano. Aunque en el fondo sé que necesito encontrarle una solución, y rápido, a ser posible, porque no soportaré otro día más siendo la comidilla de toda la universidad. Lo único bueno es que aún no me he cruzado con Brice y espero que eso siga así. No quiero ni imaginarme qué pasaría si nos vieran juntos.

Son las once de la noche, cuando entro a Instagram a comprobar si Cupido me ha respondido o me ha dado alguna señal de vida. Me llevo otra decepción y el plan de llegar a un acuerdo con él se va al traste. Releo el mensaje de esta mañana. ¿Qué esperaba, que el mensaje hubiese cambiado por arte de magia?

Tiene mi consentimiento a las condiciones de uso y no me deja otra elección que formar parte de su teatro o formar parte de su teatro. Aunque en ningún lado pone que tenga que cooperar en las citas ni seguir sus indicaciones…

¡Eso es!

Me meto en el formulario de su perfil y doy un repaso general a las preguntas. Es un contrato camuflado de cuestionario y… Espera, ¿cómo sabía Beth mi número de la seguridad social? Prefiero no pensarlo. Voy hasta la última página y, junto a la casilla de aceptar, le doy a leer su política de privacidad y condiciones.

Me tomo mi tiempo y, tras poner varias malas caras al toparme con los puntos que había citado Cupido en mi mensaje, obtengo mi confirmación: soy libre de no cooperar.

Una bombilla se ilumina en mi cabeza: creo que tengo un plan.

Una sonrisa aparece poco a poco en mi rostro, y mi humor mejora inevitablemente.

Salgo de Instagram, visualizando la derrota de Cupido en mi mente. Pero, antes de dejar el móvil por completo, entro al campus virtual de la universidad, como cada noche antes de irme a la cama, para revisar que no hay ningún mensaje pendiente.

Para mi sorpresa, lo hay. Es del doctor Smith.

Abro los ojos como platos cuando leo su contenido.

Pego un chillido —muy fuerte—: estoy dentro, estoy dentro de las prácticas.

Pero mi alegría no tarda en convertirse en confusión, por lo que compruebo que el mensaje sea para mí. Leo mi nombre al inicio; no se trata de ningún error.

Es imposible. No pasé la entrevista. No supe responder a su pregunta y casi me echó de su despacho. Me había dicho que no. Bueno, nunca lo dijo realmente; lo deduje yo.

La puerta de mi habitación se abre de golpe y Beth aparece en el marco de la puerta.

—Es lo primero que he cogido. ¿Dónde está la amenaza?

Suelto una carcajada.

Beth lleva un moño muy despeinado, con mechones que caen sobre su rostro. Sujeta la fregona en una mano y la sartén en otra y tiene los ojos llenos de legañas y desorbitados. Cualquiera la tomaría por una zombi ahora mismo.

—No hay ninguna amenaza. —Baja despacio los dos utensilios y da un barrido con la mirada a la habitación. Parece que sigue sin fiarse de que no haya un peligro inminente. Finalmente, me mira y pregunta:

—¿Entonces por qué has gritado?

Abro la boca y la cierro al segundo. No le he contado nada

sobre la entrevista ni las prácticas por cómo me fue. De hecho, me he esforzado tanto en olvidarlas que ni siquiera me acordaba ya.

—Muy resumido, me han aceptado en unas prácticas.

Y quizá el día de hoy no ha comenzado de la mejor manera, pero está claro que ha terminado mejor de lo que jamás habría esperado.

Tengo un plan para ponerle fin a Cupido y resulta que al doctor Smith no le he parecido tan mala opción después de todo.

5

—Bata planchada, gafas de protección, libreta, boli azul...

Meto también una mascarilla y un par de guantes. Seguro que habrá en el laboratorio, pero por si las moscas. Cierro el bolso, cojo las llaves de casa y salgo hacia la universidad.

Es el primer día de prácticas y estoy muy feliz. Esta mañana, a primera hora, de camino a la universidad, llamé a mis padres para contarles la gran noticia. Como esperaba, se alegraron por mí y no dejaron de repetirme lo orgullosos que estaban. Mi humor mejoró al instante y ni siquiera me molestaron las miradas que me dirigía la gente por el tema de Cupido. Y, hablando de eso, debo admitir que la cosa se ha calmado, principalmente porque la cuenta no ha vuelto a pronunciarse desde ese último post donde me pintaba como la villana de la historia. Pero tampoco quiero cantar victoria porque sé que, en cuanto suban algo, estaré en la boca de todos. Otra vez. Tengo que aprovechar esta ventaja para poner en acción mi infalible plan al acabar las dos horas de prácticas.

Cruzo el umbral del edifico y me encuentro con una avalancha de alumnos que caminan de un lado a otro. Será que están en su cambio de hora. Me acerco a secretaría para preguntar la localización del laboratorio.

—Al final del segundo pasillo girando a la derecha y subiendo a la quinta planta. Ah, el ascensor está restringido solo para el uso del personal y el profesorado.

¿Quinta planta? ¿Y a pie? ¿Me están tomando el pelo?

Me doy la vuelta para ir hacia el pasillo que me ha indicado. Pasando por el vestíbulo, mi vista recae en una persona que acaba de entrar.

Es Brice. Se está despidiendo de un amigo.

Automáticamente giro la cara en dirección opuesta. No quiero que me vea. Trato de cruzar el tramo que me queda con la mayor normalidad posible. Ya lejos de su campo de visión y resguardada en el pasillo, suelto el aire que llevo aguantando. Por poco.

—¡Alexa! —exclama una voz masculina, que no había vuelto a oír desde el día de la entrevista.

Me tenso y lucho contra mis ganas de acelerar el paso. Si lo hago, será muy evidente que estoy huyendo. Bueno, huyendo no, se trata más bien de una retirada estratégica. Eso es. Para reagrupar fuerzas. Así que hago como que no lo he oído, tal vez así piense que se ha equivocado de persona.

Para mi desgracia, grita mi nombre de nuevo.

—Creo que te están llamando —me avisa un chico que camina en dirección contraria. Si las miradas pudieran matar, él estaría seis metros bajo tierra. Se aparta un tanto asustado.

Esta distracción le da el tiempo suficiente a Brice para situarse a mi altura.

—¿Me estás evitando? —pregunta, pero no con un tono de exigencia, sino jovial y acompañado de su sonrisa habitual.

La última ocasión en que lo vi fue en el despacho del doctor Smith y sigue igual: con esa expresión divertida que parece no desvanecerse nunca de su rostro y el hoyuelo que me hace temblar un ojo con solo verlo. Lleva puesto unos pantalones negros y una sudadera verde botella. Espera. Creo que es la misma que llevaba el día de la entrevista.

—Claro que no. ¿Debería?

—Es que te he saludado en el hall. —Señala hacia atrás—. Y has girado la cara.

Mi retirada estratégica ha sido menos discreta de lo previsto.

—Qué raro. Yo no te he visto —miento, con mi mejor expresión de no entender nada.

—A mí me da que sí —murmura, con las manos metidas en los bolsillos—, me da que me estabas evitando.

—Lo que tú digas. Ahora, ¿te alejas un poco? No quiero que nos vean juntos y piensen que tenemos algo.

Las personas del pasillo han comenzado a dirigirnos miraditas y están cuchicheando. No me hace falta oírlos para saber que están hablando de nosotros. Justo por esto quería evitar que nos cruzáramos.

—¿Y por qué iban a pensar eso? —arquea una ceja, extrañado.

Miro a nuestro alrededor y él me sigue la mirada.

—Oh, entiendo. —Se agacha, hasta estar a la altura de mi oído, y me susurra—. Es por lo de Cupido, ¿verdad?

—Exactamente, así que aléjate.

Da un paso a la izquierda, dejando un metro de distancia entre los dos.

—¿Contenta? —Sonríe.

Lo fulmino con la mirada y acelero el paso con los ojos fijos al frente. Brice da dos zancadas y está de nuevo a mi lado.

—Y ya que has sacado el tema de Cupido…

—No lo he hecho —puntualizo.

Brice hace oídos sordos y prosigue.

—Qué casualidad, ¿no? ¿Estás emocionada por la primera cita?

—¿Emocionada? —Río con ironía—. Lo que estoy es harta. Esa cuenta es una pesadilla. Primero, me emparejan con él, después publican ese post para poner a la gente en mi contra. Y, para colmo, cuando le escribo, me deja en visto. Parece que me quiere hacer la vida imposible. Si supiera quién demonios está detrás…, pero como buen cobarde que es no da la cara.

—Ahora, si me disculpas —me invento una excusa para quitármelo de encima—, tengo que ir a unas prácticas muy importantes.

—Entonces ¿para qué te apuntaste?

—Es que no me apunté. —Me mira confuso y yo no tengo tiempo ni ganas de explicarle cómo terminé envuelta en esta situación—. Además, ¿por qué me sigues? ¡Es raro!

Suelta una risa.

Yo no le veo la gracia a lo que he dicho.

—No te estoy siguiendo.

¿Cómo se atreve a negarlo? Lleva detrás de mí desde el

inicio del pasillo y ahora estamos subiendo las escaleras hacia el laboratorio. Me paro en el escalón y me giro bruscamente. Le señalo con el índice.

—Sí. Lo. Estás. Haciendo.

Suelta otra risa y mi indignación aumenta.

Brice da dos zancadas largas y lo veo avanzar dos escalones arriba.

—¿No se te ha ocurrido que vamos al mismo sitio, genia? Además, ahora la que me estás siguiendo eres tú. —Sonríe con suficiencia.

—Serás capullo.

No puedo decir que esté orgullosa de mi reacción en ese momento, pero la competitividad extrema siempre ha sido uno de los defectos de mi personalidad. De hecho, tengo prohibido jugar al *Mario Kart* con Beth; incluso firmé un compromiso escrito después de cierto incidente de hace un año. Pobre Beth, aún se sobresalta cuando ve a una tortuga.

El caso es que procedo a subir los escalones de dos en dos y me sitúo por delante de él.

—¡¿Quién sigue a quién ahora?! —le suelto.

Pero, claro, él hace lo mismo. Y comenzamos una carrera absurda donde intentamos adelantarnos el uno al otro. Cuando veo que se me escapa un poco, le estiro de la sudadera para ralentizarlo, pero lo único que consigo es otra irritante risa de la suyas.

Llego a la planta del laboratorio agotada y mis pulmones piden auxilio. Apoyo las manos sobre mis muslos mientras tomo unas bocanadas de aire para recuperar el aliento. Levanto un poco la cabeza y me encuentro a Brice enfrente de mí y fresco como una lechuga, como si no acabara de subir las mismas escaleras que yo.

Desde este ángulo, parece más alto de lo normal.

Imita mi pose y nuestros rostros se sitúan al mismo nivel. Es la primera vez que lo veo de tan cerca. Tiene unas pestañas largas y espesas y unos ojos marrones con reflejos ámbar. Me llama la atención el lunar sobre su labio superior. ¿Tiene forma de corazón?

—Creo que he llegado primero —dice satisfecho.

Abro la boca para replicar cuando se oye la voz del doctor Smith indicándonos que dejemos las cosas en las taquillas y entremos en el laboratorio lo antes posible. Intento mandarle una mirada de indiferencia, pero creo que me parezco más a un perrito de las praderas con problemas de gestión de la ira.

De todos modos, da igual. Puede ganarme subiendo las escaleras, pero yo me voy a quedar con esa beca en AT Labs. La verdadera competición comienza ahora.

Entramos en la sala de las taquillas. Tomo una llave del cajetín que está al lado de la puerta por la que acabamos de pasar. Elijo la taquilla más alejada de la suya para guardar el bolso y dejo las cosas que necesito en una de las sillas.

Me quito la sobrecamisa y me pongo la bata blanca. Brice se está quitando su sudadera y el movimiento hace que la camiseta que lleva debajo se levante lo suficiente como para dejar a la vista parte de su firme abdomen.

Nuestras miradas se encuentran cuando se saca la sudadera por la cabeza. Aparto la mirada al segundo, pero no se me pasa por desapercibido el guiño que me dedica.

Me apresuro a abrocharme la bata, me coloco las gafas de protección en el bolsillo y me llevo el resto del material. Al fin, entro al laboratorio.

—Señorita Wang, me alegra que nos volvamos a encontrar.

—Lo mismo digo, doctor Smith.

Al pasar por delante, con la cabeza bien alta, me saluda con una sonrisa. Yo se la devuelvo. Y pensar que fue la principal causa de mi ira hace apenas dos semanas.

—Su lugar de trabajo será en la mesa dos —me indica el doctor—. En cuanto llegue el resto de los alumnos, les daré una explicación más detallada sobre la localización del material.

Afirmo con la cabeza y me siento donde me indica.

Como estamos en el edificio antiguo de la facultad, la mayoría del mobiliario es de madera de un color marrón oscuro que parece sacado de las películas de *Harry Potter*. En cambio, los equipos electrónicos son de última generación.

Una vez que estamos los seis alumnos, dos chicas y cuatro chicos, el doctor Smith nos explica que en el fondo del laboratorio hay una pequeña habitación con los diferentes tipos de balanzas; y que las sustancias de uso común están en las mesas laterales. Nos indica que en las baldas de las mesas están las sustancias más específicas y que en el armario inferior encontraremos el material de vidrio.

—Tienen sus respectivos PNT colgados. Cada grupo llevará a cabo una práctica diferente e irán rotando durante las semanas. Recuerden que todo debe estar redactado con el máximo detalle en sus libretas y estas supondrán el 80 por ciento en la puntuación final. Por último, aunque ustedes lo sabrán de sobra, hay que lavar y pasar por agua destilada todo el material antes de su uso para evitar interferencias indeseadas. Serán supervisados cada media hora, pero, si tienen cualquier duda, me encontrarán en el despacho que está al lado de las balanzas.

Tras esa explicación, nos deja solos.

A Brice le ha tocado en la misma mesa que yo y estamos cara a cara. Ha descolgado su PNT, un documento con las instrucciones que tenemos que seguir para llevar a cabo la práctica de hoy. Tiene los brazos apoyados en la mesa mientras lo lee. Hago lo mismo.

Voy subrayando las partes más importantes del procedimiento y pongo especial atención en las sustancias que tienen que ser manipuladas dentro de la cabina extractora de gases. No queremos accidentes por aspirar líquidos volátiles con lo cerca que estoy de la beca de AT Labs.

Abro el pequeño armario y saco las seis matraces Erlenmeyer que usaré para valorar el índice de yodo en un aceite vegetal. Me espera una tarde larga.

Lo primero es pesar la muestra, así que voy hasta la habitación de las balanzas. Brice se me ha adelantado y ya está ahí. Me sitúo en la balanza más alejada de la suya y con la ayuda de un cuentagotas dejo caer las gotas de aceite sobre el vaso de precipitado.

—Oye —dice Brice de repente; estamos solos en la habitación—. Te podría ayudar con el tema de Cupido. Tengo una idea.

¿Ayudarme? Cuando él también forma parte del problema... Qué irónico.

—No, gracias —rechazo su propuesta sin quitarles ojo a

los números de la balanza: una gota más y tendré los 0,15 ml exactos.

—¿Por qué?

—Porque no te necesito: lo tengo controlado.

Así es. Puede que Cupido me haya ignorado, pero estoy segura de que mi nuevo plan va a funcionar. Esta mañana les envié un mensaje a las otras chicas que también habían sido emparejadas. Han sido muy agradables y han aceptado vernos después de mis prácticas de hoy. Son una pieza clave y fundamental en mi plan magistral.

—¿En serio? No lo parecía hace un rato.

Presiono el cuentagotas más fuerte de lo esperado y caen gotas de más.

—¡Mierda! —Vacío el recipiente y vuelvo a comenzar—. Me estás distrayendo y necesito concentrarme —le espeto.

Él hace el gesto de cerrar la cremallera imaginaria de su boca.

El resto de la tarde transcurre con tranquilidad, el doctor Smith hace acto de presencia para preguntarnos cómo van las prácticas y nos pide que le expliquemos lo que estamos haciendo.

Estoy ajustando la tuerca para sujetar la bureta para la valoración y dar por finalizada la sesión de hoy, cuando Brice rodea nuestra mesa y se me acerca.

—Toma, póntelos. —Brice me ofrece un par de guantes.

Le lanzo una mirada recelosa. Entonces me muestra sus dedos manchados de algo negro.

—El tiosulfato de plata mancha —señala el bote opaco que tengo sobre la mesa.

—Oh, gracias.

Acepto los guantes y me dispongo a verter el tiosulfato dentro de la bureta. No puedo evitar pensar que he sido demasiado antipática con Brice e, incluso así, sigue siendo amable conmigo. Primero se acerca a saludarme, después me ofrece su ayuda y ahora los guantes. ¿Qué quiere lograr con todo eso?

Al acabar las prácticas me voy directa al campus de Derecho en busca de Alika y Josephine. Alika tiene las clases por la tarde y hemos quedado en vernos en su media hora de descanso y me ha dicho que Josephine estaba libre y podía acercarse.

Su campus universitario es mucho más moderno que el mío, con un edificio totalmente blanco de nueva construcción. Hay bancos de madera en ambos lados del caminito que da a la entrada y distingo a Alika sentada en uno de ellos. Lleva puesto un traje blanco que resalta su piel oscura y lo ha combinado con unas deportivas que le dan un aire informal.

—¡Alika! —agito la mano para saludarla. En cuanto me ve, se levanta y me devuelve el saludo. Espero a acercarme más antes de añadir—: Soy Lexi, hemos hablado hoy por Instagram.

—¡Hola, guapa! Me acuerdo. Venga, sentémonos aquí. —Dejo caer mi bolso en el asfalto. Alika cruza las piernas y junta las manos sobre su rodilla—. ¿De qué querías hablar?

—¿No esperamos a Josephine?

—Ay, me olvidé de avisarte —se lleva la mano a la frente—. Jo al final no puede, le ha surgido un imprevisto de última hora. Me siento fatal por no habértelo dicho antes.

—No, no. No te preocupes. Te lo cuento a ti y ya se lo dirás a Jo cuando puedas.

—De veras. Lo siento un montón.

—No pasa nada —le repito—. Si te parece bien, iré al grano. Tampoco quiero quitarte mucho tiempo. —Ella asiente—. Necesito que cooperemos en contra de Cupido. Seríamos como un grupo de resistencia y nos negaríamos a ir a las citas y a hacer lo que nos dice.

»Es un plan ideal. Tal como comprobé anoche, hay una cláusula que nos impide echarnos atrás, pero en ningún lado dice que debamos ir a las citas. Por lo tanto, si nadie va, no habrá contenido y dará a entender que las parejas que ha formado esta vez no han tenido éxito. Todos pondrán en duda su criterio y se acabó Cupido para nosotros, porque nos podrían reemplazar por otras personas. Pero eso ya no sería problema mío.

Alika repasa mi expresión de emoción y se toma su tiempo para contestar. No me gusta la duda que veo en sus ojos. La necesito dentro del plan sí o sí. A ella y a Jo.

—Entonces es cierto.

—¿El qué?

—Ya sabes, lo del último post, que no querías formar parte de esto. —Asiento dubitativa. Ella apoya el brazo sobre el respaldo del banco y está girada completamente hacia mí—. Voy a serte sincera, Lexi. Estoy segura de que tendrás tus motivos para negarte, pero gracias a Cupido conocí a Jo y es de las mejores cosas que me han pasado en mucho tiempo. Hemos conectado desde el minuto uno y me hace mucha ilusión seguir conociéndola, ir a citas y, si se da, intentar algo con ella. Además, me han chivado que las citas que preparan soy muy guais. Así que lo siento mucho, no puedo ayudarte.

Que Alika quisiera formar parte del espectáculo de Cupido es una variable de la ecuación que no había tenido en cuenta. Pero no me pienso rendir tan fácilmente.

—¿Estás segura, Alika? Cupido podría ser cualquiera, ¿cómo sabe esta persona qué es lo que más te conviene? ¿Y por qué empareja a la gente? Quizá sea un intento de *phishing*, te roban los datos personales y, al final, un señor de cuarenta años de las islas Salomón te roba la identidad y se compra un yate a tu nombre. —Alika no parece nada convencida, así que insisto—: ¿Y si se equivoca? ¿Y si Jo acaba siendo una psicópata? No es por nada, pero hay un pódcast de *true crime* que empieza precisamente así. Por no hablar de lo peligroso que es iniciar una relación de una manera tan pública, eso pone mucho estrés en las relaciones y la cosa puede acabar mal… —Lexi, respira… —Tomo un poco de aire y sigo con mi diatriba.

—Además, ¿quién es ese tal Cupido en realidad? ¿Tú lo conoces? ¿Alguien sabe quién es? No me negarás que en la era de las redes sociales es muy raro que siga manteniendo su anonimato. Raro y sospechoso…

—Quizá sea alguien reservado…

—O un loco que ha comprado veinte mil bots para crearnos confianza y después sorprendernos con un plan totalmente inesperado, no sé, para reclutar a personas para una secta, Josephine podría ser el cebo y tú acabar en una comuna con la cabeza rapada y abrazando árboles. El peligro es muy real y...

—Lexi, ¡ya basta! —chilla Alika y entonces me doy cuenta de que le he cogido la mano y que llevo más de un minuto dándole la vara. Le suelto la mano de golpe, avergonzada.

—Comprendo que estés preocupada —prosigue Alika—. Pero el amor siempre conlleva riesgos y eso no significa que debamos rechazar las oportunidades que nos da la vida o, en este caso, Cupido. Además, tus paranoias no tienen sentido, ni que fuéramos las primeras en participar en su dinámica.

Me la quedo mirando boquiabierta. Se me ha pasado la vergüenza de golpe. Pensaba que podría convencerla. Pero no.

Resulta que también adora a Cupido. Parece que todos lo adoran menos yo. Soy una ilusa por haber pensado que aceptaría formar parte del plan.

—Mi consejo: dale una oportunidad a esta experiencia, a conocer a Brice. Puede que te sorprenda. Ya sabes lo que se rumorea: Cupido nunca falla —me guiña un ojo.

Ese «nunca» lo pongo en duda. Está claro que Cupido es un embustero que se aprovecha de la gente.

En su lugar, respondo con un:

—Mmm..., sí..., eso haré.

Sonríe satisfecha.

—Me tengo que ir. —Mira sobre mis hombros, la está esperando su grupo de amigos. Recoge su bolso y, mientras se aleja, añade—: Si te apetece quedar algún día para tomar algo, estaré encantada. E, incluso, para una cita doble, ya sabes, Jo y yo, Brice y tú. ¡Eso si te fías de que no te vayamos a reclutar para una secta, por supuesto! —añade entre risas

—Claro —murmuro, pero está lo suficiente lejos como para oírme.

Señoras y señores, oficialmente mi plan ha sido un fracaso. Parece que todos se han puesto de acuerdo para arrinconarme a una esquina y dejarme sin salida. ¿Qué me queda? ¿Seguirle el rollo a Cupido y contentar a sus seguidores? Si no lo hago, se me echarán encima. A no ser que la propia cuenta anuncie que estoy fuera, cosa imposible dado que: primero, no me contesta y, segundo, no sé quién está detrás.

Me suena el móvil.

«nosoycupido ha subido un nuevo post».

Hablando del rey de Roma. Lo que me faltaba.

Abro la notificación.

Es una foto donde salimos Brice y yo. En el pasillo, cuando me lo encontré. Claro que nos hicieron una foto. No sé por qué me sorprende a estas alturas. La amplío. Está tomada desde una esquina y solo se me ve el perfil. Cómo no, él parece que le está sonriendo a la cámara y el rayo de sol le da estratégicamente en la cara.

nosoycupido Nuestra parejita estaba junta hoy.
No digáis que no se ven monísimos... Deberíamos
ponerle un nombre a este #shippeo.
Qué preferís: Bricexi??? O Brilexi???

6

Las situaciones desesperadas necesitan medidas desesperadas.

Busco el número de Brice en el grupo de WhatsApp de las prácticas y le envío un mensaje antes de arrepentirme.

Soy Lexi.

Te acuerdas de esa idea para ayudarme con nosoycupido?

Me la cuentas 😄???

Vaya vaya vaya... La que tenía la situación controlada 😏

Puedo oír su carcajada burlona desde aquí.

Y la tenía.
En pasado...

Se puede saber
qué ha pasado?

Digamos que no funcionó

El universo nos quiere juntos 💑

Sabes? Ha sido un error
escribirte. Olvídalo!!!

Espera... Quedamos en una de
esas mesas de pícnic antes
de las prácticas???

Hay cientos de mesas
de pícnic en el campus 🙄

Las de al lado de los árboles rosas.
Y no hay cientos de mesas...,
solo unas cuantas

Como sea.
Te espero ahí
media hora antes

Apago la pantalla y me desplomo sobre la cama, con la vista clavada en el techo.

Ha sido más fácil de lo que esperaba. Ahora, nos veremos, charlaremos y pondremos en marcha su plan, siempre y cuando no sea una chapuza.

Brice, no me decepciones. Todas mis esperanzas están puestas en ti.

—Pero ¿qué haces? Si aún te queda una hora —dice Beth desde la cocina cuando me ve descolgando las llaves y metiéndolas en el bolso.

Lleva puesto un delantal de cuadros de color rosa y está batiendo unas claras de huevo para su tarta de limón. Se aficionó el año pasado a la pastelería, si se le puede llamar así a su intento de hacer los diferentes tipos de bizcochos que ve en YouTube, cada cual más raro que el anterior. Según ella, hacer bizcochos le relaja. No se le da del todo mal, de cada cinco, uno le sale comestible. Cuando salen mal, siempre tiene una excusa preparada, la última vez fue que no tenía los chacras alineados.

—Espero que ese pastel esté más bueno que el… ¿Que se suponía que era lo que hiciste?

—Un bizcocho de yogur —abre mucho los ojos, como si la respuesta fuera obvia.

—Pues ese estaba asqueroso, además de deforme. Aún me acuerdo de cómo se me pegó el yogur solidificado en los dientes. Qué horror. —Me recorre un escalofrío.

Tomo un taburete para sentarme en la minisla.

—¿Y se puede saber por qué te vas tan temprano?

Mojo un dedo en uno de los cuencos que tiene sobre la encimera y lo pruebo. Es merengue y está sorprendentemente bueno.

—He quedado con alguien.

Estoy por meter la mano de nuevo en el bol cuando Beth me da un golpe con el mango de la espátula.

—Ni se te ocurra —amenaza—. ¿Se puede saber con quién?

—Con uno de prácticas —digo, evitando añadir más detalles. Sé cómo de insoportable se pondría si sabe que he quedado con Brice. En el fondo, soy consciente de que ella, como buena romántica empedernida que es, ya se ha montado la película del romance que tendríamos Brice y yo.

—¿Nombre?

—No lo conocerás.

—¿Por qué siento que no me lo quieres decir? —Deja de batir y me mira con los ojos entrecerrados.

—No es eso.

Estudia mi cara desconfiada y sigue moviendo las varillas, pero más lento y con una expresión pensativa.

—Me dijiste que solo erais seis en las prácticas y estoy más que segura de que no has entablado amistad tan rápido con ninguno de ellos. A no ser que sea… —Me apunta con la varilla—. Dios mío, has quedado con Brice Evans —afirma y con la emoción levanta la varilla y acaba con un pegote de masa o lo que sea en la cara.

Increíble, se ha aprendido hasta su apellido.

—Me voy. Llego tarde.

Me levanto de un salto y voy hacia la puerta a toda velocidad. Beth tiene una mirada soñadora y la veo suspirar.

—Esperaré impacientemente tu vuelta —asegura—. Lexi ha quedado con Brice —murmura incrédula para sí misma.

Cierro la puerta detrás de mí. Yo tampoco esperaba que llegase tan lejos. ¿En qué momento Brice se ha convertido en la solución del problema?

«En el momento en que te quedaste sin ideas», dice una vocecita en mi cabeza.

Cierto, él se ha convertido en mi plan y espero que funcione; sea lo que sea que tenga en mente. A estas alturas, aceptaría cualquier cosa mínimamente decente.

Compruebo la hora. Voy tarde. Me quedan diez minutos de camino y tengo que estar ahí… ahora. Me he entretenido con Beth más de la cuenta. Acelero el paso y troto en varios tramos. Llego a la universidad un poco roja y me voy hasta la parte trasera del edificio principal. Nadie suele venir a esta parte y, como estamos en septiembre, no hay rastros de flores rosas en esos árboles que decía Brice.

Lo veo sentado en la penúltima mesa, resguardado del sol gracias a la sombra de un árbol. Está con su móvil e intuitivamente enciendo el mío para comprobar si me ha escrito. No lo ha hecho.

—Lo siento muchísimo. —Me acomodo delante de él y dejo caer el bolso sobre la mesa—. No quería llegar tarde, pero, entre una cosa y otra, se me fue el tiempo. Lo siento. Te juro que no era mi intención hacerte esperarme durante… —Miro la hora en el móvil para hacer los cálculos.

—Un cuarto de hora —termina por mí. Es una mala señal que sepa con exactitud el tiempo que lleva esperando—. Mira, Lexi, no voy a aceptar tus disculpas, no me han parecidos del todo sinceras. —El sentimiento de culpa por hacerlo esperar se convierte en pura incredulidad. Me está tomando el pelo, ¿no? Ni que hubiera tardado una hora—. Puede que, si me invitaras a un café, me lo replantaría —sonríe con coquetería.

—Puedes esperar sentado, entonces.

—Auch —se pone la mano sobre el corazón, como si mis palabras le hubieran herido—. ¿Tan mala compañía te parezco?

En un primer impulso respondería que sí, pero, siendo realistas, no hemos pasado el tiempo suficiente como para decir si me parece o no una buena compañía.

Ignoro la pregunta y cambio de tema.

—No nos queda mucho para las prácticas, así que vamos a lo que hemos venido: ¿cuál es tu plan?

Inclina su cuerpo sobre la mesa, acortando la distancia.

Sonríe antes de abrir la boca.

—Dijiste que estabas harta de Cupido y que ojalá pudieras saber quién era. ¿Y si pudiéramos saberlo? ¿Y si desenmascaramos a Cupido?

Se me iluminan los ojos. Creo que ha dado en el clavo. Si amenazamos con desenmascararlo, se verá obligado a darme una respuesta. Si se niega a aclarar que otra persona rellenó el formulario por mí y que tengo el derecho a no participar, podría chantajearlo con desvelar su identidad. Estoy segura de que habrá más de uno que le encantaría tener una charla poco amistosa con el mismísimo Cupido.

—Cuéntame más —le respondo inclinándome yo también hacia él—. ¿Cómo se supone que vamos a hacerlo?

—Sabes que, a lo largo del semestre, organizan citas a las parejas —asiento— y siempre sube un carrusel de fotos de las citas. ¿Entiendes a dónde quiero llegar? —Arquea las cejas, esperando que le diga que sé exactamente a qué se refiere. Pero la verdad es que no tengo ni idea.

—¿Supongo que sí? —Ladeo la cabeza, dubitativa.

—Las fotos, Lexi. ¡Las fotos! —exclama como si fuera lo obvio—. Las tendrá que tomar alguien, alguien que esté también en el sitio de la cita.

—¿Estás diciendo que Cupido está en las citas?

—Exactamente. Cupido tiene que estar ahí. Tengo entendido que no desvela la localización hasta después de la cita, por lo tanto, solo él sabe dónde estaremos. Solo será cuestión de pillarlo con las manos en la masa —termina con una sonrisa triunfal.

Me quedo asimilando sus palabras.

¿Cómo sabe tanto sobre Cupido? ¿Acaso Beth también conocía esta información? Obviamente sí y está claro que no quiso compartirla conmigo.

Nota mental: matar a Beth. De nuevo.

En cuanto al plan, debo reconocer que tiene todo el sentido del mundo y parece efectivo. Si lo llevamos a cabo, implica hacer algo que no ha mencionado, pero que se entiende entre líneas.

—Eso nos lleva a que debo ir a las citas. Contigo —digo despacio.

—Ajá… —asiente despreocupado a la vez que pasa los dedos por sus rizos, pero sin apartar la mirada.

Teniendo en cuenta sus palabras, si Cupido está en las citas, solo es cuestión de ir y lo puedo hacer ya sea acompañada o no. La presencia de Brice es opcional. Esbozo una sonrisa aliviada, pero parece que Brice me lee el pensamiento.

—Antes de que lo digas: no, no puedes ir sola a las citas. Nos delataría. Tenemos que hacerle creer que nos estamos conociendo e incluso enamorando, como haría cualquier otra de sus parejas.

Mi alegría instantánea desaparece.

Fingir una relación. No solo eso. Es convencer a las personas de que existe la posibilidad de una futura relación. Lo que me faltaba. Parece que me estoy metiendo en un túnel que se hace cada vez más y más oscuro.

—¿Eso último es necesario?

—Totalmente. —Al ver mi cara de duda añade—: Su último post, que, por cierto, salíamos genial en la foto...

—Salías genial, querrás decir —murmuro.

—¿Qué?

—Nada. Sigue.

—A lo que iba, esa foto limpió tu imagen de «Grinch del amor» —me quedo boquiabierta al oír ese ridículo apodo— y ahora ya no están en contra de ti. Te conviene que nos vean juntos.

En los dos días anteriores, las miradas de odio han pasado a ser sonrisas amables y, si lo pienso, mis compañeros han dejado de prestarme tanta atención como lo hacían en los primeros días. ¿Es solo cosa de darles lo que quieren? Y lo que quieren es contenido de Brice y yo. Juntos.

—A todo esto, ¿por qué me estás ayudando? ¿Qué es lo que ganas tú?

No me ha pedido nada a cambio y haberse preparado un plan tan detallado solo por el amor al arte es muy sospechoso.

—¿Con querer no es suficiente?

—Yo quiero un hipopótamo y no me voy a África a por uno.

—Espera, ¿quieres un hipopótamo?

—¡No! Solo es un ejemplo, Brice.

—Me gusta cómo pronuncias mi nombre.

Me sonrojo y entonces me doy cuenta de lo cerca que están nuestros rostros. Efectivamente, ese lunar tiene forma de corazón. Casi me siento tentada a tocarlo, pero recapacito y me separo de golpe. Brice se ha dado cuenta de mi desliz y dibuja una sonrisa.

—Déjalo. Me dan igual tus motivos —respondo después de aclararme la garganta.

Algo me dice que tiene sus propios motivos para querer formar parte de esto, aunque no quiera reconocerlo. Pero no necesito saberlos para colaborar con él.

—Entonces ¿tenemos un trato? —Se pone de pie y alarga la mano, esperando a que se la estreche.

También me levanto y extiendo mi brazo. Me produce una sensación extraña cuando su mano envuelve la mía. Su piel es más suave de lo que esperaba. Aunque tampoco es que haya pensado mucho en su piel. O en su sonrisa. O en su lunar.

—Tenemos un trato.

Así de fácil le he puesto remedio a mi problema. No voy a cantar victoria aún, no vaya a ser que pase algo.

Recogemos nuestras cosas y nos dirigimos hacia los laboratorios. Puede que esté un poco paranoica, pero repaso la zona con la mirada en busca de posibles espías. Espero que no nos hayan tomado fotos de nuevo.

—Qué irónico —suelta Brice cuando giramos en la esquina del edificio.

—¿El qué?

Se agacha y noto su aliento en mi oreja.

—Que hayamos cerrado el trato de una relación falsa bajo esos árboles —susurra. Me aparto ligeramente.

—¿Qué tienen esos árboles de especial?

—Son conocidos como el árbol del amor.

¿Árbol del amor? ¿De verdad lo llaman así? ¿Solo porque es un árbol y tiene flores rosas? Frunzo el ceño. Tiene pinta de que me está tomando el pelo.

Nuestros móviles suenan a la par con una notificación. Pondría la mano en el fuego a que es Cupido. Brice lo mira mientras yo ni lo toco. Si es algo malo, prefiero no saberlo, no quiero me afecte en mi rendimiento en las prácticas.

Pero es imposible no leerlo cuando Brice coloca el dispositivo delante de mi cara con un DM de Cupido:

No soy Cupido

Activo(a)

PRIMERA CITA!!!

Este sábado, a las 5 p. m.,

en The Grand Café

—Al final vas a terminar invitándome a ese café.

7

BRICE NO BROMEABA. EL ÁRBOL DEL AMOR SÍ EXISTE. LO ACABO de buscar. Lo llaman así por sus hojas en forma de corazón y por sus flores rosas. Hay personas que usan las hojas para saber si su amor es correspondido y también se dice que, si una pareja se abraza debajo de él, queda unida para siempre. Creencias populares. Solo eso. Y para nada tiene que influir en nuestro trato.

Hoy es sábado, el día de la cita. Beth ha salido con unos amigos, pero antes de irse ha dado el aprobado a mi outfit, sin que yo se lo pidiera.

Miro mi portátil sobre la cama y tengo la tentación de llevármelo. Lo cierto es que no tengo trabajos pendientes y estoy al día con las clases de la universidad. Pero puedo fingir que los tengo para evitar quedarme en un silencio incómodo con Brice.

Está decidido. Me lo llevo.

Salgo del piso con tiempo para estar ahí diez minutos antes. Sigo las indicaciones del Google Maps para llegar a la localización.

The Grand Café se encuentra a escasos minutos de la facultad de Química. Tiene la fachada de un color azul verdoso y cristaleras, a través de las cuales puedes ver el interior. El nombre del local está en la parte central y es de un dorado brillante. Todo él parece sacado de una película de época.

Los nervios se apoderan de mí cuando abro la puerta y el tintineo de una campana avisa de mi llegada. Nadie se gira, a excepción del personal, que me recibe con una gran sonrisa.

El interior es acogedor y el olor a dulce inunda mis fosas nasales al instante. Me fijo en las lámparas de araña y en las columnas brillantes. Me hacen recordar a un salón de baile. Nosoycupido puede ser lo peor del mundo, pero mal gusto no tiene.

Me coloco un mechón de pelo detrás de las orejas mientras busco a Brice con la mirada. Él me ve primero y me avisa con un mensaje de texto que está al fondo.

El corazón me va a mil.

La última vez que me vi envuelta en una situación como esta fue hace dos años, cuando estuve saliendo con un chico que vivía al lado de casa. Pero su familia se mudó y, aunque al principio intentamos mantener una relación a distancia, no funcionó. Desde entonces, no he salido con nadie. La vez que Beth me arrastró a esa cita doble no cuenta.

Mis ojos se encuentran con los de Brice. Esboza una sonrisa. Me fijo en que tiene los rizos más definidos de lo normal y lleva puesta una camiseta blanca y una cazadora verde. Comienzo a pensar que este último es su color favorito. Y, aunque intento reprimirlo, otro pensamiento me viene a la mente:

«Brice Evans no está nada, pero nada mal».

Hago que desaparezca la vocecita de Beth de mis pensamientos.

Mis nervios aumentan a medida que me voy acercando a su mesa. Él se pone de pie. Paso las manos por mi vestido beige para eliminar cualquier arruga.

¿Cómo lo saludo? ¿Le doy la mano? Demasiado formal. ¿Un abrazo? No tenemos tanta confianza. ¿Un «hola» quizá?

«Relájate, Lexi. No es una cita de verdad».

Brice termina por saludarme con un beso en la mejilla. Inspiro y me viene un olor dulce y embriagador.

—Esto no es una cita. —Es lo primero que digo al separarme.

Él se limita a observarme con una expresión divertida. Me arrepiento enseguida de mis palabras. Ahora, creerá que pensé que podría ser una cita.

Un camarero se acerca a tomarnos nota. Estudio la carta con detenimiento. Tuerzo el gesto cuando veo que su especialidad son los tés. Deberían haberse llamado The Grand Tea.

Voy a su miniapartado de cafés y me decido por mi cappuccino de confianza, mientras que Brice se pide un chocolate caliente.

—No me gusta el café —explica—. Y el té me sabe a hierba del campo remojada —susurra asomándose por la carta.

Me río entre dientes. Aunque lo del café me ofende un poco. ¿Cómo no puede gustarle? Si es la mejor creación de la humanidad.

Mientras esperamos las bebidas, saco mi portátil para evitar el silencio que sé que se va a formar y que tampoco me apetece evitar. Brice no dice nada y por el filo de la pantalla veo que se ha traído un libro. En la portada se ve una chica de pelo blanco sujetando dos espadas.

Cada uno está sumido en su propio mundo: él en su lectura y yo... yo estoy revisando los correos que ya revisé anoche, y, de vez en cuando, observo cómo lee sin que se dé cuenta.

Pasamos gran parte de la tarde ignorándonos hasta que Brice deja caer de golpe su libro sobre la mesa. Despego la vista de mi portátil.

—Esta es la cita más aburrida en la que he estado jamás.

—Nadie ha dicho que sea una cita —insisto.

—Entonces, qué supone que es. Ilumíname. —Da un sorbo de su chocolate caliente.

—Pues una quedada causal entre... ¿dos conocidos que se ayudan? —Hago mi mejor intento.

—O sea, que soy solo un conocido para ti. —¿Es eso decepción en su mirada?—. Y yo pensaba que éramos amigos.

—¿Amigos? Si nos hemos visto ¿tres veces? Además, no sabemos tantas cosas el uno del otro como para considerarnos amigos.

No es que se pueda medir el nivel de amistad con base en lo que sabes de la otra persona, pero es un inicio. Y, definitivamente, Brice sigue siendo un elemento de la tabla periódica por descubrir.

—Cuéntame algo de ti.

—¿Para qué?

—Para conocerte.

Vale, se está tomando mis palabras muy al pie de letra.

—No tenemos que conocernos, ni que fuera esto una cita de verdad.

—Como sigas repitiendo que esto no es una cita, voy a pensar que quieres que lo sea y que te estás autoconvenciendo de que no lo es. Ya sabes, la primera fase es la negación.

—¡Claro que no! Te equivocas —respondo algo enfadada.

—La segunda fase es la ira.

—Déjame adivinar, la tercera fase es la aceptación.

—Nop. Es la negación, de nuevo. —Bufo e iniciamos un duelo de miradas, hasta que él rompe el contacto visual—. Vamos, tienes que cooperar para que esto funcione. No podemos pasar el resto de nuestras no-citas así, a pesar de lo mucho que disfrute leyendo durante horas en una cafetería —señala mi portátil y su libro.

Sonrío al escuchar la palabra «no-cita». La siento como una pequeña victoria.

Pero tiene razón, no soportaría más quedadas en silencio donde esperamos a encontrar a Nosoycupido. Supongo que es inevitable que nos convirtamos en algo más que conocidos al final de esto.

—Tú ganas. —Cierro el portátil—. ¿Qué quieres saber?

Si Brice se ha sorprendido por mi cambio de actitud, lo ha disimulado muy bien.

—Todo.

—¿Puedes ser más concreto?

Descansa la cabeza sobre uno de los brazos que tiene apoyado sobre la mesa. Me estudia, contemplando el abanico de posibilidades. Se toma su tiempo y su mirada me pone nerviosa.

—¿Qué te gusta? —suelta al fin.

Otra pregunta general. Puedo contestarle desde mi comida favorita hasta mi género de cine favorito, pero me decanto por una de mis actividades preferidas, sin una razón específica.

—Me gusta el arte.

—¿Pintas?

Contengo un bufido. ¿Por qué siempre asumen eso cuando una dice que le gusta el arte? El arte no solo se resume en pintar o dibujar.

—Soy más de contemplar cuadros y de pasearme durante horas en una galería descifrando el significado que hay detrás de esas obras.

No soy una experta y no conozco ni a la mitad de los pintores más famosos de cada época, pero me fascina quedarme delante de una pieza de arte y preguntarme qué quiso transmitir el artista. Cada interpretación puede ser diferente y esa libertad es lo que más me gusta.

—Seguro que habrás ido a la Galería Nacional de Weston.

—Pues no —digo, encogiéndome de hombros.

—No puedes vivir en Weston y no haberla visitado. Debe de ser ilegal.

—Aún no me han detenido. —Levanto mis muñecas libres de esposas. Eso le hace esbozar una sonrisa a Brice y no puedo evitar que se me contagie.

Me siento un poco decepcionada de mí misma también por no haber ido a la Galería Nacional de Weston cuando es uno de los primeros lugares que quise visitar cuando supe que iba a estudiar aquí. De hecho, me hice una lista con todas las galerías de la ciudad, pero lo cierto es que, entre la universidad y las conferencias a las que me he ido apuntado para estrechar relaciones con los profesores y de paso llevarme unos créditos extra, no he tenido mucho tiempo libre para el turisteo.

Beth dice que mi vida gira alrededor de la carrera y que debería dejar de hacer ese sobresfuerzo innecesario y disfrutar más de la experiencia universitaria. Pero no puedo. Si me relajo, se darán cuenta de que no soy suficiente, de que otra persona se merece mi sitio mucho más que yo. Y no voy a permitirlo, no voy a desperdiciar los esfuerzos que han hecho mis padres para que pueda estar donde estoy.

Por esto mismo, necesito solucionar el tema de Cupido lo antes posible, eliminar esta distracción.

Miro la hora en mi móvil. Llevamos una hora en la cafetería y no nos hemos fijado en si Cupido está aquí, al menos yo no me he fijado. Se me ha olvidado por completo.

—¿Estás bien? —pregunta Brice.

¿Habré puesto una cara rara? No le doy mucha importancia y acerco mi silla a la suya. Como estamos al fondo del local y la mesa es circular, ahora tengo una vista completa de la cafetería.

Le hago un gesto para que se agache. Me dirige una mirada dudosa antes de hacerlo.

—¿Has visto a alguien sospechoso? ¿Alguien que pueda ser Cupido? —le susurro.

La mesa de al lado está vacía y las personas que están lo suficientemente cerca para oírnos están inmersas en sus propias conversaciones. Pero cualquier precaución es poca. Si

Cupido tiene la mínima sospecha de nuestro plan, estamos acabados.

Observo el perfil de Brice al ver que no me contesta. Está con la mirada fija al frente y, por cómo arruga la frente, deduzco que tampoco se ha acordado de nuestro objetivo.

—Las abuelitas de la puerta, descartadas. Tiene que ser alguien de nuestra edad o de un par de años más. No me imagino a un señor de cuarenta y tantos delante de su ordenador emparejando a universitarios.

—Te pegarían con sus bastones si supieran que las has descartado a la primera.

—¿Acaso tú crees que puedan ser Cupido? —Brice arquea una ceja.

—Todos son sospechosos. Pero debo reconocer que ellas están en las últimas posiciones de mi lista.

—Ni deberían estar. Solo míralas, tienen pinta de no saber siquiera qué son las redes sociales.

Tengo que darle la razón. Seguramente estén intercambiándose chismes sobre quién está saliendo con quién en la residencia de ancianos. Eso nos deja a un chico y a una chica sentados a un metro de distancia en la barra de la cafetería. También está el grupito de tres chicas riéndose a un volumen que hace que el resto de los clientes les dirijan miraditas molestas.

—¿Quizá la chica del pelo lila? —sugiero. Es la que está en la barra y no despega los ojos de su móvil—. Tiene todas las papeletas y que esté tan pendiente del móvil la hace aún más sospechosa... Quizá está preparando su próximo ataque contra nosotros.

—Tiene sentido. Podría estar comunicándose con los extraterrestres para que hagan una paradita en The Grand Café y así abducirnos con su nave —bromea. Le doy un codazo para que se centre.

—Puede que haya tenido un ex traumático y haya creado la cuenta de Nosoycupido para evitar que el resto de la humanidad tenga que pasar por una experiencia como la suya.

—De ser así es muy generoso por su parte. Aunque mi teoría es mucho mejor.

—Permite que lo ponga en duda. —Lo repaso de arriba abajo.

—Escúchame. Una exparticipante de un reality show de parejas frustrada porque la echaron y se le ocurrió crear su propio programa en la vida real, donde empareja a universitarios, y se convierte en una especie de presentadora. —Brice levanta las manos para ilustrarme su visión.

Se me escapa una sonrisa.

—¿Y qué te parece el chico rubio de al lado? —Señalo con la barbilla.

El sujeto en cuestión lleva un jersey de punto y lleva unos cascos puestos. Parece que tampoco despega la vista de su portátil. De repente, le da un golpe y lo cierra con brusquedad.

—Me parece que se acaba de dar cuenta de que no puede subir una story de nosotros dos acaramelados a Instagram desde el portátil. ¿Crees que debamos posar para cuando saque su móvil y nos haga una foto?

—Creo que nuestro sospechoso se ha hartado de este sitio —digo al ver al chico rubio levantarse del taburete y salir del local enfadado—. Nos quedan las supernenas ruidosas. —Miro a las tres chicas, que siguen riéndose.

—Pétalo, Burbuja y Cactus —relaciona el color de la ropa de cada una con los personajes—. Puede que el profesor Utonio sea quien está detrás de Cupido.

—Y ha enviado a las supernenas a espiarnos —concluyo.

—Misterio resuelto —dice orgulloso.

Nos echamos a reír cuando nuestras miradas se conectan. Estamos pegados codo con codo y me pongo nerviosa por la cercanía. Me echo para atrás en mi asiento y desvío mis ojos hacia el resto de la gente.

Realmente, nadie nos está prestando atención y es imposible descubrir a Cupido.

—Puede ser cualquiera —suelto, desanimada.

¿Qué esperaba? ¿Desenmascararlo en la primera cita? A no ser que alguien saque el móvil para hacernos una foto descaradamente, hoy no va a ser el día en el cual conozcamos a Nosoycupido. Además, en el caso de sospechar de alguien, no podemos acercarnos así porque sí y exigirle que nos enseñe el móvil. Lo suyo es pillarlo justo en el instante en que nos hace la foto.

La solución no va a ser tan sencilla como ir a la cita y esperar a que aparezca Cupido. Como mínimo, implica ir a más de una cita, cosa que me quitaría parte del tiempo que debería estar invirtiendo en la universidad.

—Creo que lo más lógico es que memoricemos las caras de estas personas por si nos las encontramos otra vez —dice Brice.

Minutos después, se nos acerca un camarero preguntando si vamos a pedir algo más, una sutil manera de echarnos.

Cuando llegamos a la caja para pagar, nos dicen que alguien ya ha pagado por nosotros. Brice y yo intercambiamos miradas y nos damos cuenta de que ni la chica de pelo lila ni el chico del jersey de punto siguen en la barra.

Tratamos de sonsacarle información al camarero, pero se limita a decir que acaba de iniciar su turno y que la cuenta está pagada de antes.

Salgo del local confundida y sin saber cómo gestionar nuestro descubrimiento.

¿Es la chica o el chico? ¿O son ambos? Hasta ahora no me he planteado la posibilidad de que hubiera más de una persona detrás de Nosoycupido.

—Te llevo. Tengo el coche al otro lado de la calle —apunta con el dedo a un todoterreno negro.

Doy un paso hacia atrás para resguardarme más en el toldo de la cafetería. Empezó a llover hace media hora y pensé que habría parado cuando nos fuéramos. Menos mal que metí el paraguas en el bolso antes de salir de casa.

—No hace falta —le respondo, seguro que se ha ofrecido por educación. Dudo que mi casa le pille de camino y no quiero ser una molestia.

—No era una pregunta. Además, está lloviendo a cántaros.

—Llevo paraguas —le informo mientras lo saco del bolso y lo abro.

—Vas a llegar empapada —señala con una mirada recelosa a mi paraguas.

Yo tampoco me fío de él: lo compré en un estanco cerca de la universidad un día que se me olvidó el mío. Era el más barato que había y digamos que no es de la mejor calidad.

Está bien, es de una calidad pésima, la tela parece hecha de papel y lo más seguro es que, cuando me ponga debajo de la lluvia, se hunda la estructura del paraguas. Pero aguantará lo suficiente como para llevarme hasta la parada de bus.

—¿Cómo sabes dónde vivo y que me voy a empapar ? Puede que mi casa esté a la vuelta de la esquina... —Arquea una ceja sin creerse mis palabras—. Vale, no está a la vuelta de la esquina. Pero la parada de bus está cerca.

—¿Prefieres subirte a un bus en vez de a mi coche? —responde y se cruza de brazos, entre perplejo y divertido.

No le cuento mi teoría de que no me fío de él porque podría formar parte de una conspiración para reclutarme para una secta. No sé por qué, pero, después de pasar la tarde con él, parece ligeramente menos plausible. Solo ligeramente.

Dirijo la mirada a la calle y veo pasar a una mujer empapada con un paraguas roto y con cara de morder a la primera persona que le dirija la palabra. Esta podría ser yo en unos minutos.

Suelto un suspiro y acepto resignada su invitación.

Brice me quita el paraguas de las manos y nos escolta hasta el todoterreno. Abre la puerta del copiloto y me ayudo del reposabrazos para subirme. Brice cierra la puerta y veo a través de la ventanilla llena de gotitas cómo sacude mi paraguas antes de guardarlo en el asiento trasero.

Tiene los rizos sobre la frente por la lluvia. Se mira en el espejo del retrovisor y se sacude el pelo con energía salpicándome entera.

—¡Eh! ¡Ten cuidado! —le reprendo y mascullo entre dientes—. Ni que fueras un perro...

—¿No te encanta la lluvia? —me responde con una sonrisa bobalicona y en ese momento me doy cuenta de a qué me recuerda: con esa sonrisa ingenua que rebosa sinceridad y los rizos enredados que le caen sobre la cara podría ser un *golden retriever.* Y, no sé por qué, pero creo que su personalidad va por el mismo camino.

Se me escapa unas risita que intento esconder detrás de la mano.

Arranca el motor y el parabrisas se mueve de un lado al otro, arrastrando la lluvia. Por el rabillo del ojo se asegura de que tengo el cinturón de seguridad puesto. Enciende el GPS del coche y me tiende su móvil.

—¿Qué?

—A no ser que vivas a la vuelta de la esquina, necesito saber tu dirección para llevarte a casa.

Me fijo en el guiño que ha hecho a mis palabras y, por la forma en que me mira, sé que lo ha hecho a conciencia.

Acepto el móvil. Se me antoja demasiado íntimo tenerlo entre mis manos. ¿Con quién hablará? ¿Qué habrá en su galería? ¿Cuál será su historial de búsqueda?

Aparto esas preguntas de mi cabeza y me centro en teclear la dirección del piso. Cuando aparece la ruta en la pantalla del coche, Brice quita el freno de mano y sale del aparcamiento.

Rebusco mi móvil en el bolso y aviso a Beth con un mensaje de que llegaré pronto.

Los diez minutos de trayecto se pasan rápido y no intercambiamos muchas palabras. La lluvia ha amainado y ahora solo está chispeando. Veo la cabeza de mi mejor amiga asomada en el balcón cuando llegamos a mi calle. Me levanta los pulgares y yo niego con la cabeza. Brice sigue mi mirada y también la ve.

—Gracias por traerme —digo abriendo la puerta.

—No es nada. Solo espero haber estado a la altura de tu bus —bromea. Esbozo una sonrisa. Me bajo del coche y cierro la puerta. Brice hace bajar la ventanilla y señala a Beth con un movimiento de cabeza—. Saluda a tu amiga de mi parte. —Es lo último que dice antes de reanudar la marcha.

Beth tiene una expresión soñadora y está con los brazos apoyados en la barandilla del balcón. Poco más y está colgando de ellas…

Entro al edificio y el ruido de una puerta al abrirse a toda prisa a lo lejos me da la bienvenida.

—Necesito que me lo cuentes todo. No te ahorres ningún detalle —resuena la voz de mi amiga por las escaleras.

Al paso que vamos se va a enterar el edificio entero.

8

—¡No me lo puedo creer! —exclamo al ver el post que acaba de subir Cupido.

Me acerco a Brice a toda prisa para mostrarle las fotos. Él se está abrochando los botones de su bata. Se agacha para ver la pantalla del móvil.

Son tres fotos en total.

En la primera estamos sentados juntos, brazo con brazo y mirándonos. Es de cuando acerqué la silla a la suya para buscar a Nosoycupido. Solo estábamos hablando y no me acuerdo de que estuviéramos tan… cerca. Y ¿en qué momento giramos la cara a la vez? Fue un movimiento totalmente casual y sin segundas intenciones. Pero, visto desde esta perspectiva, parece que estuviéramos a punto de besarnos.

En la segunda se nos ve de lado y el ángulo en el que está tomada parece que nos estamos agarrando las manos sobre la mesa. Veo que tenemos las bebidas, así que fue después de pedirlas.

En la tercera y última, estoy de espaldas y Brice está en un primer plano. Esta fue tomada al principio de la no-cita porque tengo el portátil abierto y ¿Brice me está mirando por encima de su libro? Me hace sentir un poco menos rara por haberlo observado mientras leía.

También hay un texto corto en el pie de foto.

> **nosoycupido** La primera cita ❤ ha sido un éxito!!!
> Aquí un #recap de #Bricexi

—¿Al final es Bricexi? La verdad es que me alegro, porque Brilexi me sonaba un poco a brik de leche.

Ahora que lo menciona, sí que suena a brik de leche. Aunque Bricexi tampoco mejora mucho, porque suena a marca de medicamento. Nuestros nombres simplemente no encajan bien para un shippeo, a diferencia de los de Josephine y Alika. Veo que también hay otro post en el que nos relatan su cita.

—Eso no es lo importante. Fíjate en cómo están tomadas las fotos. ¿Alguna teoría de quién puede haber sido?

Brice desliza los dedos sobre la pantalla y repasa las fotos de nuevo. Se para en la primera y la amplía.

—Esta tiene que haberla hecho uno de los que estaban sentados en la barra. Pero las otras dos no sabría decirte.

Cierra su taquilla e introduce la llave en el bolsillo de la bata. Hago lo mismo y guardo el móvil dentro. Sigo sus pasos para entrar al laboratorio.

—Tengo la misma teoría. ¿Sabes cuándo será la próxima cita?

Brice se para bruscamente y por poco me estrello contra su espalda. Retrocedo uno pasos para mantener la distancia.

—Así que una cita, ¿eh? —levanta las dos cejas de manera sugerente.

¿Acabo de decir «cita»?

—Que… Quería decir la no-cita —farfullo.

Él se gira y reanuda su camino. No se me pasa desapercibida la sonrisilla que tira de sus labios.

—Según mis investigaciones, será el próximo sábado, como la última vez.

—Entonces tenemos que ir con los ojos bien abiertos. Tengo el presentimiento de que estamos cerca.

Llego a mi mesa. Me agacho para abrir el armario del material y, con el PNT en la otra mano, comienzo sacar los recipientes que necesito. Les echo agua destilada y giro cada recipiente de tal forma que el agua toque cada centímetro de las paredes.

—¿Quieres que te pase a buscar?

—¿Qué?

—Para ir a la cita, digo.

Paro de girar el recipiente para lanzarle una mirada de reproche.

—No-cita —corrijo.

—Pues para ir a la no-cita.

—No, gracias.

—Déjame adivinar. Prefieres ir en bus, ¿verdad?

Abro la boca para replicar cuando el doctor Smith entra por la puerta. Nos pide que nos acerquemos para darnos las indicaciones del día y nos informa de que no debemos usar una de las balanzas porque está descalibrada.

Vuelvo a mi mesa de trabajo y doy un último repaso a las

instrucciones del PNT antes de ponerme manos a la obra. Voy a los estantes compartidos para coger los compuestos que usaré y me los traigo a la mesa.

Mientras estoy midiendo la cantidad que tengo que verter en la matraz Erlenmeyer, mi mente no deja de recrear la tarde en The Grand Café en busca de la persona que nos podría haber tomado las fotos.

La mesa de al lado estaba vacía. Nadie se sentó ahí durante todo el tiempo en que estuvimos ahí. Aun así, había una foto que nos habían sacado desde esa perspectiva. Es cierto que estaba esforzándome por ignorar a Brice y no aparté la vista de mi portátil, pero Brice estaba sentado enfrente de mí. Tiene que haber visto algo. Cualquier cosa. La foto no está movida ni borrosa, la debieron de tomar con el móvil bien a la vista.

Estoy por preguntárselo a Brice cuando un fuerte olor se mete por las fosas nasales y noto que llega hasta lo más profundo de mis pulmones. Parece como si hubiera metido la nariz en un bote de lejía concentrada.

—Dios mío, ¿qué es esto? —me tapo la nariz con el brazo.

Brice aparece de inmediato en mi campo de visión. Tapa a toda velocidad el bote que tengo abierto y se lleva mi vaso de precipitado lleno de la sustancia hasta la cabina extractora de gases.

—¿Cómo lo has abierto aquí fuera?

Mierda. La solución *buffer*. La tenía que manipular dentro de la cabina. ¿Cómo se me ha olvidado? Lo he subrayado y marcado con boli en el PNT al principio de la práctica. Esto me pasa por tener la cabeza donde no debo.

—¿Dónde está el doctor Smith? —Paseo la mirada por la estancia con pánico.

—No ha salido de su despacho —señala a su dirección con un movimiento de barbilla. Me relajo. No es un fallo grave. Pero tampoco quiero que se entere. Igual que todo suma, también todo resta. Brice nota mi preocupación porque añade—: Te guardaré el secreto. —Y me guiña un ojo.

Dirijo una mirada al resto de mis compañeros para comprobar si se han enterado, pero todos están concentrados en sus propias tareas. El mal olor de la sustancia desaparece rápido del ambiente gracias a la corriente de aire que pasa por las ventanas abiertas. En la peor de las situaciones, habría terminado en el hospital por intoxicación. Pero no he inhalado ni de lejos la cantidad suficiente como para llegar a ese punto.

—Qué rápido ha reaccionado. Será que también tiene nariz de *golden retriever* —murmullo para mí.

—¿Decías? —pregunta Brice con voz distraída levantando la mirada de su trabajo.

—Nada nada, cosas mías…

Me llevo las matraces Erlenmeyer y una pipeta a la cabina para seguir trabajando con la sustancia. Esta vez elimino cualquier pensamiento que tenga que ver con las fotos, con Brice y con Cupido de mi mente. No más distracciones.

Saco la pizza del horno y la dejo caer de golpe sobre la encimera cuando noto el calor traspasar la manopla.

—Lexi, voy a poner el capítulo ya —balbucea Beth. Lleva una mascarilla hidratante puesta que le impide articular las palabras correctamente.

Hoy han subido un nuevo episodio del k-drama que está viendo Beth y, como es tradición, significa que es noche de pizza y palomitas. Lo hacemos cada vez que suben un capítulo, es decir, una vez a la semana.

Tenemos varias mantas tiradas sobre la alfombra delante del sofá y hemos colocado la mesita sobre esta con la comida y la bebida. Beth corre las cortinas y solo deja encendidas la guirnalda de luces que tenemos puesta alrededor de la tele. Se pone un cojín sobre el regazo y coge un trozo de pizza. De inmediato le paso un plato para que pueda dejar su porción. No sabe lo difícil que es sacar una mancha de salsa de tomate.

Le da play a la serie.

A lo largo del año pasado, me vi cuatro k-dramas con ella y digamos que me puedo considerar una experta. Todos tienen una trama similar, con un romance que se cuece a velocidad de caracol y como mucho se dan un beso que enfocan desde todos los ángulos que te puedas imaginar. Esta es la fórmula para emocionar a Beth a no más poder y pasarse lo que queda de la semana quejándose de por qué no puede vivir algo así de bonito. Mi madre también es fan de estas series coreanas y estoy absolutamente convencida de que Beth inició su obsesión con ellas por haberse pasado las tardes enteras en mi casa viéndolas con mi madre. Sospecho que se hacen videollamadas semanales para fangirlear juntas y ponerse de acuerdo en qué ver. Yo, en cambio, no llego a su nivel de fanatismo y solo las veo para hacerle compañía a Beth y a cambio de que veamos mis películas francesas.

Para cuando ponen el adelanto del siguiente capítulo, mi amiga está tumbada boca abajo y dando pataditas de emoción con los pies levantados. Rueda hasta quedarse mirando el techo y suelta un suspiro.

Mi móvil suena con una videollamada entrante de mi madre. Descuelgo y su cara ocupa toda la pantalla. Es una mujer con facciones pronunciadas y pómulos afilados. Luce un corte de pelo por encima de los hombros, que ahora mismo lleva recogido en una coleta baja.

—Lexi, cariño, ¿qué es esto? —me dice en chino.

Me enseña la pantalla del móvil de mi padre con algo que no logro distinguir. El vídeo se ve borroso de lo mucho que lo mueve para tratar de enfocarme la imagen. Al final, termino viendo solo su pelo negro moviéndose de un lado de la cámara al otro.

Tiene pinta de ser un mensaje de spam que le ha llegado al correo electrónico y piensa que es algún tipo de documento importante.

—Mamá, solo léeme lo que pone.

—Vale, un momento, Wei, ¿sabes cómo se pronuncia esto? —Mi padre se asoma por la pantalla.

—Hola, papá.

—Hola, cariño —me sonríe antes de ponerse sus gafas de lectura y recuperar su móvil—. No... soy... ¿cuadrado?

Me incorporo a la velocidad de la luz.

—¿No soy Cupido? —Compruebo que mis oídos no me

han jugado una pasada. Interiormente, rezo para que se haya confundido.

—¡Sí! No soy Cupido —interviene mi madre y le quita el móvil de las manos a mi padre.

Beth levanta la cabeza para mirarme, también comprobando si ha oído lo mismo que yo. Está a mi lado en un milisegundo.

—¡Hola, Fang! —saluda a mi madre y le dedica un asentimiento a mi padre—: Wei.

—¡Beth! —exclama mi madre alegre—. ¿Ya has visto el nuevo episodio? —Mi amiga asiente con una sonrisa—. Pues tenemos que comentarlo. —Su rostro cambia a una expresión más seria al mirarme—. A lo que iba, ¿qué es esto, Lexi? —insiste. Consigue ampliar la foto donde salimos Brice y yo, cara a cara.

Trato de descifrar si está enfadada o no. Le lanzo una mirada fugaz a Beth, pidiéndole ayuda. Si embargo, mi querida amiga se encoge de hombros como queriéndome decir que no la meta en esto.

—Mmm... ¿De dónde lo has sacado?

—Pues estábamos viendo tu Instagram, porque te extrañamos mucho, y le dimos a un botón sin querer y salieron esas fotos. Creo que era la cabeza de un muñeco dentro de un recuadro. —El apartado de las etiquetas. ¿Cómo se me olvidó borrarlas de ahí? Consejo del día: no aceptes las solicitudes de tus padres en las redes sociales—. El caso, ¿quién es ese chico y por qué no nos has hablado de él?

¿Por dónde empiezo?

—Es un compañero de las prácticas —digo sin entrar en

detalles, el silencio de mi madre me informa que esa información no le es suficiente, así que añado—: Nos ha emparejado una cuenta de Instagram. Es una chorrada y lo estoy solucionando.

—¿No es tu novio? —sugiere mi padre.

Abro los ojos como platos. A Beth se le escapa una risa.

—Claro que no. Absolutamente no. No, no y no.

La expresión de mi padre se relaja.

—Una pena. Es muy mono, y mira, Wei, qué sonrisa más bonita tiene. ¿Cuándo nos lo presentarás? Quiero conocerlo.

—Yo también —añade papá.

Me estoy perdiendo. ¿En qué momento han pasado de querer pedirme explicaciones porque parecían enfadados a querer conocer a Brice?

—Podéis venir los dos a Weston cuando quieran, saben que tenemos el sofá libre —interviene Beth, enfocándose con la cámara—. Y, sí, es monísimo. El otro día llovía y se ofreció a traer a Lexi a casa para que no se mojara. Pero yo creo que solo quería una excusa para pasar más tiempo con ella.

Le doy un codazo a mi amiga.

—¿Cómo se llama el muchacho, Beth?

—Brice.

—Brice —saborea el nombre—. Es bonito. Wei, ve mirando billetes para Weston.

—Ahora mismo, amor.

—Nadie va a conocer a nadie porque no somos nada —intervengo, girando la móvil hacia mí.

—Nada y os agarráis de las manos —suspira mi madre.

—Nada y parece que os vais a besar —dice Beth para añadir más leña al fuego—. ¿Os besasteis tras la foto? —me pregunta divertida. Agarro el primer cojín que encuentro y se lo lanzo con fuerza.

Hay días que pienso que el pasatiempo favorito de mi amiga es verme sufrir. Está haciéndolo aposta porque al volver de la cita del sábado se lo conté todo. Sabe el trato que tenemos y también que las fotos manipulan la realidad.

—No escuchéis a Beth, es una mentirosa. Os juro que como mucho solo somos amigos.

—Los amigos no se miran como te mira Brice —levanta la voz mi amiga. Le lanzo otro cojín.

—Beth, cariño, mantenme informada de este asunto, porque si dependiera de mi hija nunca me habría enterado.

—Cuenta con ello, Fang.

Mi madre cuelga y le lanzo una mirada asesina a Beth, quien se encoge de hombros con inocencia. Lo que me faltaba. Ahora mis padres también están involucrados en este lío. ¿Y ahora qué hago?

9

—¿Irás a la conferencia de hoy? —pregunta Sophie mientras cruzamos el pasillo hacia nuestra aula.

Va a venir un investigador que ganó el premio Nobel y que ahora es profesor de química en la Northwestern University a darnos una charla titulada «Artificial molecular machines». No es un tema que me llame especialmente la atención, pero habría ido. Digo «habría» porque tengo otros planes para esta tarde que involucran a Brice y una feria. ¿Quién le diría a la Lexi de hace unos meses que iba a rechazar asistir a una conferencia?

—Lo cierto es que no. —Me encojo de hombros avergonzada. Es la primera a la que no asistiré.

—¿Y eso? Nunca te has perdido ninguna.

Hay un atisbo de decepción en su expresión. Ella esperaba que me decidiera a ir y mi lado racional se muestra de acuerdo. La feria, comparada con esto, es una absoluta pérdida de tiempo. Quizá no esté tomando la decisión correcta. Quizá debiera ir. Aún estoy a tiempo de solicitar una plaza para la conferencia.

No dejo que mi mente siga ese hilo de pensamiento porque me conozco y sé que terminaré autoconvenciéndome de dejar plantado a Brice. Pero, no, ahora mi prioridad es desenmascarar a Cupido.

—Seguro que habrá otras a lo largo del semestre.

—Supongo que sí —dice extrañada. Se para en la puerta de la clase—. Ve entrando, me pasaré un momento por el baño.

Le respondo con un movimiento de cabeza.

La clase está vacía a excepción de dos grupitos que están en las primeras filas. Escojo un asiento a media altura y dejo mi bolso sobre la silla del costado para guardarle el sitio a Sophie.

Preparo mi portátil para tomar notas y aprovecho para leer por encima la lección del día anterior. Poco a poco, llegan el resto de los alumnos y Brice está en el umbral de la puerta. Me froto los ojos. Esto de pasar tiempo con él me está generando alucinaciones. Al abrir los ojos, Brice sigue allí y está subiendo las escaleras de dos en dos. En un movimiento rápido, me escondo debajo de la mesa y me doy un golpe en la cabeza con la madera. Reprimo una palabrota.

—Te he visto, Lexi. —Brice está en la fila de detrás y me observa sonriente.

—Se me había caído el boli. —Alzo la mano para mostrárselo. Muy digna, me levanto del suelo y me vuelvo a sentar en la silla—. ¿Qué haces aquí?

—Iba a preguntarte lo mismo.

—Es mi grupo de teoría y que yo sepa tú no vas a esta clase.

—Hoy sí. Tenemos el mismo profesor y, como me salté ayer su clase, aquí estoy para recuperarla.

Quiero preguntarle por qué no fue ayer, pero me abstengo. No es una información que me incumba y empiezo a pensar que tiene ganas de que se lo pregunte.

Me giro hacia el frente, preparada para ignorarlo. Pero, a los pocos minutos, siento el peso de su mirada sobre mí. Me invade un nerviosismo que no me gusta nada. Decido encararlo porque no podré concentrarme durante la próxima hora si se la pasa así, que lo veo capaz.

—¿Quieres dejar de mirarme tan fijamente? Me estás poniendo nerviosa.

—¿Te pongo nerviosa? —pregunta, con una sonrisa asomando en los labios.

—Si alguien te mira como lo estás haciendo ahora, también te pondrías nervioso.

—¿Y cómo te estoy mirando? —Brice se inclina sobre la mesa. Echo mi cuerpo y mi espalda da con el borde de la mesa antes de lo esperado, impidiéndome poner distancias entre nosotros.

—Me estás... —Ladea la cabeza, interesado. Su mirada se pasea por mi rostro, estudiándolo, como si intentara memorizar cada detalle. Mis sensores me envían señales para que continúe mi frase, pero por alguna razón mi cerebro no está obedeciendo. Tampoco lo está haciendo para controlar mis pulsos alterados. Me deja distraerme con sus ojos y esas chispas doradas que se asoman por sus iris marrones. Abro la boca para intentarlo otra vez—: Tú...

—Yo... —Me insta a seguir.

Agito la cabeza para que las conexiones de mis neuronas se recompongan.

—Tienes la mirada de un psicópata vigilando a su siguiente víctima. Y de manera muy poco discreta.

Brice se ríe.

—Puedo ser más discreto si quieres.

—Quiero que dejes de mirarme.

—Está bien. —Se pone de pie con un suspiro de derrota—. Me sentaré en otro sitio. —Recoge sus cosas y comienza a abandonar la fila de sillas. Sonrío para mis adentros. Qué fácil ha sido convencerlo.

—Te lo agradezco.

Me coloco bien en mi asiento, con la vista al frente. Oigo sus pasos alejarse y de repente la silla de mi lado se baja. Brice deja su portátil sobre la mesa.

—Solucionado.

Los ojos se me salen de las órbitas. El pánico que inunda mi rostro le parece gracioso.

—¡Pero aquí no! —espeto.

Varias personas se giran a mirarnos. Les muestro mi mejor sonrisa fingida. No quiero dar la impresión de que nos llevamos mal. Pero tampoco quiero tener cerca a Brice más de lo estrictamente necesario porque, cuando estamos juntos, somos el centro de la atención y no quiero eso. Fingir en las citas debería ser más que suficiente, mientras tanto, mi idea es seguir evitándolo por las mañanas. Y Brice me está complicando el trabajo.

—¿Por qué no? Desde aquí no puedo mirarte discretamente. ¿No es lo que querías?

No se molesta ni en negar que me estaba mirando.

—Sí, pero…

—¿Entonces cuál es el problema? —me interrumpe—. ¿Te desconcentra tenerme cerca? —Arquea una ceja.

—¡Claro que no! Quédate donde estás.

—Si insistes…

Brice procede a encender su portátil mientras trato de ignorarlo con todas mis fuerzas. Pero la mirada se me escapa hacia él sin mi consentimiento. Tiene de fondo de pantalla un collage de tonos anaranjados. Distingo paisajes con atardeceres, fotos de páginas de libros y un perro *golden retriever* sonriente. Asiento para mis adentros y hago una mueca de suficiencia, ni siquiera él mismo niega el parecido. Consigo leer la frase que está en la esquina inferior: «Vive cada día como si fuera el último». Sonrío para mis adentros. Puedo asegurar que lo sigue al pie de la letra.

Sophie vuelve del baño y me busca con la mirada. Se fija en mí y también en Brice. Le hago un gesto para que se acerque antes de que se le pase por la cabeza sentarse en otro sitio y dejarme a solas con Brice. Cuando aparece una sonrisa en su rostro, me doy cuenta de que no piensa venir. Me ha traicionado.

El resto de los asientos de nuestra misma fila también están vacíos. Parece que mis compañeros se han propuesto dejarnos solos.

Al acabar la hora, Brice se despide de mí y me recuerda que nos vemos más tarde, en nuestra no-cita.

Miro mis apuntes incompletos por culpa de todas las veces que Brice me ha susurrado comentarios graciosos durante las explicaciones del profesor. No pienso en lo mucho que hacía que no me lo pasaba tan bien en clase.

Tendré que pedirle a Sophie que me preste sus apuntes y contrastar la información.

Beth está haciendo su limpieza semanal de su habitación y tiene puesta su playlist de Taylor Swift para la ocasión. Suena *All Too Well* en un volumen que está científicamente probado que puede hacer explotar los tímpanos mientras la canta a pleno pulmón. Estoy segura de que está haciendo de todo menos limpiar.

—¡Baja la música, Beth! —grito desde mi habitación.

No recibo respuesta y ella sigue gritando la letra como si se le fuera la vida en ello.

Me doy por vencida y termino por cerrar la puerta de mi habitación y ponerme los auriculares aislantes.

Observo la sudadera y el jersey de punto sobre la cama.

Nuestra segunda no-cita es en una feria que está en las afueras de Weston y he acordado con Brice que nos veremos en la entrada. Para llegar, es un trayecto de media hora en bus desde el piso y una caminata de casi veinte minutos a pie. ¿Me arrepiento de no haber aceptado ir en coche con Brice? Es probable. Pero fue mi decisión y pienso mantenerla hasta el final.

Me quito los auriculares y ya no oigo la música. ¿Ha terminado de limpiar tan rápido? Abro la puerta de mi habitación con una percha en cada mano para pedirle a Beth que elija por mí.

—Beth, ¿cuál te gusta más? —digo, bajando la voz.

Me quedo clavada en el sitio. No puedo creer lo que veo: Brice está en el salón. Sentado en nuestro sofá. Deshago mis pasos y me encierro en la habitación.

—Seguro que son alucinaciones —murmuro para mí. Suelto una risa seca. Abro la puerta de nuevo.

Brice sigue ahí, con una chaqueta vaquera y me mira con su sonrisa de siempre.

—Me gusta más la sudadera. ¿Es eso la molécula de la cafeína? —señala con el ceño fruncido al estampado de la prenda.

Vuelvo a meterme en mi habitación y vuelvo a cerrar la puerta.

No voy a perder los papeles. No voy a perder los papeles, me repito a mí misma. Escondo la ropa de su vista como puedo, respiro hondo y vuelvo a salir.

—¿Qué haces aquí? —espeto con los brazos cruzados.

—Recogerte para irnos al parque de atracciones.

—Pero habíamos quedado en vernos ahí.

—¿Y has creído que lo decía en serio? Lo he mirado y no hay ningún bus que llegue hasta allí.

Muy considerado por su parte, pero no puede presentarse aquí sin avisar y menos aún cambiar mis planes. Odio que me cambien los planes. Además, ¿quién lo ha dejado entrar?

Busco con mi mirada asesina a Beth por el piso. La encuentro en la cocina, buscando algo en la nevera y haciendo como si fuera ajena a la situación.

—¿Te apetece un trozo de tarta de limón, Brice? —pregunta Beth, la mar de contenta.

—No. Ya nos vamos —respondo por él.

—Sí, tenemos que irnos. Pero a la próxima.

—Me cambio y salimos —informo.

Brice asiente a la vez que Beth ocupa el lugar libre del sofá a su lado para acribillarlo a preguntas.

—¿Y vives por aquí cerca? ¿Dónde naciste? ¿Cuál es tu grupo sanguíneo? ¿Horóscopo?...

Me meto en mi habitación, saco la ropa de donde la había escondido, debajo de la cama, y dejo caer las perchas encima de esta. Miro las dos opciones por una última vez y me pongo el jersey blanco. Cambio mis pantuflas por unas botas negras y me cuelgo la bandolera.

Salgo del piso con Brice pisándome los pies y no se me pasa por alto su mirada sobre mi ropa. Claramente, no iba a darle el gusto de ponerme la sudadera.

Brice arranca el motor y salimos del aparcamiento. Bajo la ventanilla y el viento de septiembre desordena mi pelo negro. A Brice se le cae un mechón sobre el rostro. Lo aparta con un soplido.

A medida que nos alejamos de la ciudad, dejamos atrás los edificios blancos y las calles ruidosas. Nos adentramos en un paisaje mucho más verde y en la carretera circulan menos coches. Brice aprovecha para pisar a fondo el acelerador. Mis ojos se disparan al panel sobre el volante. Me relajo al ver que no supera el límite de velocidad.

—Tu amiga es graciosa —rompe el hielo. Aparta los ojos de la carretera por un segundo—. Y creo que le he desvelado información suficiente como para matarme y deshacerse de mi cuerpo sin que nadie se entere.

—Yo que tú no la enfadaría.

—No se me ocurriría. —Hace una pausa—. Se nota que se preocupa por ti.

—Lo sé.

Beth puede meterme en muchos líos, pero siempre está ahí cuando más la necesito. Incluso las veces que ni siquiera yo misma sé que la necesito. Nunca olvidaré las noches que se coló en mi cuarto para hacerme compañía cuando rompí con mi exnovio a pesar de que le hubiera jurado y perjurado que estaba bien. En el fondo, no lo estaba, pero no quería preocupar a nadie, y Beth lo vio.

—¿Quieres poner algo? ¿Spotify? ¿La radio?

—Es tu coche, ¿qué sueles escuchar tú?

—Depende del día. —Enciende la pantalla—. Creo que tengo puesto el audiolibro de esta mañana.

Así que no fue casualidad que se trajera consigo un libro ese día en la cafetería. A Brice le tiene que gustar leer de verdad como para preferir un libro en vez de música. Yo hace años que no abro un libro por voluntad propia, creo que el último fue una lectura obligatoria. De pequeña me gustaba, hasta que me di cuenta de que el día no tenía horas suficientes como para dedicarme a estudiar y seguir con mi afición.

—Pues podemos ponerlo.

Tengo curiosidad por conocer más de su faceta de lector. ¿Cuáles son sus autores favoritos? ¿Qué géneros lee? ¿Cómo comenzó a leer?

—No hace falta, pon lo que tú quieras. Además, el audiolibro está comenzado y no te vas a enterar de nada.

—Entonces cuéntame de lo que trata, ya sabes, ¿un miniresumen?

Percibo un brillo especial en sus ojos y termina por sonreír.

—Está bien.

Veo la noria de la feria. Brice gira el volante hacia la derecha. El pavimento desaparece para dar paso a un camino de tierra abrupto que provoca pequeñas agitaciones al todoterreno. Me sujeto del reposabrazos.

Llegamos a un aparcamiento improvisado delante de la entrada y damos como cinco vueltas hasta que una familia deja libre su plaza y la ocupamos. Brice pone el freno y apaga el motor.

El sol está a punto de ponerse y el cielo es de un tono anaranjado. La feria está en medio de un bosque, estamos rodeados de árboles. Brice me extiende la mano para bajar del coche.

Nada más pasar por la entrada de la feria nos recibe un payaso que hace perros salchicha con globos. Discretamente, uso a Brice como escudo humano hasta que nos alejamos lo suficiente del potencial asesino en serie.

Como está a punto de anochecer, todas las luces de los puestos están encendidas. Levanto la cabeza para admirar las guirnaldas de luces que van de un lado al otro del caminito repleto de familias, amigos y parejas. Unos niños cruzan corriendo por delante de nosotros y nos paramos en seco.

—¿Por dónde quieres comenzar? —pregunta Brice con las manos en los bolsillos. Mira entusiasmado a las diferentes atracciones.

Está claro que tenemos planes diferentes para las próximas horas. Los suyos tienen pinta de centrarse en disfrutar de la feria, mientras que los míos se basan en buscar a Cupido.

—No vamos a montarnos en nada —digo firme. Él se gira incrédulo.

—Espero que no hayas dicho lo que creo que has dicho.

—No vamos a montarnos en nada —repito.

—No vas en serio. —Al ver que no lo niego, se gira y me coloca las manos sobre los hombros—. Lo que no vamos a hacer es desaprovechar estas entradas. —Saca el móvil del bolsillo y me las muestra.

Horas antes, Cupido nos ha enviado un pase libre con el que podemos acceder de forma ilimitada a las atracciones de la feria. Es tentador, pero tenemos que centrarnos, estar más atentos que la última vez. Más aún, sabiendo que la feria es tan grande y que la visitan tantas personas.

—Recuerda a qué hemos venido. Estamos aquí…

—… para desenmascarar a Cupido —termina por mí—. Pero podemos hacer las dos cosas—. Sigue mi mirada y enseguida me señala con el índice de una manera amenazadora—. Ni se te ocurra sugerir sentarnos en esos bancos de ahí y esperar. Venga, Lexi, no seas aguafiestas.

—No soy aguafiestas. —Y prometo que lo que hago cuando arrugo los labios no es un puchero. Solo quiero terminar con esto lo antes posible.

—Entonces ¿nos subimos primero en los coches de choque o en esas tazas giratorias?

—Súbete tú si quieres. Yo te espero en los bancos.

Doy un paso en dirección contraria. Al instante, la mano

de Brice envuelve mi muñeca y me arrastra con él. Clavo los talones en el suelo para oponer resistencia. Parezco una niña enfurruñada a la cual sus padres no le han comprado la piruleta que quería. Brice tira de mí con más fuerza. Lo único que consigo es desgastar la suela de mis zapatos y levantar una nube de polvo.

—Si no le damos contenido de pareja, Cupido no va a aparecer.

Odio que me convenza con tanta facilidad. Me rindo a regañadientes. Quito la mano de Brice y lo sigo por voluntad propia. Él sonríe triunfal. Aish, cómo me irrita esa sonrisa.

Me subo a las tazas giratorias con los brazos cruzados y cara de pocos amigos, pero duro poco en esa postura cuando Brice gira el volante a lo loco. Me aferro a las paredes como si me fuera la vida en ello. Siento mi cabeza despegándose de mi cuerpo. Una vez en suelo firme, todo me da vueltas y me sujeto a Brice para no darme de bruces contra el pavimento al primer paso. Noto el calor de su aliento en la mejilla.

Nuestra segunda parada es en los coches de choque, donde invierto los ocho minutos que nos dan en propinarle la mayor cantidad de golpes posibles al coche de Brice. Se me unen un grupo de niños, que rondarán los diez años, y logramos acorralarlo en un círculo. Esta vez, soy yo la que le sonríe, malévolamente.

Al bajarnos, Brice no para de quejarse y asegurar que no he jugado limpio, cuando nunca dijo que era una competición. Mi vena competitiva nos lleva al puesto de los dardos.

—Tres tiros cada uno, si acertáis los tres os lleváis premio —explica el encargado de la caseta.

Me pongo al lado izquierdo y Brice en el derecho. Estamos enfrente de nuestros respectivos paneles de globos. Evalúo la distancia que hay y pongo mala cara. Tuve que haber sugerido ir al puesto de los patos. Seguro que pescar esas aves con un imán hubiera sido más fácil que hacer explotar tres globos seguidos.

Veo a Brice dar saltitos en el mismo sitio por el rabillo del ojo. Me concentro en los globos y los repaso fijamente esperando que alguno me gritara un «explótame a mí». Obviamente, no es el caso. Respiro hondo y lanzo el primer dardo.

—¡He acertado! —levanto los brazos emocionada. El encargado me dirige una mirada de «esta loca se cree que ha ganado los juegos olímpicos de tiro al blanco».

—Uno de tres —informa Brice despreocupado. También ha acertado su primer tiro.

Me preparo para mi segundo lanzamiento. Separo un poco los pies y cojo el dardo de la mesa. Otra respiración honda y… otro acierto. Esta vez, hago mentalmente mi baile de la victoria.

Brice explota su segundo globo.

Dos a dos. Un último tiro.

Levanto el dardo que me queda y le doy un beso para desearme suerte. Me coloco en posición. Hago un lanzamiento de prueba sin dejar ir el dardo. Fijo mi objetivo y lo suelto. Oigo mis latidos a cámara lenta mientras miro el recorrido de mi dardo. La punta impacta, la superficie se deforma: el globo se explota.

Corro a los brazos de Brice eufórica. He acertado los tiros. ¡Los tres tiros!

Brice suelta una carcajada que me saca de mi trance de felicidad. Lo estoy abrazando. A Brice.

Me separo enseguida con las mejillas teñidas de rojo. Miro a cualquier lado menos a él para disimularlo.

Caigo en que no sé si Brice ha acertado su tirada. Porque, de ser así, habríamos empatado. Me apresuro a mirar su panel.

—He ganado —susurro al ver su dardo clavado y rodeado de globos intactos. Me giro hacia él y exclamo—: ¡Te he ganado!

Brice pone los ojos en blanco divertido.

—El juego está trucado.

—Lo que tú digas. Acepta que te he ganado.

—No estábamos compitiendo.

—Al señor sonrisillas no le gusta perder —murmuro.

—¿Cómo me has llamado? —inquiere indignado. Me gusta verlo así.

—¡Ey! Vosotros dos, vais a elegir premio ¿o qué? —espeta de mala gana el encargado. Los dos nos giramos hacia él.

Doy un repaso a los peluches que cuelgan en el techo del puesto y enseguida sé cuál quiero.

—Ese de ahí —señalo el que está en el fondo.

El señor lo baja con un palo y me lo entrega. Es un pequeño *golden retriever.*

—Toma. Te lo regalo. —Empujo el peluche contra el pecho de Brice. Él lo atrapa.

—Es tuyo. —Me lo empuja de vuelta.

—Quiero que te lo quedes. —Se lo acerco de nuevo—. Para que recuerdes este momento tan histórico en el que te he ganado. Es lo menos que puedo hacer. Además, quién soy yo para separar a los gemelos.

Brice coloca el peluche al lado de su rostro y lo mira con el ceño fruncido.

—¿Quieres decir que me parezco a esta cosa?

Me encojo de hombros divertida. Brice estudia el perro pensativo y termina por colocárselo debajo del brazo mientras nos alejamos del puesto de dardos.

Por el camino nos encontramos con un tiovivo. Brice lo mira con fijeza y sé exactamente lo que pasa por su mente. Ha puesto la misma mirada delante de todas las atracciones en las que nos hemos montado en lo que llevamos de tarde.

—Ni pensarlo. No vas a subirnos a eso —exclamo y me coloco delante de él impidiéndole el paso.

—¿Por qué no?

—Porque ya no tenemos edad.

—¿Quién lo dice? —ladea la cabeza y se cruza de brazos.

Señalo el cartel de solo para niños menores de doce años. Lo estudia detenidamente. Cuando pienso que va a darse la vuelta para irnos, me esquiva y sale corriendo hacia los caballitos.

—¡Brice! —Corro detrás de él, en un intento de pararlo.

Él se sube de un salto a la plataforma giratoria y me veo haciendo lo mismo. Nos subimos en un carruaje segundos antes de que el encargado se dé cuenta de nuestra presencia. Es demasiado tarde para echarnos porque ya lo ha puesto en marcha, los caballitos se mueven de arriba abajo y nuestro carruaje empieza a vibrar. Está claro que no está hecho para soportar el peso de dos adultos.

—Estás loco —susurro, aún con la respiración agitada.

—Y tú, que me has seguido.

Los padres de los otros niños nos observan con desaprobación y hay algunos que se ríen de nosotros. No les culpo. Es una situación absurda: dos gigantes comprimidos en el asiento minúsculo del carruaje, codo con codo y pierna con pierna mientras uno abraza un peluche de un perro.

La distancia entre nosotros es mínima y no soy consciente hasta que me giro hacia él y me lo encuentro de frente. Brice y su manía de mirarme sin que me dé cuenta. Oigo mis latidos más fuertes y me pregunto si él los escuchará también. Espero que no. Con un carraspeo, rompo la conexión de nuestras miradas y me quedo con los ojos al frente el resto del trayecto.

Sesenta segundos más tarde, el carrusel disminuye su velocidad y el encargado se coloca cerca de nuestro lado. Brice me hace una seña para salir corriendo. Me coge de la mano y el mero contacto me revuelve el estómago. Cruzamos la plataforma y, de un salto, nos bajamos de ella. El encargado comienza su persecución, pero yo no quito ojo a nuestras manos unidas.

Brice me guía por los caminos detrás de las casetas y por suerte conseguimos perder de vista a nuestro perseguidor. Cuando me suelta la mano, siento cómo arde.

Trato de no darle importancia, así que, cuando me propone ir a por un algodón de azúcar, solo asiento. Pedimos uno grande para compartir. El señor me lo tiende y yo lo sujeto. En ese instante, me ciega un flash y la veo. La chica del pelo lila. Sin pensármelo dos veces, le tiro el algodón de azúcar a Brice y salgo corriendo detrás de la chica.

Es la misma que vimos en la cafetería. Ella es Cupido. No

hay duda alguna. Se mete en los callejones que hay entre las casetas y hago un sobresfuerzo para seguir su ritmo. No puedo perderla. Alargo la mano para tirar de su mochila y estoy a milímetros de rozar la tela con las uñas cuando dobla una esquina.

La pierdo de vista. Disminuyo mi paso y camino en círculo para tener una visión de trescientos sesenta grados del panorama. No sé a dónde se ha ido.

A escasos pasos de mí viene Brice trotando.

—¿La has atrapado? —dice al llegar. No quito ojo a la bola de algodón que tiene pegada en el pelo y se me escapa una carcajada, una que no hace más que aumentar.

—Sí... Esto. —Se toca el pelo—. Se me pegó cuando me lo lanzaste literalmente en la cara. Creo que tengo hasta en las pestañas.

Y no se equivoca. Incluso se le han pegado trozos en las cejas, que ahora tienen un aspecto pegajoso.

«No tiene tanta gracia, Lexi», me digo en un intento de acallar mi risa. No lo consigo y Brice termina contagiándose.

Nos pasamos un buen rato así, hasta que me comienzan a doler las mandíbulas y la tripa.

Saco la botella de agua y, con movimientos torpes, le echo el contenido por el pelo para quitarle el resto del azúcar. Agacha la cabeza hacia delante para evitar mojarse la sudadera. Se le ha aplastado el pelo en la frente y cierra los ojos con fuerza mientras le chorrea agua por la cara. Verlo así me da otro ataque de risa.

De camino a casa, me doy cuenta de lo impulsivo que es Brice y lo mucho que se deja llevar. Todo lo contrario a mí, que doy mil vueltas a las cosas antes de dar un paso. Pero esta tarde, después de mucho tiempo, me he dejado llevar y... sienta bien. Resulta liberador.

Lo peor es que a una parte de mí Brice ya no le parece tan mala compañía.

10

—La he visto. Salí detrás de ella cuando me tomó la foto. Literalmente estábamos a centímetros y no me puedo creer que no la atrapase —digo indignada. Si hubiera corrido más, quizá lo habría conseguido

Beth ni siquiera me presta atención.

Estamos en una floristería a diez minutos de casa porque mi amiga se ha despertado con ganas de un ramo de flores. Su excusa, que al piso le falta color. Pero, en vez de comprarse uno cualquiera, está eligiendo cada flor individualmente como si tuviera conocimientos de cómo hacer arreglos.

—¿De quién estamos hablando? —Me enseña una margarita blanca y otra amarilla para que elija. Señalo la blanca. Coge un puñado de estas y las mete en su cesta. Lleva elegidas tres flores distintas desde que pisamos la tienda, hace un cuarto de hora.

—No me estás escuchando, Beth —bufo—. Hablamos de la misma chica que vi en la cafetería. La del pelo lila.

—¿La de la primera cita? —me encara de golpe. Al fin tengo su atención—. ¡Ay, Dios! Haber comenzado por ahí.

—Pero si es lo primero que he dicho. —La sigo hacia otro cubo con flores.

—No usaste las palabras adecuadas. Tuviste que decir algo como: «Beth, sé quién es Cupido. La he visto dos veces en las citas» —me imita.

—Yo no pongo esa voz.

Abre y cierra la boca. Me mira con el ceño fruncido.

—Un momento. ¿Por qué has esperado hasta hoy para contármelo? —Hace un gesto con la mano para que no responda—. Pero, primero, ¿qué aspecto tiene Cupido?

—Es una chica, con el pelo color lila a la altura de los hombros... —Me quedo callada.

No me acuerdo de su cara. Es una mancha borrosa en mi mente.

En The Grand Café la vi de perfil y, al estar agachada mirando su móvil, el pelo le hacía de cortina. Y, ayer en la feria, solo distinguí su pelo y el flash. Tampoco le vi la cara. Mis supuestos avances se reducen a nada en segundos. He pasado de saber que Cupido puede ser cualquiera a pensar que puede ser cualquiera con una melena lila a la altura de los hombros.

—Por tu cara, me apuesto lo que quieras que la chica que te tomó la foto con el algodón de azúcar podría haber sido alguna fan de la cuenta. Vaya chasco.

Beth vuelve a su labor de elegir flores y me deja pensando. Esa chica podría habernos visto por casualidad. La única manera de confirmar que es Cupido es esperar a que publiquen las fotos.

—Beth, ¿sabes cuándo suben las fotos en la cuenta?

Apoya la cesta de flores sobre un suelo y saca el móvil.

—Lo suben en cinco segundos —me enseña la cuenta atrás que hay en las stories. Finalmente, suena una alarma estruendosa, que Beth apaga al instante. Con dos zancadas estoy a su lado. En vez de verlo desde mi móvil, me apretujo con mi amiga para tener una perspectiva visual decente de su dispositivo.

El primer carrusel que suben es con fotos de Alika y Jo en un paseo en barco.

nosoycupido Sorpresa en la última foto 😉
Necesitamos una así de #Bricexi!!!

Deslizo hasta la foto de la que habla: Alika y Jo besándose.

Se me cuela en la mente la imagen de nosotros dos en ese carruaje. Tan cerca. Brice bajando la vista a mis labios, yo mirando los suyos. Él inclinándose. Nuestros alientos mezclándose. Yo besándolo. Él devolviéndome el beso.

¿En qué demonios estoy pensando?

—Te has puesto roja —señala mi amiga.

—No es verdad. —Cubro mis mejillas con las manos. Antes de que Beth pueda llevarme la contraria, cambio de tema—. Vamos a ver mis fotos —le quito el móvil de las manos.

Le doy al post y paso rápido las fotos en busca de alguna tomada delante del puesto de los algodones.

—Aquí está. —Salgo sujetando el dulce y Brice con el peluche debajo del brazo. Por el flash, parece tomada con una de esas cámaras antiguas que están tan de moda.

—Pues sí va a ser verdad que has conocido a Cupido. —Se inclina hacia delante para ver la pantalla mejor.

—Sabía que no me creías.

—Normal, si, cada vez que te obsesionas con algo, te empeñas en ver cosas donde no las hay.

—Mentira.

—No me hagas recordarte la vez que le robaste el examen a Jonathan Harris porque cometisteis el mismo fallo y, supuestamente, viste que él tenía tres puntos más de nota que tú. —Hace comillas con los dedos en «viste».

—Confundí un seis con un nueve. A cualquiera le podría pasar.

Beth hace un gesto de desesperación con los ojos y me arrebata el móvil de las manos. Desliza hasta el principio para ver las fotos de una a una. Me sorprende que haya captado cada momento de la tarde. Nos hace parecer estúpidos por no darnos cuenta. Hay una en el puesto de los dardos y, si alguno de los dos hubiera girado la cabeza cuarenta y cinco grados más, la habría visto. Pero estaba demasiada ocupada restregándole mi victoria a Brice como para hacer eso.

—Se os ve monísimos juntos —suspira Beth—. Parecéis hasta enamorados el uno del otro.

Ladeo la cabeza. ¿Estamos viendo lo mismo? Porque en la foto tenemos de fondo a los coches de choques y estamos yendo a otro puesto de la forma más normal, como quien va a comprar pan por la mañana. Pero algo estamos haciendo bien si damos la impresión de gustarnos.

—Como debe ser.

—¿Y no te gusta Brice ni un poquito? —Me da un codazo cómplice.

—¡Claro que no! —Sueno más a la defensiva de lo que pretendo.

—Todos dicen eso al principio y terminan enamorados.

—No vivimos en uno de tus k-dramas.

—¿Y quién dice que no? —cruza los brazos—. Habéis hecho un pacto para fingir ser pareja porque quieres destapar a Cupido y Brice se ha ofrecido a ayudarte sin pedir nada a cambio. ¿No es raro?

—Tendrá sus motivos.

—Lo que equivale a que le gustas y ha visto esta oportunidad para estrechar lazos contigo. Después os daréis cuenta de que durante todo este tiempo no habéis estado fingiendo y que estáis perdidamente enamorados. En vuestro momento más feliz, toca una ruptura por problemas familiares. Pero no te preocupes, el amor siempre vence. —Si Beth fuera un muñeco animado, ahora mismo tendría corazones en lugar de ojos.

—Es más probable que me abduzca una nave alienígena mientras duermo a que pase eso. Y te aseguro que mi relación con Brice es totalmente profesional.

—Sí, claro, pero bien que te tiraste toda la noche hablándome de vuestra tarde en la feria. Que si Brice esto, que si Brice lo otro... Normal que se te olvidara lo de la chica del pelo lila.

Primero, solo fue parte de la noche. Segundo, no mencioné tantas veces a Brice como sugiere. Y, tercero, fue Beth quien no dejaba de preguntarme para saber cada detalle. Además, no tiene por qué significar nada hablar mucho de una persona cuando pasas tiempo con ella.

Beth coge algunas hojas de relleno para el ramo y vamos a dejar la cesta sobre el mostrador. Decide en el último momento que unos tulipanes amarillos le darían un toque diferente y sale a la puerta de la tienda a buscarlos. Mientras, ayudo a la dueña de la tienda a traspasar todo a un jarrón de cristal para que nos pueda hacer el arreglo floral. Vaciamos la cesta completa y Beth no ha vuelto.

¿Por qué tarda tanto?

Mi duda se resuelve al oír los primeros gritos. A través de la cristalera de la tienda, veo a un chico rubio corpulento que le saca por lo menos una cabeza a Beth. Tiene un brazo levantado y en la mano sujeta un pequeño ramo de flores. Mi amiga, por su parte, da saltitos y ¿está intentando subirse sobre el chico a lo King Kong escalando el Empire State?

Los otros dos clientes se han quedado observando también el espectáculo.

Miro avergonzada a la dueña de la tienda y salgo disparada hacia la entrada.

—Te voy a clavar las patillas de tus gafas dentro del ojo si no me las das ahora mismo —amenaza Beth. El chico se mantiene sereno y tiene la mano libre extendida para evitar que mi amiga se le acerque.

—No te atreverás.

—¿Que no me atreveré? —Beth se enrolla las mangas del jersey—. Pues mira cómo lo hago. —Alarga la mano y trata de quitarle las gafas al chico.

—Estate quieta. —Él da un paso atrás, pero sigue con un rostro inexpresivo.

—Pues suelta las flores.

—Ni lo sueñes —dice él.

Alterno la mirada entre los dos como si viera un partido de ping-pong. Está claro que el chico la está sacando de quicio y por algún motivo me divierte verla así. Beth no es una persona irascible, rara vez pierde los papeles y menos por algo tan banal como no conseguir las flores que quiere. Solo la he visto en este estado cuando se encuentra con dueños que maltratan a sus mascotas por la calle.

Abro mucho los ojos cuando mi amiga levanta un pie con intención de golpear la cadera del chico y derribarlo.

—Ey, ey... —Los dos se giran a mirarme como búhos. Aprovecho la distracción para arrastrar a Beth lejos de él—. ¿Qué está pasando aquí?

El chico se alisa la camisa para disimular las arrugas que se han formado por el enfrentamiento. Baja ligeramente el ramo de flores y Beth aprovecha la oportunidad para lanzarse a por él. La paro a tiempo.

—Esta chiflada me quiere quitar *mis* tulipanes —enfatiza el «mis» sin despegar sus ojos azules de mi amiga.

—No son *tus* tulipanes —rectifica Beth.

—Ah, ¿y qué te hace pensar que son tuyos? No veo que tengan tu nombre escrito. —Hace como si lo buscara en el ramo.

Beth se enrabieta.

—Yo las vi primero.

—Yo las cogí primero —contraataca él.

Como no intervenga estos dos pueden estar así todo el día. Carraspeo.

—Oye, Beth... Podemos coger los naranjas —señaló al

lado del bote vacío, donde estaban los tulipanes amarillos—. Quedarían igual de bien.

—Eso, escucha a tu amiga, *Beth*.

—No te metas, Lexi. Esto es entre este ratero unineuronal y yo.

—¿Cómo me has llamado?

—Ratero unineuronal.

—Pues este ratero unineuronal se va a quedar con los tulipanes. —Con un movimiento ágil se deshace de mi amiga y entra a la tienda. Beth lo sigue, pero ya ha llegado a la caja—. ¿Son las últimas que quedan? —le pregunta a la dueña, en voz muy alta.

—Son las últimas. ¿En efectivo o con tarjeta?

—Con tarjeta.

Le envuelven el ramo con papel marrón y el chico abandona la floristería, sin antes pasar por delante de mi amiga y esbozar una sonrisa de suficiencia. En respuesta, Beth le saca la lengua.

Tiro de mi amiga hasta el mostrador y pongo los tulipanes naranjas que he cogido dentro del jarrón.

—Solo son flores, Beth. De hecho, las naranjas quedan mil veces mejor con tu ramo. —Paso un brazo por su hombro y le doy un apretón.

—Es que no son solo flores, Lexi. Se quedó también con mi muffin de arándanos. No me puedo creer la mala suerte que tengo. ¿Qué probabilidad había de cruzármelo otra vez?

Tuerzo el gesto al oír lo del muffin. No me lo había contado.

El anterior percance sucedió en la cantina de su campus y

al igual que hoy se pelearon por el último muffin que quedaba hasta que él le pegó un mordisco.

Me río de lo estúpido que suena y me gano un codazo de parte de Beth.

—¿Sabes cuál es el lado bueno? —Hace un movimiento para que siga—. Que podrás vivir un… ¿Cómo se llamaba ese cliché que tanto te gusta? *¿Enemies to Lovers?*

—Ni aunque me encerraran con mil víboras. Imposible —sentencia.

Pagamos el ramo de flores y salimos de la floristería con mi risa de fondo. Me pregunto si estos dos van a volver a coincidir. Espero que la probabilidad sea igual que la de encontrar un electro en un orbital. Muy alta.

11

Tener a Brice delante de mí durante dos horas me ha hecho darles más vueltas de las necesarias a las palabras de Beth en la floristería.

No es para nada descabellado pensar que le gusto a Brice. Todo lo contrario. Explicaría gran parte de su comportamiento, como, por ejemplo, la gran incógnita: por qué me está ayudando. O su esfuerzo por llevarse bien conmigo. Digamos que no he sido la persona más abierta del mundo y me he mostrado a la defensiva la mayor parte del tiempo. Lo reconozco... Yo, en su lugar, ya me habría mandado a tomar por saco.

El caso es que si hay algo que no soporto es la incertidumbre. Ha llegado la hora de poner las cartas sobre la mesa.

—¿Te gusto? —pregunto sin pensar.

Brice saca la cabeza en un movimiento brusco de la taquilla y al hacerlo se da un golpe contra el metal.

Estamos en la habitación contigua al laboratorio de prácticas, recogiendo nuestras cosas. Somos los únicos que quedamos porque tuvimos que repetir parte del experimento de hoy.

—¿Que si me gustas? —pregunta incrédulo. Asiento despacio. Entonces suelta una carcajada y comienza a negar con la cabeza de manera exagerada—. ¡No! Imposible. Jamás. Nunca…

Por alguna razón, su reacción me ofende cuando no debería importarme. Ni que quisiera gustarle. Porque no quiero, ¿verdad?

Agito la cabeza para deshacer la duda.

¿En qué estaba pensando? Claro que no quiero.

Todo es culpa de Beth. Me estoy dejando influenciar por sus historias descabelladas sobre Brice y yo. Además, nuestras no-citas, prácticas y encontronazos por los pasillos tampoco están ayudando. Porque no puede ser que cuando piense en la idea de que Brice y yo seamos amigos ya no me parezca tan horrible.

—Lo pillo. Tampoco hace falta que uses todos los adverbios de negación que conozcas —respondo con fastidio.

—¿Pero a qué viene la pregunta?

—A nada. Olvídalo. —Cierro la taquilla con más fuerza de la necesaria y me dirijo hacia la salida sin esperarle.

—Oye, no te enfades.

—No estoy enfadada.

—Tienes el ceño fruncido. —Señala. De inmediato, relajo mi expresión.

—No lo tengo.

Brice da unos pasos para interponerse en mi camino.

—Lo siento, ¿vale? No era mi intención ofenderte. Olvida lo que he dicho. Nada iba en serio, solo es que me has pillado desprevenido.

Lo que me faltaba. Que piense que me he decepcionado con su respuesta.

—No hay nada de lo que disculparte porque me da exactamente igual. Te lo pregunté para comprobar que no te estuvieras haciendo ilusiones. No quiero corazones rotos para cuando desenmascaremos a Cupido y volvamos a ser desconocidos.

—¿Y si es demasiado tarde y ya me he hecho ilusiones? Puede que te dijera que no me gustabas para evitar que supieras que, en realidad, creo que eres el amor de mi vida. —Una sonrisilla se asoma a sus labios. Niego con la cabeza con reproche. Sé que no se lo ha tomado en broma. Y eso me alivia.

En ese momento, mi móvil suena con un mensaje de mi madre y me da miedo saber qué es. Desde que descubrió la cuenta de Cupido, ha comenzado a seguirlo e incluso ha ido dejando comentarios en los posts como «ay, qué guapetón mi futuro yerno» que hacen que quiera golpearme contra una pared. Ahora es tan fan como Beth y pondría la mano en el fuego a que cotillean a mis espaldas. Esto me saca de quicio, si mi madre ve las salidas, puede pensar que estoy descuidando los estudios.

Cuando entro a la notificación, veo un párrafo de emojis con corazones en los ojos seguido de un enlace directo, que me lleva al carrusel de fotos de Brice y yo en la feria. Pero en lo que recae mi atención es en el inusual círculo multicolor que rodea la foto de perfil de Cupido. No sabía que subiera stories.

Es una foto estática con cuatro palabras: preparando la siguiente cita. Mis ojos van directos a escanear las estanterías del fondo y las mesas blancas que se muestran. Me paro en seco. Brice da la vuelta cuando se da cuenta de que no le sigo.

—Sé dónde es —murmuro. Hace segundos que lo ha publicado. Estoy a tiempo.

—¿Sabes dónde está el qué? —Le muestro la pantalla—. ¿Es la Westonshire County Library?

Lo es. He ido estudiar ahí varias veces y está apenas a dos calles del campus.

—Nos vemos, Brice. Voy a darle una sorpresa a Cupido —me despido y salgo corriendo hacia la salida del edificio.

—Voy contigo. No quiero que te lleves todo el mérito.

Hacemos un trayecto de ocho minutos en cinco y nos plantamos delante de la biblioteca. Es un edificio de dos plantas con grandes ventanales. Subimos a la planta superior, donde repaso con Brice la foto y nos damos cuenta de que los libros del fondo son de la sección de Historia del Arte Contemporáneo. Como no es época de exámenes el lugar está casi vacío, algo que nos facilita el trabajo. Cuando llegamos al ala oeste de la biblioteca solo hay una única persona sentada en la mesa. Él, no ella, levanta la cabeza hacia nuestra dirección. Tiro de Brice hasta escondernos detrás de una estantería. Nos sentamos en la moqueta con la espalda apoyada en los libros.

—No tiene… —Estampo a toda velocidad mi mano sobre su boca.

—Baja la voz, estamos en una biblioteca—susurro.

—Perdón —dice en un volumen más bajo—. Lo que estaba diciendo. No tiene el pelo lila... Ni es una chica.

—También tengo ojos, Brice.

Me pongo de rodillas y saco un libro de la estantería. Lo dejo en el suelo.

—¿Qué haces?

—Un hueco por donde mirar —explico. Como las baldas son dobles, meto la mano por la ranura y trato de quitar el libro del otro lado.

—¿Y no es más fácil sacar la cabeza por un lado?

—Esto es más discreto.

Brice sigue mis pasos y hace un hueco cerca del mío.

No nos hemos confundido. Es un chico. Está delante de su portátil y lleva unos cascos puestos. Podría ser el mismo que vimos ese día en la cafetería junto a la chica. Pero no. El de hoy es castaño y el otro era rubio. Aunque bien se podría haber teñido. No sería tan descabellado.

Por otra parte, también está la teoría de Beth, que la chica de pelo lila solo es una fan que nos hemos cruzado dos veces por casualidad. Eso significaría que quien sea que esté ahí sentado es el verdadero Cupido.

Me aparto del agujero y me giro hacia Brice. Él hace lo mismo y nuestras caras quedan a escasos centímetros. Me pierdo por un segundo en sus ojos color café. Una respiración. Dos respiraciones. Desvío la mirada a sus labios entreabiertos. Recaigo en ese lunar tan peculiar suyo. Tres respiraciones. Cuatro respiraciones. Vuelvo a sus ojos. Siento cómo mi corazón bombea con rapidez. Rompo la conexión con un carraspeo.

Brice se aleja y mira a todos lados menos a mí.

En un intento de obviar lo que acaba de pasar, le explico la teoría de Beth y mis teorías.

—¿Y cuál es el plan? —pregunta al cabo de un rato.

—Plantarle cara. —Con el ojo pegado en la ranura, vigilo que no note nuestra presencia—. ¿Me acerco por delante y tú por detrás?

—No suenas muy convencida.

Me enderezo y lo miro a los ojos. Grave error.

—Es que no lo estoy. —He esperado tanto este momento que ahora no sé qué hacer.

No hay mucho más que decir, así que asentimos y Brice y yo nos separamos. Lo veo moverse por las estanterías agachado. Cuando está a poca distancia del chico, salgo de mi escondite y hago como si buscara algún libro. Avanzo a paso de tortuga.

Siguiendo mi plan exprés, Brice se sitúa detrás del chico y yo rodeo su mesa hasta quedarme enfrente de él. Con un movimiento ágil, mi compañero le quita los cascos. El chico se endereza de sopetón y mira alrededor confundido. Brice esboza una sonrisa torcida y se le marca ese único hoyuelo.

—Al fin nos conocemos, Cupido. —Cierro la tapa de su portátil para llamar su atención. Es posible que mi postura y mi tono de voz imiten a los de los actores que interpretan a policías en la serie *Ley y orden*. Siempre hay que estar preparada y me he documentado a fondo para mi papel de detective.

—¿Qué creéis que hacéis, pedazo de imbéciles? —El chico hace el amago de levantarse, pero Brice se lo impide.

—Cuidado con lo que dices —interviene Brice.

—Cuidado vosotros con lo que hacéis. —Él trata de deshacerse de las manos en su hombro—. ¿Se puede saber quién carajo sois?

—¿Vas a fingir que no nos conoces? —interrogo con los brazos cruzados—. Eso es caer muy bajo, Cupido.

—Es que no os conozco. Si no os alejáis de mí en diez segundos, llamo a seguridad. Además, ¿quién demonios es Cupido?

—No estoy para jueguecitos. Confiesa y quizá te reduzcan la sentencia. —Brice me mira raro.

—¿Qué sentencia? ¿De qué hablas?

Tal vez me he metido un poco demasiado en el papel.

Saco el móvil y le enseño la story.

—Lo has subido hace un rato y es exactamente este fondo. —Encajo la foto con las estanterías y la mesa—. Deja ya de fingir.

Me quita el móvil de un manotazo. Brice alarga el brazo para interceptarlo, pero le digo que no con un ligero movimiento de cabeza.

Que mire todo lo que quiera. Tarde o temprano tendrá que admitir la verdad. Como dicen en *Ley y orden*, la verdad siempre sale a la luz.

—No es mi portátil —señala el chico.

—Claro que lo es. —Dejo escapar un suspiro exasperado. Apoyo las manos sobre la mesa para intimidarle y prosigo—: No hace falta que lo hagamos por las malas. Admite que eres Cupido, haz lo que te digo y quizá salgas de aquí con todos los huesos intactos. Fin de la historia.

—No es su portátil —insiste Brice.

—¿Ves? Es tu portátil. —Un momento, ¿ha dicho lo que creo que ha dicho? Rodeo la mesa hasta donde está. Brice coge mi móvil y lo sitúa al lado del portátil sobre la mesa. Mi cara palidece. Me giro primero hacia Brice con lentitud y luego hacia la víctima—. Oh, Dios mío.

El chico se deshace de las manos de Brice en sus hombros de un golpe y le arranca sus auriculares. Cierra su portátil con fuerza y lo mete torpemente en su mochila.

—Sí, «oh, Dios mío». Os vais a arrepentir. Los dos. —Nos apunta con el índice mientras va dando trompicones hasta las escaleras de salida.

Dibujo mi mejor sonrisa y agito la mano como despedida. Aguanto la postura hasta que desaparece de mi campo de visión.

—Qué he hecho. —Me llevo la mano a la cara.

Brice se ha apoyado en la mesa y nuestros ojos están en la misma altura.

—Has estado genial. ¿Cómo era? «Haz lo que te digo y quizá salgas de aquí con todos los huesos intactos» —me imita.

—No es gracioso, Brice. Nos hemos equivocado de persona y he hecho el ridículo.

—¿Y qué más da? Seguro que ni se acordará de nosotros mañana.

—Yo sí me acordaría si unos lunáticos me retuviesen en contra de mi voluntad y me amenazaran.

—Pues no lo pienses. Simplemente olvídalo.

—¿Así es como solucionas tus problemas? ¿Evadiéndote?

—Funciona. Deberías probarlo.

—Vosotros dos. —Nos giramos al unísono.

Viene hacia nuestra dirección una mujer con el pelo recogido en una coleta y un traje negro. En su uniforme tiene estampada en letras amarillas la palabra «seguridad» y usa un pinganillo.

Brice se pone de pie y sonríe como si le divirtiera la situación. Pensará que nos estamos burlando de ella. Le doy un codazo discretamente.

—Hola, agente —saluda entusiasmado.

La mujer lo mira con cara de pocos amigos y se apresura a tocar teclas del dispositivo que lleva. Es un móvil con tanto revestimiento que parece un ladrillo.

—Vuestros nombres completos, por favor.

—Alexa Wang.

—Brice Evans.

Los apunta y nos hace una foto con flash que me deja ciega.

—¿Podemos saber para qué lo necesita? —pregunto mientras trato de leer lo que está escribiendo.

—Nos ha llegado un aviso grave de incumplimiento de las normas de convivencia. Y a partir de hoy tenéis la entrada prohibida a esta biblioteca hasta nuevo aviso.

Parece que alguien ha cumplido con su palabra y quiere devolvérnosla.

—¿Qué? Si solo nos hemos acercado al chico y hablado civilizadamente —explico.

—Eso no es lo que corroboran varios testigos. Si me disculpáis, voy a tener que acompañaros hasta la salida. —Extiende el brazo para cedernos el paso.

—Seguro que hay una alternativa. Tampoco ha sido tan grave —trato de razonar.

Sabía que tenía que haber hecho más comprobaciones. No es mi estilo actuar tan impulsivamente. De igual modo, prohibirnos la entrada a la biblioteca hasta quién sabe cuándo es un castigo más que exagerado. Ni que hubiéramos inundado el lugar con un volcán de espuma gigante.

—Hagan el favor de moverse si no quieren que les saque a rastras.

Brice me coge del brazo y me obliga a caminar.

—¿Dónde iré a estudiar ahora?

Esta biblioteca está cerca del campus y hay buen ambiente. Pero, sobre todo, es patético que te prohíban la entrada a una biblioteca. Una biblioteca. No conozco a nadie que le haya pasado eso.

—No es asunto mío.

—Si eso es lo que te preocupa, puedes venir a estudiar a mi casa siempre que quieras —me susurra Brice al oído.

Me deshago de su agarre y disminuyo mi velocidad para ir al lado de la agente.

—¿Y si tengo que coger prestado un libro que solo está disponible aquí? ¿O si un día tengo una indigestión y necesito usar el baño urgentemente? O, peor, y si me persigue un sicario despiadado y solo tenga la biblioteca cerca para esconderme…

—Se lo repito. No. Es. Asunto. Mío.

Nos mete dentro de la puerta giratoria y no nos queda otro remedio que irnos. Mientras tanto, Brice no deja de reírse.

—No sabía que te gustara tanto esta biblioteca —se burla.

—No es gracioso, Brice.

Espero su réplica, pero no llega. En su lugar, se queda mirando a un punto fijo detrás de mis espaldas. Me giro.

—¡Nate!

Un chico rubio ralentiza su carrera y se quita los auriculares. Mi acompañante mueve la mano de un lado al otro para captar su atención. Se desvía de su camino y trota hacia nuestra dirección.

Le revuelve el pelo a Brice a modo de saludo y este se lo recoloca avergonzado. Después la mirada del sujeto recae en mí.

—Tú —decimos al unísono.

Pelo castaño, ojos azules y cara de amargado. Es el tipo de la floristería. Aunque esta vez no lleva gafas y el conjunto deportivo le hace parecer más joven.

—Un momento, ¿os conocéis? —Brice se interpone entre los dos.

—Es la amiga de la chiflada.

—¿Chiflada?

—Beth —explico. Brice arruga aún más la frente—. Es una larga historia.

—¿Qué hacéis por aquí?

—También es una historia muy larga —se me adelanta Brice—. Pero, ahora, vamos a por un helado.

—¿Con este tiempo? Bueno, os dejaré solos. —Nate se pone los auriculares y vuelve a su carrera, sin antes gritar—: No llegues muy tarde. Y saluda a tu amiga de mi parte.

Seguro que Beth estará encantada de recibir noticias de su persona favorita del mundo.

Retomamos nuestro camino hacia donde sea que Brice me está llevando. Me apetece pasar más tiempo en su compañía y supongo que a él también porque ninguno de los dos hemos mencionado la opción de irnos después del incidente en la biblioteca.

—Es mi hermano.

—¿Tu hermano? —Abro mucho los ojos. ¿Cuál es la probabilidad? El mundo me está empezando a parecer pequeño—. No sabía que tenías.

—Hay muchas cosas que no sabes de mí. —Me guiña un ojo.

—Pues no os parecéis. —Físicamente nadie deduciría que son familia. Uno rubio con ojos azules y el otro castaño con ojos marrones. Agua y aceite.

—Soy mil veces más guapo.

—No me refería a eso. Él parece enfadado con la vida y tú… Tú pareces un *golden retriever* preparado para saltar sobre el primero que se te cruce para lamerle la cara.

—Me lo tomaré como un cumplido.

—¿Y vives con él? Con Nate.

—¿Por qué tanto interés?

—Los amigos tienen que conocerse, ¿no?

—¿Así que amigos? —Arquea una ceja.

—Supongo —me encojo de hombros.

—Sí y no. Vivíamos juntos, pero se mudó después de graduarse el año pasado. Ahora solo está de paso. Ya hemos llegado.

Estamos delante de una heladería de fachada rosa y toldo a juego.

—¿Iba en serio lo del helado?

—Muy en serio.

—Pero es octubre y hace frío.

—¿Y qué?

Me coge de la mano y me arrastra dentro del local. Brice se decide por el de chocolate y yo por el de menta, cosa que le hace mostrar un gesto de extrañeza.

Encontramos un banco donde sentarnos y termino contándole los encuentros que tuvo mi amiga con su hermano. Propone, en broma, juntarlos en una cita a ciegas y se me enciende una bombilla. ¿Puede que sea el momento de devolvérsela a Beth?

Vuelvo al piso con esa idea en la cabeza y una nueva notificación de Nosoycupido: una foto de Brice y yo con la agente, saliendo de la biblioteca.

nosoycupido #Bricexi expulsados de Westonshire County Library? Todos nos preguntamos... QUÉ COSAS INDEBIDAS HICIERON 😏😏😏 como para que les prohibieran la entrada 🖤🔥🖤🔥🖤🔥

12

Miro la práctica que me toca hacer esta tarde y preparo el material que voy a usar.

Ha pasado un cuarto de hora desde que hemos entrado al laboratorio y he estado dirigiendo la mirada hacia la puerta a cada rato, esperando que apareciera. Pero la mesa de enfrente sigue vacía y no hay rastro de Brice por ningún lado. El tiempo se me hace eterno y, cuando al fin salgo a las taquillas para quitarme la bata, enciendo el móvil. Nuestra última conversación fue a raíz de una selfi suya con un *golden retriever* que se le había acercado en el parque. Se me elevan las comisuras al releer su comentario: «Comienzo a ver el parecido».

Pienso en la mejor manera de preguntarle sobre su ausencia. No quiero sonar como si me hubiera tirado la última hora preocupándome por él. Tiene que haber pasado algo grave para que falte a unas prácticas donde la asistencia es obligatoria sin excepción. Mi lado más egoísta se alegra un poco, al fin y al cabo, competimos por la misma beca y un fallo suyo significa una victoria para mí.

Cómo es que
no has venido hoy?

Lexi... Apuesto a que
me has echado de menos

En tus sueños.
Venga, dime...

Admite que me has extrañado...
al menos un poquito 😉

Solo para que hables.
Te he extrañado...

Lexi... Vas a hacer
que me sonroje...

Brice... 🙄

Estaba en un examen de Química-Física I.
El doctor Smith está al corriente, pero
tendré que recuperar las dos horas
de hoy otro día 🙁

Me relajo. Menos mal que no ha sido otra cosa.

Pero te veo esta noche

Arrugo la frente. ¿Esta noche? No tenemos ninguna no-cita hasta donde yo sé. Puede que se haya equivocado y ha querido decir otra cosa. Lo dejo en visto y salgo del chat.

Hoy es noche de cine y Beth ha invitado a dos amigos de clase, Levi y Emily. En un principio, mi amiga Sophie también iba a estar, pero le surgió algo en el último minuto.

Estoy configurando los ajustes de la película que vamos a ver cuando suena el timbre. Le lanzo una mirada extrañada a Beth. No esperamos a nadie más, a no ser que Sophie haya solucionado lo que tenía que hacer.

Como ninguno de los presentes tiene intención de moverse del sofá, soy yo quien termina por ir a abrir la puerta. Unos tulipanes amarillos son lo primero que aparece delante de mi cara.

—Hola —saluda Brice apartando las flores a un lado.

Me recorre un cúmulo de emociones, comenzando por confusión, seguida de sorpresa y finalizando con alegría. He pasado la tarde esperando verlo y aquí está. Es como si lo hubiera manifestado.

—Hola.

—¿Son para mí? —Se asoma Beth detrás de mí. Brice asiente y mi amiga no duda en alargar el brazo y cogerlas—. ¡Genial! Justo las que quería. Ha sido un detallazo por tu parte. Lexi, no te quedes ahí y déjalo pasar.

Doy un paso al lado y abro más la puerta.

Beth se lleva los tulipanes amarillos hacia la cocina. Sonrío para mis adentros. Un guiño a la conversación que tuvimos sobre mi amiga y su hermano.

Brice esconde la mano derecha detrás de su espalda y no se ha movido ni un centímetro para entrar al piso. Tiene dibujada una media sonrisa.

—No sabía qué flores te gustaban, así que te traje margaritas. —Me acerca el pequeño ramo—. Según la florista significa amistad incondicional.

—Oh, gracias. —Lo acepto perpleja.

Solo son flores, pero mi corazón se acelera. Pensar en que se ha tomado el tiempo para elegirlas para mí hace que se instale un hormigueo en mi estómago.

Brice entra al piso y estudia con curiosidad cada rincón como si fuera su primera vez aquí, cuando todos sabemos que no es así. De repente me siento expuesta. Dicen que una casa es el reflejo de las personas que viven en ella y en estos momentos daría lo que fuera por colarme en su mente y saber qué está pensando. Se dirige hacia el salón y saluda a Levi y Emily. Los dos están encantados con él y al cabo de unos minutos ya se ríen como si fueran amigos de toda la vida. Envidio esa facilidad que tiene de conectar con otros, de caerles bien sin esfuerzo alguno. Si no fuera por el tema de Nosoycupido, y de los primeros encontronazos, también habría disfrutado de su compañía desde el primer instante.

Me reúno con Beth en la cocina. Me pasa un jarrón de los miles que tiene. Los colecciona como si fueran cromos y no le puedo decir nada porque yo también tengo mi colección de tazas con frases. De ahí que tengamos un armario en la cocina exclusivamente para ello.

—¿Margaritas? ¿Sabes qué representan? —Beth arquea una ceja de manera sugerente.

—Amistad incondicional.

—Es una declaración de amor. También es lo que has dicho, pero no nos interesa ese significado.

Niego divertida. Podrían haber sido claveles y habría dicho lo mismo.

—Lo has invitado tú, ¿verdad? —pregunto, sabiendo la respuesta de antemano.

Le quito el papel que envuelve el ramo, mientras que ella echa el nutriente para plantas dentro del jarrón. Lo veo disolverse en el agua y, con su permiso, pongo las margaritas dentro.

—¿Quién si no? No iba a esperar a que lo hicieras tú.

—Parece que lo haces aposta.

—¿El qué? —Se encoge de hombros.

Juntarme con Brice cada vez que tiene oportunidad. Pero estoy de tan buen humor que ni me molesta que lo haya invitado sin previo aviso.

—Nada.

Beth sonríe satisfecha y coloca los dos jarrones sobre la encimera. Me pasa el bol de palomitas mientras ella coge el de los nachos y los llevamos hasta el salón.

Brice y Levi están en el sofá y, como no es lo suficientemente grande para todos, hemos puesto una manta sobre la alfombra y esparcido los cojines. En este último lugar, nos sentamos Beth y yo, junto a Emily.

—Lexi, siéntate al lado de Brice. —Se levanta Levi y me ofrece su asiento.

—No hace falta.

—Oh, vamos. —Mueve las manos para que me ponga de pie—. Es lo menos que puedo hacer. No quiero que vosotros, tortolitos —le lanza un guiño cómplice a Brice—, estéis separados por mi culpa.

Le digo con la mirada a Brice que haga algo, pero él se limita a levantar las manos y encogerse de hombros. Beth, a mi lado, se está aguantado la risa.

—Insisto. Quédate donde estás. Estoy bien aquí en el suelo.

—Pero ya me he puesto de pie.

—Pues siéntate otra vez —digo entre dientes con una sonrisa.

—Mejor nos cambiamos de sitio.

Levi da una zancada y tira de mis brazos para obligarme a ponerme de pie. Con un movimiento torpe me lanza hacia el sofá. Pero, en vez de caer sobre el lugar que ha dejado vacío, me precipito contra Brice y, antes de poder evitarlo, mi culo está sobre su regazo.

En. El. Regazo. De. Brice Evans.

—No muerdo si es lo que te preocupaba. Puedes estar tranquila a mi lado —me susurra al oído.

Un rubor intenso se extiende por mi rostro. De inmediato me muevo al sitio junto a él y Brice me impulsa con el brazo que ha usado para amortiguar mi caída.

Los tres presentes nos miran con sonrisillas dibujadas en sus caras.

Levi, que ahora está codo con codo con Beth, carraspea y abre la boca de nuevo. Como si no hubiese hablado ya más de la cuenta.

—Creo que todos aquí presentes nos morimos por saberlo. ¿Estáis saliendo? —dice mientras sube y baja las cejas.

Tenía que ser amigo de Beth. Si no tuviéramos espectadores, ya le habría pegado la boca con Super Glue.

—¿Qué? ¡No! —exclamo, y suena como si fuera mi peor pesadilla. Me gano un par de ceños fruncidos. Entonces me doy cuenta de que solo Beth está al tanto de nuestra relación falsa y el resto del mundo piensa que somos dos enamorados. Me giro hacia Brice con una amplia sonrisa—. Que no es algo en que hayamos pensado, pero que definitivamente vamos a pensar en ello a partir de ahora. Esto no significa que no nos gustemos, Brice y yo, digo, porque... ¡Todo lo contrario! Nos atraemos mucho, tanto como atrae un flúor a un electrón y eso es como muchísimo, ¿cierto, Brice?

Está claro que no he mejorado la situación porque tienen el ceño aún más arrugado. Creo que me he pasado con lo del electrón. Totalmente fuera de lugar. Tengo ganas de que me trague un agujero negro.

—Lo que Lexi quiere decir es que *aún* no —aclara Brice aguantándose la risa. Coloca mi mano sobre su muslo y la entrelaza con la suya. De nuevo, ese cosquilleo en el vientre que ignoro. Levi y Emily siguen el gesto con la mirada—. Por ahora somos amigos.

—Exacto. *Muy* buenos amigos —asiento con energía.

—¿Amigos sin más? —indaga Emily.

—¿No...? —Levanto mi otra mano y la dejo caer encima de la de Brice—. Amigos y futura pareja.

—Estáis en la fase del enamoramiento —apunta Levi.

—¡Exacto! —decimos al unísono.

—Te lo dije. No finge solo para las fotos —se dirige a Emily.

—¿Fingir? ¿Nosotros? Naaa… —Suelto una risa nerviosa—. Eso es tan probable como que choquen dos electrones. Es decir, imposible.

Beth me hace una seña para que deje de hacer esas comparaciones. Tengo un problema con los electrones.

—Sería una locura que fingieran —aporta mi amiga.

—Una locura total y absoluta. ¿Qué tal si ponemos la película ya?

Deshago nuestras manos entrelazadas y cojo con torpeza el mando de la tele para darle al play y que empiece *Intocable*, la comedia dramática que he elegido. Está basada en hechos reales y trata sobre un hombre tetrapléjico rico que contrata a un joven de origen senegalés con antecedentes penales como ayudante personal.

Beth pone su cara de estar sufriendo cuando se da cuenta de que el audio está en francés y que he activado los subtítulos. No entiende por qué me empeño en ver las películas en su versión original si existen los doblajes. Pero no pienso debatir con ella de nuevo sobre que se pierden matices y emoción al traducirlas.

De las dos horas que dura la cinta, oigo varios bostezos y veo a Levi cabecear antes de quedarse dormido. Beth tiene que sacudirlo para que se despierte. Tampoco ha sido para tanto, si ha habido escenas de lo más divertidas y Brice se ha reído. Solo al principio porque después también se ha puesto a bostezar. Al menos él giraba la cara para disimularlo.

Levi y Emily abandonan el piso juntos, mientras que Brice se ofrece a ayudarnos a recoger antes de marcharse.

—La película ha estado genial —dice Brice cuando lo acompaño hasta la puerta.

—Pero si te he visto bostezar.

—Definitivamente me has confundido con Levi. —Niego divertida y eso hace que aparezca una media sonrisa en su rostro—. Me alegro de que me hayáis invitado.

—Y nosotras de tenerte aquí —vocifera Beth desde la cocina—. Ven cuando quieras.

—Me tomaré esa invitación muy en serio. —Su mirada vuelve a centrarse en mí antes de irse—. Buenas noches, Lexi.

—Buenas noches, Brice.

Cierro la puerta detrás de él y me quedo apoyada en la madera unos segundos. Beth tiene una expresión de querer decirme algo que no quiero escuchar.

—Suéltalo de una vez.

—He visto cómo te mira.

—¿Y cómo me mira?

—Como si fueras la única molécula de oxígeno que queda en el planeta.

No se lo rebato porque una parte de mí quiere creerlo también.

13

ES UN MIÉRCOLES DESPUÉS DE LAS CLASES. BRICE Y YO ESTAMOS en una de las mesas cerca de los árboles del amor. Tengo abierto el mensaje que nos ha traído hasta aquí.

No soy Cupido
Activo(a)

Sábado, a las 8 p. m.,
doble cita en Brown's House

No está escrito explícitamente, pero la probabilidad de que la cita sea con Alika y Jo es del ciento veinte por ciento. Lo que significa que estamos acabados. Alika va a inspeccionar con lupa cada uno de nuestros movimientos después de mi fallido intento de que participara en mi plan. En un abrir y cerrar de ojos se dará cuenta de que no somos los enamorados que todos creen. Cualquiera que nos preste un poco de atención se daría cuenta, porque esto de fingir se nos da fatal y tampoco nos ha hecho falta hasta ahora porque: primero, Nosoycupido saca de contexto los hechos y, segundo, sus seguidores ven lo que quieren ver. Así que más nos vale tener un plan de acción si no queremos delatarnos a nosotros mismos.

—Cupido nos está poniendo a prueba —digo, dándole un sorbo al café que me ha traído Brice. Se pasó por la cantina del campus antes de reunirse conmigo—. Y me niego a que nos descubran a estas alturas.

Si Alika y Jo nos delatan, no solo se irá por la borda nuestro plan de desenmascarar a la cuenta, sino que sus seguidores se nos echarán encima por embusteros, que es mucho peor. No quiero volver a esas primeras semanas de tortura.

—Entonces nos esforzaremos para que Alika y Jo crean que nos atraemos más que un flúor a un electrón.

—Para eso, tenemos que... Espera ¿Te estás burlando de mí?

—Para nada —niega con la cabeza.

Trata de mantener un semblante serio, pero el brillo travieso de su mirada lo delata.

—Tampoco fue tan malo...

—Para haberlo sacado de alguna página llamada: «Frases de ligoteo para químicos SOS», pues, no, no está nada mal. —Se me escapa una sonrisilla.

—No lo saqué de ahí.

—¿Entonces de dónde? Ya sabes, por si tengo que usar alguna durante la cena. ¿Qué te parece algo como: no hay ecuación que pueda calcular el potencial de nuestro amor?

—Deberías mandárselo a Cupido para que lo use como pie de foto —sugiero a modo de broma.

—Qué buena idea. —Brice saca su móvil y mueve los dedos sobre la pantalla—. Listo. —Me muestra el mensaje.

Niego con la cabeza. No entiendo cómo puede tomar decisiones con tanta impulsividad, es como saltar a una piscina sin haber comprobado que tuviera agua antes. Un suicidio total. Solo Brice podría estar tranquilo haciéndolo. A veces, me gustaría ser más como él.

Saco un cuaderno del bolso. Lo abro en una página cualquiera y escribo en la parte superior «guía para sobrevivir a una relación falsa».

—Vamos a centrarnos. —Doy golpecitos con el boli para llamar su atención.

—¿No crees que te lo estás tomando demasiado en serio? Solo tenemos que hacer lo mismo que en las no-citas.

—Esto no es una no-cita cualquiera. Aquí nos van a hacer preguntas, te pueden preguntar cosas sobre mí, por ejemplo.

—Sé cosas sobre ti. —Levanta las cejas, desafiante.

—Pero no lo sabes todo.

—Sé que te gusta el café, el helado de menta, las películas francesas aburridas y que no haces nada sin planearlo antes. Eres competitiva y algo cabezota. Te abrochas hasta el último botón de la bata y tienes la manía de comenzar desde abajo hacia arriba, cuando la mayoría lo hacemos al revés. A veces sujetas los vasos del laboratorio con el meñique levantado, como si estuvieras tomando té, y me da miedo que un día de estos rompas uno. También, cuando estás frustrada, sueles apretar los labios en una línea y, cuando te pones nerviosa, comienzas a soltar datos científicos, algo que me parece graciosísimo. No nos olvidemos de tu tendencia a rechazar la ayuda de los demás y de tu amor por los autobuses…

—Pero no sabes cuándo es mi cumpleaños —lo interrumpo.

Nunca se lo he dicho, es imposible que lo adivine. Y es lo único que se me ocurrió para hacerlo callar. Que sepa tantos detalles sobre mí es un reflejo de todo el tiempo que hemos compartido en este último mes. Me asusta que me conozca tanto, me hace sentir vulnerable, expuesta y lo odio.

Brice, ajeno a mis pensamientos, cierra los ojos e imita a un vidente.

—Tu cumpleaños es… —Frunce el ceño, hace eso cuando piensa—. El 3 de junio.

—Es el 12 de noviembre.

—Ahora lo sé. El 3 de junio es el mío. —Me guiña un ojo. Después, me quita el boli de las manos y gira el cuaderno para garabatear algo—. Voy a dar por superado el primer punto y mejor pasamos a cosas más interesantes como ir conjuntados en la cena.

—No vamos a hacer eso. —Ni que estuviéramos a finales de los años noventa cuando se puso de moda entre las celebrities ir combinados.

—Las parejas lo hacen. También deberías cambiar tu fondo de pantalla —Señala mi móvil con el boli.

—¿Qué tiene de malo?

Le quito la hoja y leo los dos puntos que ha añadido: «outfits combinados» y «tener como fondo de pantalla una foto de la otra persona». Tacho lo primero.

—Nada. Solo que una foto mía quedaría mucho mejor. Te la acabo de enviar.

Acepto la foto que me comparte y hago lo que me dice. Ahora todo aquel que coja mi móvil verá una selfi de Brice con el peluche que gané en la caseta de los dardos. Debo admitir que sale adorable, incluso con ese hoyuelo que tanto odio. Sacudo la cabeza. ¿En qué estoy pensando? Bloqueo la pantalla y escondo el móvil lejos de mi vista.

—Lo justo es que hagas lo mismo.

—Tengo una idea mejor —dice, poniéndose de pie. Algo en su mirada me hace desconfiar.

—Ni se te ocurra sacarme una foto *bullying* y ponértela de fondo. —Lo apunto con el dedo índice.

Brice rodea la mesa con una sonrisa en la cara y se coloca a mis espaldas. Se agacha un poco y siento su respiración muy cerca. Puede oler su colonia. Mi cuerpo se tensa. Coge mi mano izquierda y se la lleva hasta su mejilla, mientras que, con su mano libre, coloca su móvil delante y abre la cámara.

—Sonríe —susurra en mi oído y, sin previo aviso, deposita un beso en mi mejilla. Un sutil toque. Apenas una caricia. Pero hace que contenga la respiración. Siento las mejillas cómo se calientan poco a poco y me obligo a pensar en cualquier cosa.

—Será mejor que sigamos con la lista —digo en un hilo de voz.

Logro coger el boli sin que me tiemble la mano y sigo añadiendo puntos. Brice me quita el cuaderno de vez en cuando y da su aportación, que termino tachando.

GUÍA PARA SOBREVIVIR A UNA RELACIÓN FALSA

- Saber las cosas básicas de la otra persona.
- ~~Outfits combinados.~~ ¡¡¡IMPRESCINDIBLE!!!
- ~~Tener como fondo de pantalla una foto de la otra persona.~~
- Pactar una historia de cómo comenzó todo.
- ~~Motes cariñosos: bebé, cielo, amor, princesa.~~ POR DETERMINAR.
- Cogernos de la mano.
- NADA de besos. ~~SÍ BESOS.~~ Solo en la mejilla.
- No desvelar BAJO NINGUNA CIRCUNSTANCIA que es una relación falsa. Solo en caso de vida o muerte.

El sábado por la noche, Brice viene a recogerme en su todoterreno. Cuando me subo en el asiento del copiloto, me fijo en que lleva puesta una camisa blanca y unos pantalones de vestir de color marrón que combinan sospechosamente bien con mis botas altas y mi americana. Ahora entiendo el porqué de la urgencia de Beth por saber cómo iba a ir vestida para la cena.

El restaurante está situado en la zona más céntrica de la ciudad y tenemos que dar varias vueltas hasta encontrar un estacionamiento libre. Son las ocho pasadas cuando llegamos al Brown's House. Nos detenemos un momento enfrente contemplando su fachada.

—¿Preparada? —Brice extiende su mano y me mira con una ceja arqueada.

Decidido, coloca la mía sobre la suya y entrelazamos los dedos.

—Preparada.

Un camarero nos pide nuestros nombres en el mostrador y, después de comprobarlo en su tablet, hace un gesto para que lo sigamos hasta la segunda planta.

Me sorprende la cantidad de personas que deben de estar donando dinero a Cupido para que se organicen estas citas porque este local es de todo menos barato. Hay una cocina abierta, sillones de terciopelo y mesas con acabado en dorado. La luz es tenue, de un tono anaranjado que aporta calidez al ambiente y, de fondo, suena una melodía a piano que no ayuda a calmarme.

Solo hay dos escenarios posibles para el desenlace de esta cena. En el mejor de los casos, no nos descubren y, en el peor, que lo hagan y compartan la verdad con todo el mundo. No tenemos un plan B y no podemos confiar en mi habilidad de improvisación si algo sale mal, así que más nos vale que nuestra actuación sea impecable.

Distingo la melena pelirroja de Jo en una de las mesas que hace esquina con el ventanal. Soy un puñado de nervios y siento que me sudan las manos. Brice parece notarlo, espero que no lo segundo, porque me da un apretón. Con sus ojos me dice que todo va a salir bien y le creo.

Alika y Jo se ponen de pie al vernos. Brice se presenta y las saluda con un apretón de manos. Alika me da un abrazo y Jo le sigue el ejemplo.

—¡Vais conjuntados! —señala Jo emocionada. Envuelve el brazo de Alika y le dice—: Tenemos que hacerlo alguna vez, cariño. Es una idea magnífica.

Brice me dedica una sonrisa de suficiencia. Juraría que

oigo un «te lo dije» por lo bajo cuando empuja el sillón para que me siente.

Un camarero se acerca con la carta y, como ninguno hemos estado aquí antes, pedimos lo que nos recomienda. Nos ofrece vino. Teniendo en cuenta que mi sistema no metaboliza bien el alcohol, lo rechazo amablemente. Necesito estar con mis cinco sentidos alerta para no irme de la lengua.

—Me alegra que siguieras mi consejo, Lexi —dice Alika señalando nuestras manos entrelazadas sobre la mesa. Sonrío al ver que lo ha notado.

—Y yo, de lo contrario, nunca me hubiera dado cuenta de la maravillosa persona que es Brice y de lo mucho que tenemos en común. —Pongo mi voz más melosa y suspiro con dramatismo.

—Sois tan adorables. —Jo hace un puchero y se lleva la mano al corazón. Luego inclina su cuerpo sobre la mesa y susurra—: Alika me lo ha contado todo, ya sabes —me mira—, cuando fuiste a convencerla y todo ese rollo. Debo decir que me sorprende que cambiaras de opinión, según Alika estabas muy decidida.

—Las personas cambian —interviene Brice—. Además, ¿quién se puede resistir a mis encantos? —Levanta nuestras manos entrelazadas y deja un suave beso sobre el dorso de mi mano. Me guiña un ojo con complicidad.

—Tengo mucha curiosidad por saber cómo la convenciste —indaga Alika.

Brice y yo nos miramos sonrientes. Es una de las respuestas que tenemos preparadas.

—Tuve que insistirle mucho. Le dije algo como «si vas a la

primera cita y me odias, ya no volverás a saber más de mí», y sus ganas de deshacerse de mí hicieron que aceptara. Pero, obviamente, tuvimos una conexión muy especial en la cita y aquí seguimos. —Levanta nuestras manos.

—También, nuestra charla tuvo mucho que ver —le digo a Alika—. Ahora lo pienso y no me puede parecer más estúpida la idea de querer ir en contra de Cupido cuando él solo intenta juntar a almas gemelas.

Es justo lo que necesitan escuchar y hemos sido lo suficientemente convincentes porque la duda en su expresión se disipa. Brice choca su rodilla con la mía para celebrar esta pequeña victoria.

Al final, esto va a salir mejor de lo que esperaba e incluso creo que lo voy a disfrutar.

—Creo que un comienzo así solo le añade más vidilla a vuestra historia.

—¿No crees que Jo tiene toda la razón, amor? —Le piso el pie a conciencia mientras lo miro sonriente. Dijimos nada de motes cursis—. Y, hablando de historia, ¿vosotras os conocías de antes?

—No, fue todo magia de Cupido —responde Alika.

—De hecho, fuimos al mismo gimnasio durante un año y nunca nos cruzamos —añade Jo—. Si hubieras ido más de una vez a la semana, te habría conocido mucho antes.

—Iba dos veces a la semana, que conste.

—No lo suficiente como para vernos porque no se me hubiera pasado desapercibida una diosa como tú.

—Que me haces sonrojar, Jo —dice con una risita.

—Y vosotros... tampoco os conocíais de antes ¿o me equivoco? Aunque, estando en la misma carrera, no es difícil haberos cruzado alguna vez sin daros cuenta.

—Coincidimos en la entrevista de unas prácticas antes de que subieran ese post y todo lo que pasó después. Pero creo que, sin Cupido, nos habríamos conocido igualmente.

Me tranquiliza ese pensamiento, que nuestros caminos se habrían cruzado y quizá también nos habríamos hecho amigos. Porque imaginarme a Brice fuera de mi vida, extrañamente, hace que se me forme un nudo en el estómago. Pero la sensación desaparece con rapidez con las siguientes palabras de él.

—De hecho, esa no fue la primera vez que coincidimos, amor. —Tiene toda la atención de las chicas, especialmente la de Alika, quien frunce su ceño ligeramente, un movimiento casi imperceptible.

—Ah, ¿no? —Le lanzo una mirada afilada.

¿Qué demonios estás haciendo, Brice? Esto no forma parte de la historia que acordamos contar. Para nuestro (su) bien, más le vale abstenerse de cambiar algo de la narración.

—No, amor. —Su respuesta hace que cierre los ojos exasperada. Nota que me tenso porque me da un apretón—. Fue hace un año, durante el día de orientación para los recién llegados a la universidad. Nos tocó la misma guía y tú te pasaste la hora entera apuntando cada palabra que salía de la boca de esa mujer.

Por eso sentí que lo conocía de algo el día de la entrevista. Lo recuerdo. Aquel ser insufrible que se puso a mi lado y que hablaba por los codos. Estaba empeñado en que dejara de escribir y que disfrutara del momento, de los rincones que nos mostraba la mujer del campus. Claramente no le hice caso. Iba a pasarme cuatro años dentro de estas paredes y ya tendría tiempo suficiente para conocerlo. Puede que, por ese motivo, me siga perdiendo en el campus.

—Eras tú… el chico del pelo largo y ¿castaño?

—Sí, era yo. Estaba en plena época de experimentación y digamos que no tomé las mejores decisiones respecto a mi pelo.

Me muerdo la lengua para abstenerme de preguntar por qué no me lo ha contado antes. No es que me moleste, pero, si tenía planeado hablar de ello hoy, al menos podría haberme avisado y evitarme la sorpresa.

—Primero eso, luego las prácticas y por último Cupido. Es como si el destino os intentara juntar una y otra vez —dice Jo con una risita.

Destino, esa palabra otra vez.

El camarero nos interrumpe al traernos los platos en un carrito. Retiro mi mano de la de Brice con cuidado y por un instante siento que estoy haciendo algo antinatural. En los siguientes minutos, toda nuestra atención está centrada en la comida.

Brice finge mancharse la boca con salsa y me hace limpiárselo. También hace el avión con el tenedor para que pruebe su plato. Las chicas nos miran divertidas y nos ganamos varios «qué monos» de parte de Jo.

La conversación da un giro a algo más personal y me alivia. Descubro que Alika está en su penúltimo año de carrera y que Jo se tomó un año sabático antes de decidirse por estudiar Educación Infantil. Hablan de mudarse juntas el curso que viene y de lo caros que están los pisos. Me parece increíble que lo tengan tan claro y lo rápido que avanza su relación. Sus miradas delatan lo enamoradas que están la una de la otra y parecen tan felices juntas que me hace dudar de mi opinión sobre Cupido. La duda desaparece tan rápido como llega.

—Antes de que nos traigan el postre, queremos contaros algo que no sabe nadie aún: Alika me pidió salir hace dos días.

Abro los ojos, haciéndome la sorprendida.

—¡Enhorabuena! —exclama Brice.

—Sois la pareja perfecta.

—Después de vosotros —me guiña un ojo Jo.

—Nosotros aún no…

—Oh, lo siento. Es que se os ve tan acaramelados y con tanta complicidad que pensé…

—Estamos yendo despacio, dejándonos llevar, sin etiquetas ni presiones —explico, siguiendo la narrativa que le dimos a Levi esa noche.

Es más sencillo de explicar que nunca fuimos nada a que hemos roto una relación que nunca existió. Además, si no logramos desvelar la verdadera identidad de Cupido, al menos podremos cuestionar su credibilidad diciendo que no éramos compatibles y que todo lo publicado era un montaje de situaciones sacadas de contexto. A nadie le gusta sentirse engañado. Brice y yo quedaremos como víctimas y a quien odiarán será a Cupido.

—A Lexi le gusta decir que somos amigos. —Brice se gira hacia mí y noto algo diferente en su mirada. Es más decidida, más seria—. Pero yo quiero que seamos más que amigos.

Sus palabras quedan suspendidas en el aire y el resto del mundo se congela a nuestro alrededor. Dejo de oír los cuchicheos de las conversaciones ajenas y cesan los tintineos de los cubiertos. Solo suena mi corazón sacudiéndose con fuerza contra mis costillas.

Me sostiene la mirada, como si quisiera asegurarse de que capto el mensaje. Que sus palabras significan exactamente lo que significan y que no son para convencer a Alika y Jo de lo que somos, sino que van dirigidas a mí. Solo a mí.

Y el hecho de que siga envolviendo mi mano entre la suya debajo de la mesa, lejos de la vista de cualquiera, solo lo confirma.

Estoy más confundida que nunca.

14

Llego a la entrada de mi piso, sin saber cómo tomarme lo que acaba de pasar en Brown's House. Este no es el resultado que esperaba cuando decidí aceptar la ayuda de Brice. Su declaración lo complica todo. Los sentimientos siempre lo hacen. Pero, quiera o no, algo ha cambiado entre nosotros. No para mal ni tampoco para bien.

La ley de Lavoisier dice que la materia ni se crea ni se destruye, solo se transforma. En una reacción química, los reactivos se transforman en productos y, siendo Brice y yo los reactivos, nos hemos transformado en un producto erróneo. Espero que seamos del tipo de las acciones reversibles porque si no ¿dónde quedaría nuestro plan, nuestro objetivo de desenmascarar a Cupido? No tendría ningún sentido.

Hablar con Beth siempre me ayuda a aclarar mis pensamientos y es exactamente lo que necesito en estos momentos.

Con un pequeño giro, abro la puerta de nuestro piso. Todo está oscuro. Dejo las llaves sobre el mueble de la entrada y camino hasta la habitación de Beth, pero no hay rastro de ella.

Me dirijo a mi habitación un poco desanimada cuando percibo una tenue luz entre el espacio de la puerta y el suelo. Abro la puerta y, como si me hubiera estado esperando, Beth está tumbada sobre mi cama con su portátil. Son estas veces en las que pienso que podemos leernos la mente. Quizá fuimos gemelas en otra dimensión.

—¿Cómo ha ido la cena? —pregunta entusiasmada. Esconde el tarro de las galletas detrás de su espalda y pasa las manos con discreción para quitar las migas de mis sábanas. Sabe que odio que coma galletas en mi cama, pero se lo dejo pasar esta vez.

El colchón se hunde con mi peso y cruzo las piernas. Tomo una respiración honda y se lo cuento todo, comenzado desde nuestra pequeña reunión debajo de los árboles del amor hasta *esa* declaración.

—Que te dijo ¡¿qué?! —chilla como una posesa.

—«Quiero que seamos más que amigos» —repito sin darle mucha importancia.

—¿Y mirándote a los ojos?

Asiento.

Beth se echa hacia atrás y procede a dar pataditas sobre la cama. Me río un poco por su reacción.

—Tampoco fue para tanto… —No sé si intento convencer a Beth de ello o a mí misma.

«Son solo palabras», me digo.

Y se hubiera quedado en eso si no me hubiera mirado como si fuera la única persona del lugar y tomado de la mano. Creo que, si cierro los ojos, puedo transportarme a ese instante y sentir mi corazón acelerarse.

—¿Tampoco fue para tanto, Lexi? Literalmente, te ha dicho que le gustas a la cara.

—Claro que no. Al menos no con esas palabras.

Beth mira al techo exasperada. Creo que si tuviera una sartén a mano me habría dado con ella para que entrara en razón.

—Que yo sepa, «querer ser más que amigos» no significa que quiere ir contigo al parque a ver patos. O sí... —Sonríe con picardía—. Puede que le vaya ese rollo del exhibicionismo y terminéis enrollándoos detrás de un matorral con los patos de fondo.

—Beth...

—Aunque si no te gusta se lo tienes que decir. La comunicación asertiva es fundamental, después de la protección, claro.

—Beth...

—Está bien, ya paro. Lo que está claro es que tú a él le gustas. Pero qué pasa contigo, ¿te gusta Brice? Sé sincera.

Beth me mira con sus ojos verdes expectantes.

Abro y cierro la boca sin encontrar las palabras adecuadas, a pesar de tratarse de una pregunta de sí o no. He respondido a cuestiones mil veces más complejas, pero sé por qué me está costando esta. Quizá es porque negarlo ya no es lo primero que se me viene a la cabeza.

—Define gustar.

—Oh, Dios mío. —Beth se lleva la mano a los labios—. ¿Eso significa que sí?

—No he dicho eso.

—Pero tampoco lo has negado.

Tal vez esté en mi fase de aceptación. Me viene a la cabeza nuestra discusión sobre el término «no-cita» en The Great Café. Una sonrisa involuntaria se dibuja en la cara.

—Me gusta pasar tiempo con él, ya no lo detesto como al principio… —digo con la vista fija en la cama—. Creo que nunca lo he hecho. Me gusta el sentimiento de libertad cuando estoy con él, siento que puedo decir y hacer cualquier cosa y él solo me mirará con una sonrisa torcida. ¿Sabes que, cuando hace eso, se le forma un hoyuelo? Pero solo uno, en el lado izquierdo. Seguro que lo habrás notado. —Beth niega con la cabeza—. También, se me acelera el corazón cuando lo tengo cerca y cada roce se siente como una descarga eléctrica…

—Madre mía. Estás colada por él —concluye. Tiene el rostro compungido como si se fuera a echar a llorar en cualquier momento. Es una dramática—. Esto es perfecto. Es tal cual un k-drama y voy a ser la mejor amiga de la protagonista. Pregúntale a Brice si por casualidad no tiene un amigo que esté soltero e igual de buenorro que él. Claro, aún tenéis que deciros cuánto os queréis y ese rollo. No pasa nada, puedo esperar. Solo una cosa, no tardes mucho, porque yo también quiero vivir mi historia de amor y chillar cuando me digan frases como «quiero que seamos más que amigos»…

Beth sigue divagando sobre su romance ideal y recita los nombres de sus series favoritas como ejemplos. No tardo en perder el hilo, pero se me viene a la mente el nombre de Nate, el hermano de Brice. Creo que no han vuelto a coincidir desde aquella vez de la floristería, o al menos que yo sepa, y, según el código no escrito de mi amistad con Beth, es mi deber juntarlos. Mi parte más rencorosa está de acuerdo. Lo peor que puede pasar es que colisionen y se produzca una explosión.

Mi vista recae sobre las margaritas de la estantería. Llevan una semana ahí y han perdido algunos pétalos. Me entristece tener que deshacerme de ellas. Eso es lo malo de las flores frescas, que, cuando las cortas, no hay vuelta atrás. Pienso en Brice y, por primera vez, le doy importancia a los pequeños detalles, a las pistas que me ha ido dejando. Los acercamientos, la manera en que se queda mirándome cuando hago que no me doy cuenta, su interés por ayudarme, el hecho de que recuerde gestos que ni yo misma sabía que hacía. Brice ha sido claro desde el principio, solo que no he sido capaz de verlo, querer ser consciente de que con cada acción se hacía un hueco en mi corazón. Y ahora resulta que me gusta.

Reconocer que tengo sentimientos hacia Brice hace que quiera evitarlo a toda costa. ¿Qué se supone que tengo que hacer ahora? ¿Ir y decírselo como ha sugerido Beth? Y, después, ¿qué?

No estoy segura de que quiera que esto vaya más allá, tener algo con Brice y lanzarme a la aventura. Desde principio de semestre he hecho, y sigo haciendo, lo que puedo para deshacerme de Cupido porque es una distracción. Una relación en estos momentos también lo sería. Debería centrarme en conseguir la beca de AT Labs e ir a todas las charlas voluntarias que he dejado pasar. Pero mentiría si dijera que no está esa parte de mí que me susurra que deje las cosas fluir y que solo el tiempo dirá. Es la parte minoritaria y aun así me resisto a enterrarla por completo.

Lo más sensato que se me ocurre es no cruzarme con Brice. Una tarea fácil porque no tenemos amigos en común, ni tampoco el mismo horario, a no ser que decida aparecer en una de mis clases otra vez. Es como, si en vez de avanzar, hubiera retrocedido en el tiempo, a los primeros días de septiembre, justo cuando Cupido anunció las parejas del semestre.

Pero, por alguna razón, esta vez Brice está por todas partes.

El lunes lo veo al final del pasillo, sentado sobre los radiadores y rodeado de dos chicos. Juraría que me ve y hace el amago de saludarme. Giro en dirección contraria antes de confirmarlo. Más tarde me lo cruzo saliendo del baño, pero pasa delante de mí con tanta prisa que ni me ve.

El martes no hace buen tiempo y, en la media hora libre entre clases, convenzo a Sophie de ir a la cantina a por un café y unos sándwiches. Cuando estoy pagando en la caja, Brice entra por la puerta y se sienta a una de las mesas. Arrastro a mi amiga fuera del sitio porque supuestamente me estoy ahogando con tanta multitud condensada en un lugar tan reducido. Terminamos sentadas en una mesa de pícnic húmeda y se me encrespa el pelo por la humedad. Por la tarde tengo que ir a las prácticas y también a mi inevitable encuentro con Brice. Llego justa de tiempo para no tener que pasar tiempo muerto en la sala con él. La práctica que nos toca es complicada y extensa. Eso me salva de tener que hablarle de más. Pero noto su mirada sobre mí y me equivoco con las medidas de las sustancias más de lo habitual. Al finalizar la sesión, abandono el laboratorio corriendo con la excusa de llegar tarde a mi cita imaginaria con el dentista.

—Eres consciente de lo estúpido que es intentar evitarlo, ¿verdad? —me dice Beth al llegar a casa—. Estáis en la misma carrera, literalmente su clase está a un par de metros de la tuya y encima pasáis horas juntos en esos laboratorios.

Lo sé. Llevo dos días y es agotador.

El miércoles dejo de intentarlo y, cuando lo veo a primera hora de la mañana apoyado en las barandillas de las escaleras de la entrada, no doy la vuelta completa al edificio solo para entrar por la puerta trasera. Está hablando con los chicos del otro día. Tiene el pelo más desordenado de lo normal por el viento y se aparta mechones de la cara. Me sorprende la rapidez con que su mirada me encuentra y esboza una media sonrisa. Extraño su sonrisa. Se aparta del grupo para venir en mi búsqueda.

—¿Te apetece conocer a mis amigos? —pregunta tras saludarme. Me habla como si todo siguiera igual entre nosotros, igual de vivaracho que siempre. Quizá solo yo he pensado que habría cambiado algo. Que sería más incómodo.

—¿Por qué no? —Sonrío, sabiendo que esta respuesta solo va a crear más lazos invisibles entre él y yo.

Sigo a Brice hacia sus amigos, quienes me miran con curiosidad.

—Chicos, esta es Lexi. Lexi, este es Tommy —señala al rubio de ojos azules.

Tommy, que parece haber robado la ropa en algún set de película retro, me alarga la mano. Se la estrecho.

—Y yo soy Jack —se adelanta el chico de su lado. Lleva una sudadera con el logo de la universidad en grande y un gorro de lana. Estoy por estrecharle la mano también cuando me sorprende con un abrazo—. Nos acabamos de conocer, pero siento que te conozco de toda la vida de lo mucho que este chaval habla de ti.

—Debo admitir que incluso estamos un poco hartos —añade Tommy.

Me giro hacia Brice y levanto una ceja a modo de pregunta. Él se encoge de hombros.

—¿Te acuerdas de ese peluche que le diste? —pregunta Jack.

—¿Este? —Le enseño mi fondo de pantalla. Me arrepiento enseguida porque me doy cuenta de que sigo con la foto de Brice y han pasado ya cuatro días desde esa cena. Escondo el móvil discretamente.

—Ese mismo. Pues lo guarda en el cajón de su mesita de noche. —Brice le da un codazo para que se calle, pero su amigo no pilla la indirecta y sigue hablando—: Nunca lo admitirá, pero estoy seguro de que duerme abrazado a él. Palabra de boy scout. —Jack levanta la mano, juntando el pulgar con el meñique.

—No le creas ni una sola palabra. Es un mentiroso de cuidado. —Brice mira a Jack con reproche y algo avergonzado.

—¿De verdad? —indago con interés—. Sería digno de ver. No tendrás alguna foto por ahí.

—Ojalá —se lamenta Jack—. Pero, hablando de fotos, este señorito también inunda nuestro chat grupal con fotos probándose diferentes conjuntos cuando tiene que ir a una de esas citas contigo. Que si este color no me favorece, que si este corte me acorta el cuello...

—Chicos, Lexi tiene que irse. —Brice interrumpe a su amigo—. La voy a acompañar a clase. —Deja caer su brazo alrededor de mis hombros y me aleja de sus amigos.

—Si aún es temprano —digo, consciente de lo cerca que estamos y de cómo me abraza con total naturalidad.

—Pero no quiero que te digan más cosas vergonzosas de mí —susurra jovial.

¿Acaba de admitir que las palabras de Jack son ciertas? Me pregunto si siempre se ha mostrado así de sincero conmigo y yo no me he percatado.

Jack y Tommy aparecen a nuestro lado.

—¿Recuerdas que nuestras clases están en el mismo pasillo? —informa Jack a Brice, este último lo fulmina con la mirada—. ¿Sabes, Lexi? Deberías venirte un día de estos con nosotros a mi bar.

—¿Tienes un bar?

—No, es de su tío y trabaja allí como barista algunas noches —explica Tommy. Por su tono, deduzco que él es el más reservado, a diferencia de Jack, que desprende una energía arrolladora.

—Lo mismo es. Y hago los mejores cócteles de la ciudad.

El camino a mi aula se me hace más corto de lo habitual y, cuando me despido de los tres, me quedo en la puerta hasta que desparecen de mi campo de visión. Brice es el único que se gira para mirarme después de haberse alejado.

—¿Los has visto? —pregunta una compañera a su amiga. Son dos chicas que están apoyadas en la pared del pasillo.

—¿A quiénes?

—A Bricexi, obvio. Si mi futuro novio no me mira como se miran ellos, entonces no quiero nada —asegura. Cruzamos miradas y le sonrío de forma automática. Me saluda con la mano tímidamente antes de agarrar el brazo de su amiga y salir corriendo.

El jueves empieza fuerte con una nueva publicación de Nosoycupido. Es una foto de cuando estaba con sus amigos, de hecho, Jack y Tommy salen, solo que ha tenido el detalle de difuminar sus caras.

nosoycupido #Bricexi más acaramelados 🍬🍬🍬
que nunca por los pasillos del campus 🥰

Por la tarde, voy a prácticas con los nervios a flor de piel. El doctor Smith nos hizo entregarle las libretas días atrás para que pudiera hacer una primera evaluación de nuestro trabajo, en otras palabras, un primer filtro para la beca. Me llegó un e-mail pidiéndonos que nos quedáramos unos minutos al final de la sesión de hoy.

Estoy muerta del miedo porque, entre llevar al día las asignaturas obligatorias y lidiar con Nosoycupido, no estoy segura de que haya dado todo de mí durante estas semanas. Además, mi cabeza ha estado centrada en cosas que no debía por culpa de Nosoycupido.

El laboratorio se vacía y, para mi sorpresa, Brice se queda, al igual que James, con quien creo que solo he hablado una vez.

—Los tres han hecho un gran trabajo, al igual que el resto

de sus compañeros, que en estos momentos no están presentes —dice el doctor Smith. Rezo internamente y me prometo que me esforzaré más si paso esta prueba—. Sin embargo, debo destacar que ustedes han rozado la excelencia y me complace anunciarles que la beca de AT Labs se disputará entre ustedes tres.

Mantengo la compostura hasta que el doctor Smith nos deja solos. Intercambio miradas con Brice y corro a abrazarlo emocionada. Me atrapa por la cintura y damos vueltas como dos críos. Cuando nos separamos, James nos observa condescendiente.

De camino al piso, aprovecho para llamar a mi madre y contarle la gran noticia. Responde al tercer tono.

—Lexi, cariño. ¿Cómo estás? —Su voz suena entremezclada con un estruendoso sonido de fondo. Apenas logro oírla.

—Mamá, ¿qué es ese ruido? ¿Dónde estás?

—Un momento. —Oigo sus pisadas alejarse y, poco a poco, el ruido se disipa—. ¿Me escuchas?

—Ahora sí. ¿Dónde estabas? —repito.

—En el restaurante, cariño. Con los obreros y tu padre, ya sabes, que quiere estar ahí supervisando porque no se fía de nadie.

Me río un poco. Me lo imagino sentado en un taburete en el local y cuestionando cada movimiento de los trabajadores.

—¿Cómo van las reformas?

A principios de mes mis padres se han decidido a renovar un poco el restaurante familiar, aprovechando que es temporada baja de turistas. Llevaban con la idea desde el año nuevo y no han dejado de posponerlo hasta ahora.

—Avanzan poco a poco. El otro día vino el arquitecto para ver si podíamos tirar esa columna, la que está en medio del local. ¿Te acuerdas de las veces que te chocaste con ella por no mirar al frente?

—¿Cómo olvidar los moretones?

Después siempre me echaba la bronca mientras me untaba sobre la herida ese bálsamo mentolado que tanto odio. Mi madre lo consigue en el supermercado de productos asiáticos y guarda cajas enteras dentro de su armario. Es como su panacea personal y lo usa para todo: migrañas, dolores de pies, picaduras de mosquitos…

—Ahora deberás tener cuidado con la fuente, porque tu padre está empeñado en poner una en el espacio de la columna. ¡Una dichosa fuente de agua! —se queja incrédula—. Como si no fuera suficiente ya con el robot que quiso comprar para que llevara los platos a las mesas.

—¿Vais a comprar un robot? —pregunto emocionada.

—Sí —suspira, claramente en desacuerdo con la idea—. Cuando puedas, llama a tu padre e intenta hacerle entrar en razón con el tema de la fuente, que a ti seguro que te escucha.

—Lo haré. Aunque una fuente no suena tan mal…

—Tú también no…

—Es broma, mamá.

—Más te vale. Ahora cuéntame de ese chico y tú. Beth me ha dado a entender que es algo serio.

Beth no bromeaba con lo de mantener a mi madre informada de todo. A veces no me gusta nada, en absoluto, que se lleven tan bien.

—No hay nada de lo que hablar porque solo somos amigos. —Doy la versión corta de la explicación, porque ni yo tengo claro lo que somos. Tampoco es plan de contarle a mi madre la verdad desde el principio. Lo último que quiero es que se preocupe por mí.

—¿Y qué me dices de las fotos de esa cuenta?

—Están sacadas de contexto, mamá.

—¿También la de la expulsión de la biblioteca? No te quise decir nada en su momento, pero, ya que estamos, ¿qué diantres hicisteis para que os prohibieran la entrada?

Tengo que encontrar la manera de bloquearle a mi madre el acceso a esa cuenta.

—Nada... Hablamos más fuerte de lo normal y se enfadaron. Además, no te llamaba para esto. ¿Te acuerdas de las prácticas?

—No me cambies de tema.

—Me han dicho que soy una de las finalistas para la beca de AT Labs.

—¡Enhorabuena, cariño! —Hace una pausa antes de preguntar dubitativa—. ¿Para qué sirve exactamente?

Se lo explico de la forma más sencilla que se me ocurre. Le cuento lo importante que es y cómo va a mejorar mi expediente académico si la consigo. Destacaría sobre el resto de los compañeros de mi promoción y, sin duda, me abriría las puertas de cara a mi futuro en el ámbito laboral.

—Estamos muy orgullosos de lo que estás consiguiendo, Lexi. Eres la hija que todo padre desea tener. Voy corriendo a contárselo a Wei.

Cuelgo la llamada feliz. Es exactamente lo que buscaba

cuando decidí apuntarme a las prácticas, que mis padres estuvieran orgullosos y lo he conseguido. Casi. Ahora solo falta que el doctor Smith me dé la beca a mí.

El viernes recibo un mensaje de Brice.

> Ya has visto lo que ha mandado Cupido?
> Nuestra próxima NO-CITA será
> en la Galería Nacional de Weston

15

Compruebo mi chat con Nosoycupido. No hay rastro del mensaje que menciona Brice. Lo último que me envió fue lo de la cena con Alika y Jo. Recargo la página con gesto extrañado. Es extraño que solo lo haya recibido él. Aunque puede que se le haya olvidado enviármelo. No le doy muchas vueltas. En su lugar, me centro en la idea de que voy a visitar la Galería Nacional de Weston, por fin.

Como ya es habitual, Brice viene a recogerme y nos embarcamos en un viaje de treinta minutos. Noto a Brice menos hablador de lo habitual. Tiene la mirada centrada en la carretera, pero parece tener la mente en otro lugar. Se me hace raro verlo con un semblante tan serio. O quizá me he acostumbrado demasiado rápido a sus sonrisas y expresión jovial.

—¿Estás bien? —Dejo caer mi mano sobre su antebrazo. Su mirada se desvía hacia el lugar del contacto.

—¿Por qué no iba a estarlo? —Fuerza una sonrisa—. Estoy con la mejor compañía y vamos a pasar la tarde en una galería de arte.

—¿Seguro? Porque tienes cara de que te preocupa algo.

Brice le quita importancia al asunto y se centra en la carretera con una leve sonrisa que no le llega a los ojos. No insisto, a pesar de que me encantaría que me lo contara, que confiara lo suficiente en mí para hacerlo. Apoyo la sien en la ventanilla de mi lado del coche.

—Mis padres me llamaron esta mañana —dice de repente, sin apartar la vista del frente. Me inclino para prestarle atención—, y digamos que no tuvimos una conversación pacífica. Me insistieron con lo de siempre y, al final, le pasé la llamada a Nate porque al parecer a él sí le escuchan cuando habla.

Hay rencor en su voz. No hacia Nate, sino hacia sus padres.

Me muerdo la lengua para no preguntar qué es «lo de siempre». Sé que lo ha hecho a conciencia porque si quisiera me lo habría explicado.

—Estoy aquí para cuando necesites hablar. Tienes mi número y sabes dónde vivo. Aunque no te recomiendo venir a las tres de la madrugada si no quieres llevarte un sartenazo de Beth. Tiene la teoría de que esa es la hora favorita de los ladrones para entrar a robar. —Mi comentario le arranca una sonrisa.

—Lo tendré en cuenta. Pero lo mejor es olvidarme del tema. No quiero arruinarnos la tarde.

Asiento no muy convencida. Brice recupera su humor habitual, como si nada, y dirige la conversación para hablar sobre mí el resto del trayecto. Está claro que no quiere hablar de lo que ha pasado y lo respeto.

En cuestión de minutos pasamos por delante de la galería

y Brice disminuye la velocidad para encontrar un aparcamiento. Nos bajamos del coche y caminamos una mazana hasta llegar a los escalones que dan acceso al edificio. En la entrada hay seis inmensas columnas de piedra y sobre el marco del portal principal hay talladas dos esculturas humanas, mientras que, en los otros dos, hay caballos. Hay dos lonas que cuelgan de los balcones, una a cada lado, con el nombre de la galería.

Una vez dentro, nos recibe una mujer vestida de agente de seguridad. Brice saca las dos entradas y las escanea. Con un asentimiento nos indica que podemos pasar por el control de seguridad. Dejo el bolso sobre la cinta antes de cruzar el arco detector con éxito. Brice recoge mi bolso y se lo cuelga al hombro sin decir palabra. Tampoco hago nada para recuperarlo.

Doy unos pasos hacia el centro del hall con Brice pisándome los talones. Giro sobre mí misma contemplando la inmensidad. Es increíble la sensación de pisar por fin ese lugar al que he querido ir durante tanto tiempo, es como alcanzar un objetivo, pero sin el esfuerzo que le dedico siempre a todo.

Hay cuatro plantas en total, más el ático. Desde aquí se llega a ver el color de las paredes de la primera planta y a las personas de la cafetería que miran hacia abajo. Hay niños correteando sobre el mármol blanco y otros manchando las columnas negras con sus dedos, mientras que sus padres están descansando en los sofás que hay repartidos por la estancia. Para ser uno de los sitios más turísticos de Weston, no está tan lleno como me esperaba.

Contemplo el panel con las exposiciones disponibles en cada planta. Tenemos dos horas antes de que cierre, quizá menos. Calculo mentalmente el tiempo que tardaríamos para cada planta si queremos visitarlo entero.

—No me acuerdo de la última vez que estuve en un sitio como este —dice Brice mirando el techo—. Creo que fue en alguna excursión de secundaria.

Mi mano rodea su muñeca y tiro de él escaleras arriba.

En la primera sala que entramos, las paredes son de un color vino tinto y los cuadros se muestran en marcos dorados de lo más ostentoso. La mayoría son retratos de reyes y caballeros importantes de la época. Entramos a la siguiente sala bajo la mirada de un guardia. Nuestros pasos resuenan sobre la impoluta madera del suelo mientras nos movemos.

Me paro delante de una pintura de tonos verdosos. Es una de las obras más populares del museo y no me extraña. Lo he visto antes por internet, pero la diferencia al verla en directo es brutal. Ni hablar del sorprendente nivel de detalle. Me cuesta creer que cada trazo esté hecho a mano. Es una mujer flotando boca arriba en un estanque, rodeada de vegetación. Tiene la boca entreabierta, como si intentara coger aire, y en sus ojos se lee la muerte.

—Está inspirada en una de las obras de Shakespeare, *Hamlet.* Representa la trágica muerte de uno de sus personajes, Ophelia, quien saltó al río después de que le rompiesen el corazón.

Brice a mi lado lo contempla con la cabeza ladeada.

—Más que moribunda, a mí me parece asombrada —dice pensativo—. Seguro que habrá visto un águila acercándose.

Esos pajarracos son gigantes. —Lo miro con las cejas levantadas.

Precisamente esto es lo que me gusta de los cuadros, que hay miles de maneras de interpretarlos, todas igual de válidas que el significado original que el autor le ha querido dar. No están obligadas a contar una sola historia y seguirla al pie de la letra.

A veces me gustaría ser un cuadro. Tener su libertad, no tener que seguir el camino que todos esperan que siga.

—Está claro que imaginación no te hace falta. Yo, como mucho, habría dicho que está viendo su alma separarse de su cuerpo.

—Una visión demasiado pesimista para un ser de luz como yo —afirma sonriente.

Abro la cámara del móvil y doy pasos hacia atrás.

—¿Vas a sacarle una foto a algo que te hace pensar en la muerte? —pregunta Brice.

—¿Algún problema?

—Ninguno —levanta las manos—. Aunque ese cuadro de ahí es mucho mejor —dice moviéndose hacia él, está en la pared contrapuesta.

Es uno también de tonos verdes, pero ahí aparecen dos niños vestidos de blanco. Están rodeados de lirios y pintan unos farolillos chinos. Transmite todo lo contrario a la muerte. Me parece muy estratégico el posicionamiento de estos dos cuadros.

Con el móvil aún levantado, centro el cuadro y me aseguro de que el flash esté desactivado antes de darle al botón. El guardia de seguridad de la esquina me observa fijamente y el móvil emite un sonido cuando se toma la foto. Oigo el sonido por segunda vez, pero no he sido yo. Viene de detrás de mí. Me giro confundida. Brice tiene su móvil levantado.

—¿Qué haces? —pregunto, acercándome.

—Inmortalizando una obra de arte. —Sonríe inocente.

—Pero si no te ha gustado.

—Nadie ha dicho que le haya sacado una foto al cuadro.

—Entonces a qué has… —No termino la frase.

Le quito el móvil y la pantalla se bloquea antes de que alcance a ver la foto. Pero me fijo bien en que él tampoco ha cambiado el fondo.

Después de una hora y media, hemos recorrido tres plantas de la galería. Brice está aburriéndose. No me lo ha dicho. Pero da vueltas en círculos por las salas mientras contemplo los cuadros y lo he visto por el rabillo del ojo bostezar, a pesar de la sonrisa que me ofrece cada vez que cruzamos miradas.

También se ha comportado como si me quisiera decir algo, pero no lo hace. Algo de lo más inusual viniendo de alguien que suele decir lo que se le viene a la cabeza sin pensar.

Decido saltarme la exposición de los cuadros de figuras geométricas e ir al ático, donde se exhibe una exposición temporal de luces. Esto llama más la atención de Brice. Nos adentramos en una habitación de espejos y cristales multicolores que cuelgan de todas partes. Crea la ilusión de que no hay ni principio ni fin. Miramos a nuestro alrededor embobados. Después pasamos a ver cuadros proyectados y esculturas en 3D. Terminamos sentados en un banco acolchado. No soy consciente de lo mucho que necesito descansar hasta ese momento. Delante de nosotros hay una instalación de estructuras con luces led que ocupa la pared entera.

Brice, a mi lado, se reclina hacia atrás con los brazos extendidos a cada lado.

—¿Te acuerdas de que te dije que nos conocimos el día de la orientación?

Asiento dubitativa. Es la primera vez que hacemos alguna referencia a esa noche. Ha pasado más de una semana y es como si hubiéramos hecho un pacto de silencio en el que decidimos no hablar de lo que pasó.

Mis nervios se asoman para saludar.

—Y aún me pregunto por qué no me lo mencionaste antes —digo, no con un tono exigente.

—Supongo que no encontré el momento. —Se encoge de hombros—. Pero hay algo más que no te dije de ese día.

—¿Que no eras tú, sino tu hermano gemelo malvado, que se hizo pasar por ti?

—¿Qué? No. —Se ríe.

—Entonces... ¿te fuiste a quejar a nuestra guía porque no te hice caso? —pruebo.

Estoy intentando ganar. No quiero oír qué me quiere contar. No quiero tener que tomar una decisión

—Tampoco. —Deja de apoyarse sobre sus brazos, se reincorpora. —Lo que intento decir es que, después de esa hora, no pude sacarte de mi cabeza y, al día siguiente, mis ojos te buscaban por los pasillos con la esperanza de verte. Y te vi y hasta levanté la mano para saludarte, pero estabas tan metida en tu mundo que no te diste cuenta. Ni ese día ni el resto del curso. Pude haberte hablado, pero sabía que se quedaría en una simple conversación más. No quería eso. Así que te observé como si fueras un cuadro al que no me podía acercar demasiado.

»Los meses pasaron y me olvidé de ti. Ya sabes, los flechazos son pasajeros. Pero coincidimos en la entrevista. Estabas sentada en ese banco leyendo tus tarjetas y me arrepentí de no haberme puesto algo más presentable. Te dije hola, me dijiste hola, como un desconocido a otro desconocido. No te acordabas de mí. ¿Y cómo hacerlo? Si había pasado un año desde que hablamos. Deseé que te fuera bien la entrevista para poder tener una excusa para pasar tiempo juntos. La sorpresa vino con el post de Nosoycupido. Lo vi como una señal, como una oportunidad de conocerte, de conocernos. Claro, no sabía que estabas tan en contra de formar parte de aquello. Así que, sin dudarlo, te dije que tenía un plan para ayudarte. ¿Lo tenía? Claro que no. Me puse a idearlo después. Con esto quiero decirte que me gustas, que me gustaste desde la primera vez que te vi, y que lo que dije durante la cena iba en serio.

Estoy sin respiración. Sus ojos fijos en los míos. El corazón bombardeándome con fuerza. Y, otra vez, esas mariposas revoloteando en el estómago.

—¿El qué? —pregunto en un hilo de voz, sabiendo perfectamente a qué se refiere.

Tengo a Brice a centímetros de mí, no sé en qué momento se ha acercado tanto. Alarga el brazo y coge un mechón de pelo suelto para colocármelo detrás de la oreja. Sus dedos rozan con delicadeza mi mejilla y siento mi piel arder a su paso.

—Que quiero que seamos más que amigos. —Hace una pausa—. Solo si tú también lo quieres.

¿Lo quiero? Llevo haciéndome la misma pregunta desde esa noche, y, en el fondo, tuve claro la respuesta desde el principio. Pero mi el dilema es otro: si me conviene que las cosas avancen con Brice. Mi cerebro grita un no tan grade como una casa. Quedan dos semanas para terminar las prácticas y no debo pensar en nada más que en las prácticas. Necesito centrarme y conseguir la beca. No existe otra opción, ahora que mis padres saben de su existencia. Están ilusionados con la noticia y sé que ya se han hecho a la idea de que voy a estar el año que viene en AT Labs. No soportaría ver sus caras de decepción al decirles que no va a ser así.

Hacer encajar a Brice en este panorama solo complicaría las cosas aún más. Además, en el limbo de gustarnos sin ser nada, tampoco se está mal. Es lo que hemos hecho durante la última semana. Quizá podríamos estar tres semanas más así.

Mi lado irracional no está de acuerdo y silencia de golpe las voces de mi cabeza. Vuelvo la atención a Brice y a su mano, que aún descansa en mi mejilla. Sus ojos recorren mi boca y ascienden hasta encontrarse con los míos.

—¿Puedo besarte?

No respondo.

No pienso en nada.

Y me dejo llevar.

Rompo la distancia que nos separa y presiono mis labios contra los suyos. Lo beso por sorpresa y tarda un segundo en reaccionar. Me devuelve el beso con intensidad. Hundo mis manos en su pelo y me acerco más a él. Brice sonríe contra mis labios. Nuestras bocas encajan a la perfección y nos besamos como si lo hubiéramos hecho toda la vida. Se siente bien. Más que bien.

Y me veo deseando que este instante sea eterno. Porque, a pesar de no saber de qué están compuestos los besos, en ese momento, sé que el nuestro tiene todos los elementos necesarios para ser el más perfecto.

Nos separamos un poco, con la respiración acelerada.

—¿Esto significa que sientes lo mismo? Es que no sé si me ha quedado claro.

Una sonrisa tonta se dibuja en mis labios y lo beso otra vez.

La decisión está tomada y no hay vuelta atrás. Solo espero no estar cometiendo un error.

Al día siguiente, confirmo mis sospechas: Brice me ha mentido. Cupido no planeó la cita a la Galería Nacional de Weston, fue él.

nosoycupido PILLADOS!!! #Bricexi en una cita secreta. Con beso incluido 🤫 💋

16

—Cupido tenía razón. Siempre la tuvo —dice Beth perfilándose los labios—. Era cuestión de tiempo que te dieras cuenta de lo que todos ya sabían.

—Quizá no se equivocó del todo.

—¡Vamos! ¿Quizá? Brice y tú sois *endgame.*

—Retiro el «quizá» si te hace sentir mejor —digo en una risa.

Beth suspira con dramatismo, sin saber muy bien qué hacer conmigo.

Está igual de feliz, o incluso más, que yo con la noticia de que tenga algo con Brice. Al contarle lo que había pasado en la galería, se puso a saltar sobre el sofá. Textualmente dijo: esto es tan satisfactorio como ver a los protagonistas casarse después de veinticuatro episodios de una hora cada uno.

—A todo esto, tienes que reconocer mi parte de mérito. Si no te conociera como la palma de mi mano y hubiese rellenado ese formulario tan bien, nada de esto hubiera ocurrido.

—Te reconozco lo que quieras, pero ahora date prisa. Ya vamos con retraso.

La banda de unos amigos de Jack va a debutar esta noche en el bar donde trabaja y nos ha invitado. No estaba muy segura de la idea al principio, pero Brice me convenció. Va a estar su hermano también. Así que mi lado rencoroso actuó. Invité a Beth a conciencia sin mencionarle que Nate y el chico de la floristería son la misma persona.

—¿Desde cuándo te importa llegar puntual a un bar? ¡A un bar! Si parece que fue ayer cuando te negaste a venir a esa fiesta conmigo y Levi. ¿Cuál fue la excusa que me pusiste? —Hace ver que piensa—. Ah, ya me acuerdo, que habían detectado una plaga de arañas-grillo por la zona y preferías quedarte repasando las lecciones. Qué raro que no tengas nada que repasar hoy.

—Puedo saltarme un día de repaso, voy adelantada con las clases.

—¿Saltarte un día? ¿Quién eres tú y qué has hecho con mi amiga? —Pongo los ojos en blanco.

—Termina de pintarte los labios de una vez —le insisto con impaciencia. Vamos quince minutos tarde y aún nos quedarían unos veinte de camino del piso al bar—. No quiero hacer esperar a Brice.

—No me metas prisa —refunfuña—. Es un pintalabios permanente y no vaya a ser que me salga del perfilado. Así que Brice puede esperar. Por cierto, me dijiste que venía el hermano de Brice, ¿no?

—Sí, lo convenció para que venga.

—¿Y cómo es? ¿Es guapo? —Me mira interesada.

—Ya lo conocerás, pero, al paso que vamos, ya se habrá ido.

—Está bien. Dame cinco minutos y salimos. —Coge el maquillaje que ha sacado y lo mete dentro del neceser. Pero sigue sin terminar de pintarse los dichosos labios—. Antes, dime cómo se llama.

—Nate.

—¿De Nathaniel?

—Sí, pero nunca he escuchado a nadie llamarle así.

—Quizá no le guste.

—Quizá no vayamos al bar.

Vamos con casi una hora de retraso, pero estamos a una manzana de The Drunk Duck. Su nombre parpadea sobre un fondo de color violeta brillante, al igual que las luces que iluminan las escaleras de entrada al bar. Está en un sótano y tienes la sensación de estar entrando a una cueva por la oscuridad. Una vez dentro, la cosa no mejora, no consigo ver mis pies. La mitad del local está lleno de universitarios. La mayoría están alrededor de la barra ovalada que han puesto en el centro. Al fondo, hay un escenario improvisado. Los chicos de la banda están sobre la tarima afinando sus instrumentos.

Aviso a Brice de que estamos aquí y me dice que están en la barra. Veo su brazo agitándose de un lado al otro para llamar nuestra atención. Tommy está hablando con el barman y Nate está apoyado sobre la barra. Pero se gira hacia nosotras. No soy la única que lo ve porque Beth tira de mí para pararme en seco.

—¿Qué hace ese aquí?

—¿Quién? —me hago la tonta.

—El castaño que está al lado de tu novio.

—Ah, ese. Es el hermano de Brice.

—¡¿El hermano de quién?! —Beth abre los ojos como si se le fueran a salir de las órbitas—. ¡Alexa!... —No le da tiempo a recriminarme nada porque la sujeto de la muñeca y la obligo a avanzar mientras abro camino hacia donde están los chicos.

Al llegar, Brice me rodea los hombros, sus brazos atrayéndome hacia él.

—Hola —dice con una sonrisa.

—Hola. —Le devuelvo el gesto—. ¿Llevas mucho rato aquí? —pregunto avergonzada.

Es la primera vez que nos vemos fuera de la universidad desde el beso.

—Cinco minutos más y ya no me habrías encontrado aquí.

—Lo siento... No era mi intención... Yo también me habría ido a casa después de una hora...

—Yo no he dicho eso.

—Entonces...

—Habría ido a buscarte yo mismo. Toda espera es corta si es para verte.

Se me escapa una sonrisa tonta.

No despega sus ojos de mí y me mira sin decirme nada y a la vez todo. Me pongo algo nerviosa. Me siento como un libro abierto a sus ojos y no me gusta. Soy la primera en romper el contacto visual.

Beth no se ha movido ni un centímetro de donde la dejé. Tiene los brazos cruzados sobre el pecho y una cara de pocos amigos. Nate sigue reclinado en la barra con un gesto soberbio. Da un trago a su cerveza con los ojos fijos en mi amiga. Su mirada es igual de intensa que la de Beth. Están sumidos en lo que viene siendo una competición para ver quién de los dos aparta la mirada primero.

Carraspeo. Ninguno me hace caso. Brice suelta una risita a mi lado.

—Creo que no os habéis presentado como debe ser —digo, empujando a Beth hacia él. El movimiento la pilla por sorpresa y se tambalea. Nate se endereza y extiende sus brazos para cogerla, pero mi amiga recupera el equilibrio y me lanza una mirada amenazadora. Nate recupera su postura inicial con disimulo—. Ella es Beth, la mejor amiga que puede existir en la faz de la tierra. Y este es...

—Nathaniel. —Se adelanta Beth con una expresión malvada—. No sabes cuánto me han hablado de ti, *Nathaniel.*

Nate se muestra inexpresivo y le da otro trago a la cerveza. Pero el pequeño pliegue que se le forma en la sien delata que le ha molestado, al menos un poco, que mi amiga lo llamase por su nombre completo.

—Pues a mí no me han hablado de ti. ¿Por qué será?

—¿Qué estás insinuando? —Beth se cruza de brazos.

—¿Necesito insinuar algo? —Nate imita a mi amiga. La diferencia de altura es notable, pero Beth no retrocede ni un paso. En su lugar, levanta la cabeza para mirarlo—. Por cierto, ¿qué tal tus tulipanes, Betty? Ah, que me los quedé yo.

—Y me alegro de que te los hayas quedado porque los que me trajo después tu hermano eran mil veces mejores —Nate fulmina a Brice con la mirada—. Solo para que te enteres, es Beth. B. E. T. H. No Betty.

—Beth, Betty… Es lo mismo.

—Entonces, tienes un severo problema auditivo, que te lo mire un médico.

Las comisuras de Nate se elevan. Un gesto inapreciable, que intenta ocultar con otro trago de cerveza. Pero Beth, con un movimiento ágil, le arrebata la botella de la mano. Le da un trago largo y se lo devuelve. Nate mira el objeto asqueado.

—Mejor los dejamos solos —me susurra Brice al oído—. Ven, vamos a saludar a Jack.

Me dejo guiar entre la multitud por Brice. Miro a Beth por encima del hombro, quien no se ha percatado de nuestra ausencia de lo inmersa que está en su conversación con Nate. Si es que se puede considerar conversación lo de intentar sacarse de quicio mutuamente.

—Gracias a ti, ahora la noche solo puede ir a mejor, porque ya me ha pasado lo peor que me podría haber pasado. —Es lo último que le oigo decir. Pero no le veo ninguna intención de alejarse de Nate a pesar de todo.

Encontramos a Jack en la parte semicircular de la barra. Va totalmente de negro y con las mangas enrolladas hasta el codo. Lleva algunos botones de la camisa desabrochados, pero más de lo que calificaría de estrictamente necesario. Está haciendo un numerito con la coctelera, mientras que un grupo de chicas lo comen con la mirada. Tommy, por su parte, está en el taburete de al lado, algo incómodo.

—Pero mirad quiénes vienen por aquí, si es la pareja del momento —vocifera Jack, desviando la atención hacia nosotros. Las personas de alrededor nos miran con curiosidad antes de volverse a sus asuntos. Vierte el contenido del vaso en una copa y se la tiende a la morena del grupo—. Disculpad, chicas, pero ha llegado mi invitada especial —me señala.

La chica lo sujeta de la muñeca.

—¿Nos vemos más tarde en la pista o a donde sea que me quieras llevar?

Jack sonríe.

—Depende de si me encuentras o no —contesta coqueto antes de zafarse de su agarre. La chica coge la copa y se va con sus amigas.

Ocupamos los taburetes que dejan vacíos. Me siento en el que está más cerca de Tommy.

—Si estás ocupado, podemos volver más tarde —le digo a Jack, señalando a la chica que se ha ido.

—Para nada. Además, te he prometido el mejor cóctel de la ciudad —me guiña un ojo—. ¡Tío John, hago esta copa y me voy!

Un hombre de unos cuarenta años, que le está cobrando la cuenta a los clientes, levanta el pulgar en señal de aprobación.

—Diles a tus amigos que invita la casa.

—Gracias, señor John —digo. Mueve la mano quitándole importancia.

—Tienes cara de que te gusta el tequila *sunrise.* —Jack coloca un vaso alargado sobre la extensión de encimera, saca una cuchara con el mango XL y una cosa plateada con forma de reloj de arena.

—Lo del tequila no sé si me convence del todo —digo.

—Apenas lo vas a notar.

No me fío.

—No le pongas mucho por si acaso.

—Apuntado, señorita. —Jack saca el bote de tequila blanco y lo observo minuciosamente mientras lo vierte sobre el zumo de naranja—. Brice me dijo que venías con una amiga. ¿Dónde está ella?

—Diría que con Nate. —Estiro el cuello para comprobar si siguen donde los dejamos, y lo están. Jack sigue mi mirada.

—Así que ella es la responsable de que pensáramos que le habías dado plantón a Brice.

Irónico que Beth se esmerara en arreglarse por si se encontraba con el supuesto amor de su vida y acabe pasando la noche en compañía de Nate.

—Yo no lo pensé —aclara Brice.

Jack coloca mi bebida sobre la barra y entiendo la parte del *sunset*. Es un degradado de tonos anaranjados. Le doy un sorbo a la pajita. Está sorprendentemente bueno, a pesar del ligero ardor residual del tequila. Jack sonríe satisfecho al saber que me ha gustado.

—¿Y a ti, te pongo algo?

—Un agua con gas —responde Brice. Jack sube las cejas a modo de pregunta—. Tengo que conducir.

Le sirve el vaso y lanza el delantal en algún lado detrás de la barra. De un salto se sube encima y cae a nuestro lado.

—Oficialmente, estoy fuera.

—¡Jack! ¡Cuántas veces te he dicho que no hagas eso! —le regaña su tío.

Nos quedamos en la barra conversando hasta que me termino la bebida.

El local se ha llenado y las personas se están amontonando en la zona norte, donde está la banda preparada para dar comienzo a su actuación. Los primeros acordes de una guitarra eléctrica suenan y la multitud grita eufórica. Las luces parpadean y cambian de color aleatoriamente. Brice me toma de la mano y me arrastra a la pista de baile. Me cuesta soltarme al principio, pero los graciosos pasos de Brice hacen que me deje llevar por el ritmo de la música. Brice me mira como si fuera la única persona de la sala y tuviera un foco sobre mi cabeza.

Algo en el bolsillo de Brice se ilumina. Él lo nota y saca el móvil. Es una llamada. Su gesto se ensombrece al ver el remitente. Es su madre. Cuando pienso que se va a alejar para responder, hace todo lo contrario. Bloquea la pantalla y guarda el dispositivo.

—¿No lo coges? —grito por encima de la música.

Él niega con una sonrisa desenfadada. Seguimos bailando y al rato su bolsillo se ilumina de nuevo. Mira la pantalla, molesto, y hace lo mismo de antes, le sujeto de la muñeca.

—Podría ser importante —digo.

—No lo es. —Apaga el móvil por completo y lo devuelve al bolsillo.

La preocupación se adueña de mí. Ninguna madre llamaría a un hijo a estas horas de la noche si no se tratara de alguna urgencia. Mis movimientos se vuelven más rígidos y Brice lo nota. Me hace dar vueltas e intenta hacerme olvidar lo que acaba de pasar. Me dejo guiar. Si él cree que no es nada importante, debería creerle, al fin y al cabo, estamos hablando de su madre.

La tranquilidad no dura mucho porque veo a Nate a poca distancia. Se está abriendo camino entre las personas para llegar a nuestro lado. Miro detrás de él en busca de mi amiga. Pero no hay rastro de ella.

—Me ha estado llamando sin parar porque tu móvil estaba apagado —dice Nate colocando la pantalla delante de sus narices. Es su madre, otra vez—. Quiere hablar contigo.

—No es el momento. ¿No puedes encargarte como siempre? —pregunta Brice exasperado.

—No —contesta firme—. No puedes depender de mí siempre. Posponlo todo lo que quieras, pero al final tendrás que enfrentarte a los problemas. Es la única manera. Le diré que le devolverás la llamada ahora.

Tras eso, Nate desaparece entre la multitud. Brice se pasa una mano por el rostro, claramente frustrado.

—Espérame aquí. Vuelvo enseguida —me dice.

Asiento, comprensiva. Se abre camino hacia la salida del local.

Sigo sin quedarme tranquila. La última vez que lo vi así fue en el coche de camino a la Galería Nacional y mi instinto me dice que se trata del mismo problema que evitó.

¿Y si termina mal la conversación?

¿Y si necesita hablar con alguien?

No dudo en seguirlo.

Paso por el lugar donde estaban conversando Beth y Nate, pero no veo por ningún lado a mi amiga. Solo está Nate en un taburete hablando con el tío John.

Le he enviado un mensaje a Beth diciéndole que me he ido detrás de Brice, pero por alguna razón no le llega. Me acerco a Nate para pedirle que le avise si la ve.

El desvío hace que pierda de vista a Brice. Pruebo a buscarlo en las escaleras de la entrada. No está. Quizá haya salido.

Dejo atrás el ruido del bar mientras asciendo por el túnel. Un soplo de aire fresco me eriza la piel. Me ajusto la chaqueta. Con un pie sobre el último escalón, asomo la cabeza a la calle. Oigo muy cerca la voz de Brice. Miro hacia las dos direcciones. Ahí está. Camina de un lado hacia el otro y con la mirada al suelo. Se pasa la mano repetitivamente por el pelo, frustrado. Su voz es cortante, sin ninguna pizca del tono divertido que suele tener. Afino el oído.

—No quiero seguir hablando del tema —sentencia—. Lo he repetido mil veces, a ti y a papá. Joder..., no me insistas más. No pienso cambiar de opinión y mucho menos hacer lo que me exigís. —Su mirada muestra desesperación—. Claro que me lo estáis exigiendo si no me dais ninguna otra opción... Dejadme tranquilo de una puñetera vez. La abuela está de acuerdo conmigo. Es imposible hablar contigo. —Deja caer los brazos derrotado—. No, no me llames mañana. No pierdas el tiempo porque me quedaré donde estoy. Buenas noches.

Cuelga y sus hombros se relajan. Se da la vuelta y me ve parada enfrente del local. No consigo descifrar su expresión, hay sorpresa, cansancio y cariño. Acorto la distancia.

—¿Estás bien? —digo, rozándole el brazo.

—Sí. Estupendamente. —Sonríe, pero la sonrisa, de nuevo, no le llega a los ojos—. Volvamos adentro.

Le tomo de la muñeca para detenerlo.

—¿Y si damos una vuelta mejor? —No lo veo muy convencido, añado—: Me apetece tomar algo de aire.

—Está bien.

Nos alejamos de The Drunk Duck sin rumbo fijo. Las farolas nos iluminan el paso y, a lo lejos, se oye el sonido de las patrullas. La mayoría de los locales han cerrado sus puertas y quedan pocas personas que no estén en las discotecas o bares de la zona.

Brice luce pensativo y tiene la mirada perdida.

—¿Cuánto has oído?

—No mucho. Parecías irritado. ¿Quieres hablar de ello? —pruebo.

Niega, forzando otra sonrisa, como si demostrar que está bien me hiciera olvidar que no lo está. Tengo la sensación de que a Brice le gusta mostrarse en una felicidad eterna o al menos convencer al resto del mundo de ello.

—Mejor hablemos de otra cosa.

—¿Como por ejemplo?...

—De ti. Cuéntame algo de ti que nadie sepa.

Ignoro el hecho de que está haciendo girar la conversión hacia mí y pienso en su pregunta.

—No es que nadie lo sepa, pero Alexa no es mi único nombre.

Brice da media vuelta e interrumpe mi camino. Levanta las cejas intrigado.

—¿Ahora es cuando me dices que también eres de otro planeta y tienes que matarme? —bromea.

Mi leve sonrisa hace que aparezca una expresión de satisfacción en su rostro.

—Alexa es el nombre que aparece en el registro. Pero mis padres quisieron ponerme otro. Uno que solo usa mi familia, especialmente, mis abuelos y mis padres a veces cuando se enfadan mucho conmigo.

—¿Cuál?

—Ming Yue.

—Ming Yue —imita el sonido de mis palabras. Oírlo llamarme así hace que mi corazón dé un vuelco—. Suena bonito. ¿Y tiene algún significado?

—«Luna brillante» es la traducción literal.

—Ahora me acordaré de ti cada vez que mire a la luna.

Seguimos caminando en silencio y, por instinto, levanto la mirada hacia el cielo negro. Por la contaminación de la ciudad, las estrellas no se aprecian del todo, en cambio la luna destella con intensidad. Los dedos de Brice rozan los míos y termina por entrelazarlos. Pronto el cansancio aparece y nos sentamos en los escalones de la entrada de una casa. Espero que el dueño no decida salir porque se llevaría un susto de muerte.

Brice descansa los brazos sobre las rodillas y juega con sus dedos. Me acurruco a su lado y recuesto mi cabeza sobre su hombro.

—Mi bisabuelo se graduó en Derecho —dice de pronto, con la mirada en sus manos. Me quedo quieta, sin hablar, y dejo que siga—. Mi abuela siguió su camino, al igual que mi padre. Tenemos un bufete de abogados llamado los Evans y crecí sabiendo que formaría parte de él tarde o temprano. Así que, mientras otros niños soñaban con ser astronautas o bailarines, yo aceptaba el camino que mis padres me habían impuesto. No tenía otra opción y tampoco quería sentirme fuera de la familia por querer algo diferente.

Espero unos segundos antes de intervenir.

—Entonces ¿qué te hizo cambiar de parecer?

—Nate —contesta sin dudar—. Al igual que yo, no le quedaba otra que entrar a la carrera. Pero él sí que tenía sueños, quería ser ingeniero, y, cuando tuvo que renunciar a ello, algo en él cambió. Sus sonrisas desaparecieron, se aisló del mundo y solo volvía a casa si era estrictamente necesario. Se notaba que odiaba lo que estudiaba y parecía un robot en piloto automático. Pero no se quejó ni una vez. Mis padres, por supuesto, estaban contentísimos y no paraban de hablar de los planes que tenían preparados para cuando se graduase. Que si había un puesto reservado para él en el bufete, que si mi padre lo prepararía para que tome las riendas... Ahí me di cuenta de que no quería eso para mí. No quería seguir un camino predeterminado. No quería que controlaran mi vida. A pesar de las repercusiones que habría después. Así que rechacé mi plaza en la facultad de Derecho sin pensármelo dos veces, mi cerebro no estaba hecho para memorizar leyes. En su lugar, por un impulso, me matriculé en Química.

—Y tus padres se lo tomaron mal...

—No. Al menos no al principio o eso me hicieron creer. Me dejaron terminar el primer año sin problemas. Poco después caí en que no fue porque estuvieran de acuerdo con mi elección, sino que pensaron que era un berrinche adolescente y que con el tiempo me daría cuenta del error. Pero no pasó. La carrera me gustó más de lo que esperaba. Encontré mi lugar, vi un futuro siendo químico y en la investigación. Entonces, mis padres me encasquetaron una reunión con el decano de la universidad de Derecho para hacerme entrar en razón.

—Y ahora están insistiéndote para que te cambies de carrera. —Asiente—. Pero el curso ya ha comenzado. Sería una locura. ¿Además, se puede hacer eso?

—El decano es amigo íntimo de mi padre y haría una excepción por mí. Sin contar con las generosas donaciones que hacen mis padres a la institución. No hay nada que el dinero no solucione.

—¿Y qué vas a hacer?

—Lo de siempre, darles largas hasta terminar la carrera. Puede que se cansen y me dejen como una causa perdida. Lo que venga antes —dice con un tono divertido.

Me sorprende lo relajado que está con toda la situación.

—¿Pero y si te cierran el grifo?

—Oh, eso fue lo primero que hicieron. Tengo algunos ahorros de los trabajos que hice este verano y mi abuela me está ayudando con los gastos indispensables. Pero no quiero aprovecharme de ella y estoy presentándome a becas remuneradas como la de AT Labs.

—Por eso te presentaste…

—Es una de las razones, sí.

Abro la boca para preguntarle qué pasaría si no la consiguiera, pero el timbre de su móvil me interrumpe. Brice contesta de inmediato. Es Nate. Le pregunta si está conmigo y le está pidiendo ir a algún sitio. Cuando Brice pronuncia el nombre de mi amiga, me preocupo. Sigue sin contestar a mis mensajes y no sé si Nate ha llegado a cruzarse con ella otra vez.

—¿Beth? ¿Está bien?

—Sí, solo no quería subirse al coche de Nate y se ha empeñado en ir en metro. No sé a qué me recuerda esto. Mi hermano ha terminado acompañándola porque llevaba unas copas encima y quiere que vaya a buscarlo a tu piso.

Beth tolera bien el alcohol y estoy segura de que no está borracha. Pero me tranquiliza saber que Nate ha ido con ella.

Nos ponemos de pie y deshacemos nuestros pasos hasta el bar. No soy consciente de lo mucho que nos hemos alejado hasta este momento.

Por el camino doy vueltas a las palabras de Brice. Nunca habría adivinado que está lidiando con un drama familiar de ese estilo. Porque es Brice. El chico que es todo sonrisas y diversión. El chico con energía de *golden retriever.*

Me siento afortunada porque haya confiado lo suficiente en mí para contármelo. Pero la impotencia de no poder hacer nada para ayudarlo me carcome.

17

Núm. desconocido

Lexi... Sé que quieres saber
quién está detrás de nosoycupido.
Yo te puedo ayudar

No quiero tal cosa.
Es mentira

Núm. desconocido

No hace falta que finjas...
Tengo mis fuentes

Quién eres???

Núm. desconocido

No importa quién soy,
sino qué sé...

Seguro que eres un lunático.

Por eso no me lo quieres decir

Núm. desconocido

Ven a la Westonshire County Library.
En la puerta, a la misma hora
que vuestra cita en la pastelería.
Confío en que elijas bien.

Solo Cupido y las parejas saben la localización de las citas. El resto del mundo lo descubre después de que ocurran. Quien sea que me haya escrito no es cualquiera porque ha dado en el clavo. La cita que nos han organizado hoy es a las seis en una pastelería. Haremos una masterclass de repostería en pareja. Alika y Jo también estarán.

El desconocido puede que no esté mintiendo con la información que posee. Puede que tenga relación con Cupido. Pero la pregunta es esta: ¿por qué esperar hasta ahora para traicionarlo? Sea como sea, esta es la vez que más cerca he estado de descubrir su identidad. Solo tengo que reunirme con esa persona y escuchar lo que me tiene que decir. Además, que haya elegido esa biblioteca como punto de encuentro es una afirmación de lo que intentamos hacer aquel día.

La decisión de ir a su encuentro o a la cita con Brice es difícil. De haber recibido el mensaje semanas antes, no tendría ninguna duda: desenmascarar a Cupido sería la prioridad absoluta. Pero ahora no estoy segura y solo tengo hasta que termine las prácticas del día para decidirme.

—¿Pensando en mí? —Brice me abraza por la espalda y me saca de mi ensimismamiento. Me doy la vuelta y me suelta. Apoya las manos sobre la mesa, una a cada lado de mi cuerpo. Se inclina con intención de besarme.

Coloco las manos sobre su pecho para detenerlo.

Estamos en el cuarto de las balanzas, alejados del resto, pero la pared que nos separa del laboratorio es de cristal. Cualquiera que levante la cabeza nos vería.

—Estamos en horario académico —digo.

No es que haya una norma que nos prohíba besarnos, pero no creo que sea lo más apropiado.

—Un beso no le hará daño a nadie. Bueno, a mí, si no me lo das. —Pone cara de cachorro triste.

Derrotada, lo sujeto de las solapas de la bata para atraerlo hacia mí. Le doy un beso casto. Pero Brice traslada sus manos a mis mejillas y vuelve juntar nuestras bocas.

Un carraspeo hace que me separe de él con brusquedad.

Que no sea el doctor Smith.

Que no sea el doctor Smith.

Que no sea el doctor Smith.

Me giro hacia la puerta con miedo.

Es Lina, la otra chica de las prácticas. Me relajo.

—Mmm... Necesito usar eso... —señala incómoda al aparato. Brice y yo seguimos su dedo hasta la placa calefactora que está a mi lado.

Me aclaro la garganta.

—Claro. Yo ya me iba. Nos íbamos. —Me pongo de pie. Abrazo los frascos que he traído en dos tandas de golpe y me apresuro a salir. Segundos después, tengo que dar media vuelta porque no he cogido la libreta. La miro sobre la mesa y me miro las manos. Si me agacho podría cogerla con el índice y el dedo medio. Más vale que no se me caiga nada porque si no tendré un problema.

Para mi suerte, Brice la coge por mí y se ofrece a ayudarme con los frascos, pero no le dejo. Si alterna el equilibrio, se me resbalarán de las manos y se irán contra el suelo. Llego a la mesa sin incidentes y suelto el aire contenido.

El resto de la hora pasa rápido, me distraigo un par de veces más por culpa de Brice mientras debato si ir o no al encuentro del desconocido. Claro, Brice no tiene ni idea del mensaje y no tengo intención de contárselo. Me había desvelado que ideó todo el plan para ayudarme a desenmascarar a Cupido solo para pasar más tiempo conmigo. En realidad, saber quién está detrás no le importa. Y tampoco debería importarme a mí a estas alturas. Quiera o no, gracias a la cuenta, Brice y yo llegamos a donde estamos hoy. Incluso empiezo a creer en su magia. Aunque, más que magia, sea la inteligencia artificial que hay detrás.

Al terminar la sesión de hoy, el doctor Smith me llama y tengo que dar media vuelta. Brice me dice con señas que me espera fuera. Aún con la bata puesta, lo sigo hasta el pequeño despacho del laboratorio. Las paredes están cubiertas de azulejos blancos y las estanterías están llenas de archivadores. El doctor Smith se acomoda detrás del escritorio y echa a un lado los papeles sobre la mesa. Con una sonrisa me señala la silla.

—¿De qué quería hablar conmigo? —pregunto, sentándome.

Hoy es la penúltima sesión de las prácticas y cualquiera que sepa sumar uno más uno se hace una idea de hacia dónde irá esta conversación. El hecho de que ni James ni Brice, mis contrincantes, estén aquí me hace extremadamente feliz. Puedo casi saborear la victoria.

—Las prácticas van a acabar en breve y tengo que presentar a alguno de ustedes para ocupar la plaza de AT Labs. Usted, señorita Wang, ha superado con éxito los objetivos propuestos y cumple con los requisitos necesarios para ocupar la plaza de la beca. Es exactamente lo que están buscando en AT Labs y estarán encantados de contar con alguien con su perfil.

Pego un chillido de emoción. Al segundo, me llevo las manos a la boca. El doctor Smith me mira con sorpresa. Intento mantener la compostura, pero es difícil. Al fin, la recompensa que he perseguido durante estas largas semanas y solo puedo imaginarme lo contentos que se pondrán mis padres con esta noticia. Quiero contárselo ya, en este preciso segundo.

—Es un honor que usted me haya elegido para esta beca. No sabe lo feliz que me ha hecho. Prometo dar lo mejor de mí misma. Estoy deseando comenzar a trabajar con AT Labs.

—Me alegra su entusiasmo. —Sonrío. El doctor Smith se coloca las gafas con el índice—. Sin embargo, me ha entendido mal. No la he elegido. Hay otra persona igual de cualificada que usted.

Las palabras me caen como un balde de agua fría. Me quedo inmóvil por un instante dudando si he escuchado bien.

—Pero acaba de decir que soy lo que necesita AT Labs. —Me inclino sobre la mesa, buscando confirmación.

—Así es.

—Entonces ¿por qué existe otro candidato teniéndome a mí? —pregunto incrédula.

—Porque ambos tienen la misma posibilidad de obtener la plaza.

—¿Y por qué no está la otra persona aquí, ahora, conmigo? O es que la decisión está tomada y usted solo está jugando conmigo.

Mi enfado comienza a asomarse. Si desde el principio era su intención rechazarme, podría haberse ahorrado todos sus halagos. Pero ha preferido ilusionarme con la beca para arrebatármela.

—Me disculpo si le he causado esa impresión. Pero nada está concretado aún. Ambos tienen lo que se necesita para la beca y el problema es que hay una única plaza. El motivo por el cual la he hecho llamar es para comunicarle cómo procederé a continuación. Para solucionar este empate, he llegado a la conclusión de que un ensayo sería lo más idóneo. Mi propuesta es que me entreguen un ensayo de dos mil quinientas palabras sobre un tema relacionado con las líneas de investigación de AT Labs. A partir de este, se tomará la decisión final sobre la beca. La fecha límite es el primer viernes después del descanso de mitad de semestre.

—¿Brice o James? —Es lo primero que pregunto.

El doctor Smith frunce el ceño descolocado.

—¿Disculpe?

—La otra persona. ¿Quién es la otra persona? ¿Brice o James?

—Es el señor Evans.

Tenía que ser Brice. Tenía que hacerlo tan bien como yo.

—¿Él sabe que soy yo con quien está compitiendo?

—Le proporcioné la misma información que a usted. Pero el señor Evans no indagó para saber quién iba a ser el otro candidato. Siéntase libre de compartir esta información con él si lo ve necesario.

Ahora resulta que he sido la segunda en enterarme. Quizá el doctor Smith diga que tenemos las mismas posibilidades, pero puedo percibir el claro favoritismo.

Abandono el despacho con una mueca en el rostro. Hago un ovillo con la bata y la meto con mala gana dentro del bolso. Devuelvo la llave de la taquilla y salgo al pasillo mentalizada con volver a casa. Me llevo la mano al pecho cuando me encuentro a Brice de frente. Está apoyado al lado de la puerta. Su vista se desplaza de su móvil a mí y me contempla con una sonrisa torcida que hace aparecer su singular hoyuelo.

Lo rodeo y sigo caminando. Él se pone a mi lado y bajamos por las escaleras que dan al hall.

—¿Qué quería?

—Repasar algo de mi libreta. Nada importante —miento.

No sé por qué lo hago. Decirle la verdad no va a cambiar el hecho de que la beca se esté disputando entre nosotros dos. Pero conocer una información que él ignora me hace sentir superior, con la ventaja. Porque al final, a pesar de todo, esto es una competición y eso nos convierte en rivales. Algo que he olvidado últimamente.

—¿Te apetece dar un paseo mientras esperamos para la cita? —pregunta risueño.

—Creo que iré al piso para dejar las cosas. ¿Nos vemos en la pastelería mejor?

Brice abre la boca y la cierra. Termina por asentir no muy convencido. Nos despedimos en la entrada y tomamos direcciones contrarias.

Me alejo de él con un nudo en el estómago. Después del ultimátum del doctor Smith ya no me parece buena opción ir a esa cita. Mi prioridad ahora debería ser el ensayo y lucirme. Tengo que hacer que el doctor Smith reconozca que soy mejor que Brice y que fue un error considerar a nadie más en primer lugar.

«Si te hubieras distraído menos con las citas y con Brice, nada de esto habría pasado. La Lexi de hace un año ya se habría hecho con la beca», me regaña la vocecita de mi cabeza.

Puede que tenga razón y lo más sensato en estos momentos sea ir al encuentro del desconocido para descubrir la identidad de Cupido y zanjar el tema de una vez por todas.

Quizá sea lo correcto. Pero la Lexi de ahora no es capaz de dejar tirado a Brice y decide acallar la vocecita.

Encuentro a Brice en la puerta de la pastelería. Está hablando con Alika y Jo. Ellas son las primeras que me ven a lo lejos y agitan con entusiasmo las manos para saludarme. Les devuelvo el gesto. En ese momento, Brice se gira. Les dice algo, las chicas asienten y viene a mi encuentro.

—¿Estás bien? Tenías mala cara cuando te has ido antes. ¿He hecho algo que te molestara?

Hay preocupación en su rostro y me siento terriblemente

mal por haber dirigido parte de mi rabia hacia él. Decido contarle la verdad, algo que debería haber hecho desde el principio. No tiene sentido engañarle y, si alguno obtiene la beca, que sea en igualdad de condiciones.

—Has tenido algo que ver —su cuerpo se tensa y puedo oír los engranajes maquinando en su cerebro—, pero no es culpa tuya. No te fui sincera, el doctor Smith no quería repasar mi libreta, sino hablar conmigo sobre la beca.

—Tú eres «la otra persona».

—¿También te ha dado el discurso de enhorabuena para soltarte después que no eres el único? —Asiente. Espero que diga algo, que su expresión cambie. Me quedo esperando—. ¿Ya está? ¿Esta es tu única reacción? ¿No te sorprende que sea tu contrincante?

—Ya lo sabía —contesta orgulloso.

—«La otra persona» podría haber sido James. No llegaste a preguntárselo.

—No hace falta que se lo preguntase al doctor Smith. Supe que ibas a ser mi única rival desde el primer día. Me asustaste con todas esas matrículas de honor. —Finge que le recorre un escalofrío por la espina dorsal.

Me relaja que no esté enfadado o algo por el estilo después de mi pequeña mentira. Me permito reír.

—No hables en pasado —señalo—. Sigo siendo tu rival. —Golpeo mi índice sobre su pecho, marcando cada palabra. Brice atrapa mi dedo.

—Yo no estaría tan segura.

—La arrogancia precede a la caída.

—No esta vez. Créeme cuando te digo que esa beca tiene

mi nombre. Tengo un as bajo la manga. —Me hace un guiño cómplice.

—Y yo no te lo pondré fácil.

—No esperaba menos. ¿Estamos bien?

—Estamos bien —digo mirándole a los ojos.

Entramos a la pastelería cogidos de la mano y corremos a ocupar la encimera vacía. Un señor mofletudo y con aspecto de achuchable está explicando los conceptos básicos para hornear unas galletas de chips de chocolate y no morir en el intento. Hace alguno que otro chiste que llena la sala de carcajadas.

Brice y yo nos ponemos los delantales con la ayuda del otro y abrimos el cajón abrumados con la cantidad de bandejas, espátulas, cortadores y cachivaches que hay. Brice estira el cuello para mirar la mesa de la pareja de al lado y saber qué utensilios sacar.

Luego nos reparten una hoja con los pasos de la receta. Se parece a seguir las indicaciones de los PNT del laboratorio con tantas medidas y cuencos donde ponerlos. Conseguimos formar la masa de las galletas con éxito y el señor mofletudo, que descubro que se llama Mike, nos elogia. Asegura que nos saldrán obras de artes mirando a los círculos mal formados sobre la bandeja de horneado.

Brice está a punto de coger la rejilla del horno cuando tiro de él para hacer que retroceda.

—No sé en qué estaba pensando —dice pasándose la mano por el pelo.

—Claramente no en que está el horno a 170º. Te podrías haber quemado la mano.

—Pero me has salvado de una buena —me sonríe de lado.

—Oye, ¿te preocupa algo? Parece que tienes la cabeza en Marte. ¿Son tus padres otra vez?

Brice niega con la cabeza. Se agacha para coger la manopla y ponérsela. Desplaza la rejilla ligeramente hacia fuera para que pueda colocar la bandeja sobre esta y la vuelve a colocar en su sitio.

—Es mi abuela —dice cerrando la puerta del horno. Se quita la manopla y se recuesta en la encimera—. Quiere que vuelva a casa para el descanso de mitad de semestre.

—¿Y qué tiene de malo?

Hasta donde sé, tiene buena relación con su abuela paterna y es la única persona que lo apoya, aparte de Nate.

—Que Nate no estará y tendría que pasar cinco días a solas en la compañía de mis padres. Un suicidio total. Aprovecharán la oportunidad para presionarme con el tema de la carrera. Y no sé cómo decírselo a mi abuela porque no querer ir es una decisión egoísta.

—No puedes esconderte de ellos para siempre —digo, poniendo el cronómetro para las galletas. Brice me pasa la receta para mirar los minutos exactos—. ¿Qué harás en Navidades? ¿Y en Año Nuevo? ¿Vas a pasarte las fiestas solo y deprimido?

—Ya suenas como Nate. —Suspira. Seguro que lo que le haya dicho su hermano es verdad. Sonríe con inocencia antes de añadir—: Pero ahora te tengo a ti, me podría escapar contigo y pasar las fiestas con tu familia.

Me lo imagino paseándose por las calles del pueblo, visitando la casa en la que crecí y conociendo a mis padres. Se me calienta el corazón. Quizá sí debería invitarlo. Ciertamente, mi madre lo recibiría con los brazos abiertos. Mi padre lo miraría con recelo las primeras horas, pero no tardaría en tomarle cariño. Pero tiene que solucionar sus problemas primero.

—¿Y si voy contigo? —propongo sin pensar.

—¿A dónde? ¿A ver a mi familia?

Brice me mira inseguro. El miedo me recorre el cuerpo y creo que he cometido un error. No meditar las decisiones es impropio de mí y, definitivamente, tendría que haberle dado más vueltas a la idea antes de soltarla.

—Me he precipitado, ¿verdad? Tú y yo… Es algo reciente y conocer a tus padres… Es un gran paso. Puede que esto sea acelerar mucho las cosas…

—No, no. —Me coge de los hombros para tranquilizarme. Levanta mi barbilla ligeramente, haciendo que nuestros ojos se encuentren—. Para nada. Quiero que vengas.

—¿Seguro?

—Totalmente. Le encantarás a mi abuela —asegura con una sonrisa.

18

ELEGIR EL TEMA DE MI ENSAYO NO ES COMPLICADO. TENÍA CLAro que iba a hablar de los métodos de *screening*, que sirven para hacer análisis con rapidez y que proporcionan una respuesta binaria de sí o no.

El problema es el tiempo que voy a necesitar; la investigación me va a ocupar horas y la redacción del ensayo en sí también. El doctor Smith nos ha dado diez días en total, pero a estos les tengo que restar los cinco que estaré con la familia de Brice. Solo me quedan cinco días que tendré que aprovechar al máximo, de los cuales dos me centraría en la investigación. Según mis cálculos, redactar dos mil quinientas palabras en los tres días que me quedarían es equivalente a ochocientas treinta y tres por día. Y, si a la hora logro teclear trescientas, serían aproximadamente tres horas diarias.

«Dile a Brice que fue un error. Estás a tiempo».

Ignoro la voz por muy tentador que sea abrir el móvil y enviarle un mensaje a Brice. Lo peor es que es lo que más me conviene. Ganaría tiempo. Pero la idea desaparece al recordar la ilusión en el rostro de Brice cuando sugerí acompañarlo. No soportaría defraudarle.

Saco mi taza con la frase de «si tú lo crees, es posible» y me preparo el primer café de la noche. Quedan menos de doce horas para que Brice toque el timbre y tengo que adelantar todo lo que pueda con el ensayo. Programo varias alarmas por si me duermo a lo largo de la noche y enciendo el portátil para comenzar a trabajar.

Aguanto hasta las cinco de la mañana y estoy cabeceando. Decido acostarme hasta las siete. Pero no es suficiente para quitarme las ojeras de oso panda. Me meto en el baño y me doy una ducha fría para despertarme.

Brice hace sonar el claxon cuando aparca el coche delante del piso. Saco la cabeza por el balcón para avisarle que ya voy. Cojo mi maleta para estos cinco días y miro mi portátil sobre el escritorio antes de salir de casa sin él. Tengo todos los archivos subidos a la nube y puedo acceder a ellos desde cualquier ordenador.

Una vez en el coche, Brice me tiende un vaso de café y se lo agradezco. Él arranca el coche y da play al audiolibro, que casualmente comienza desde donde lo dejamos la última vez. Hemos hecho esto desde la primera no-cita y se ha convertido en nuestra pequeña costumbre.

El camino de una hora y media hasta Guildford, una ciudad del condado de Surrey, y donde viven los padres de Brice, se hace corto. Brice aprovecha para darme un paseo por la calle principal, que está hecha de fragmentos de granito. Las tiendas permanecen cerradas porque aún es temprano. Pasamos por una galería de arte y, del hotel Angel, me cuenta que se construyó encima de un antigua estación de autobuses.

Luego, nos desviamos hacia una zona menos transitada con más vegetación. Las primeras casas comienzan a distinguirse. Sus fachadas son de lo más rústico y con una paleta de tonos beiges tirando a marrón rojizo. Todas tienen un jardín de lo más cuidado. A medida que nos alejamos, las casas crecen en tamaño y están casi aisladas las unas de las otras. Brice gira el volante y detiene el coche en la acera.

—¿Ya hemos llegado? —pregunto confusa. Me enderezo y miro por la ventana en busca de alguna casa. Todo lo que veo son matorrales y árboles.

—Quedan cinco minutos de camino.

—Entonces ¿por qué has parado?

Los dedos de Brice repiquetean sobre el volante. Se gira hacia mí.

—Quiero que sepas algunas cosas antes de que conozcas a mis padres.

—Claro, dime.

—Mi madre, Amelia, tiene muchos prejuicios. Lanza comentarios pasivo-agresivos como afición, así que no le hagas mucho caso. Si crees que te está mirando mal, como si no le cayeses bien, es normal. Esa es su expresión cuando tiene la cara relajada. En cambio, mi padre, William, es un poco más agradable, aunque parezca serio. Te va a analizar y a hacerte mil preguntas, algo que puede resultar irritante. Intentaré que pasemos el mínimo tiempo con ellos.

—¿Algo más?

—Si te sientes agobiada en cualquier momento, me lo dices y me inventaré algo para irnos. ¿Quizá me puedes dar dos toques con el dedo como señal?

—Dos toques suena bien. Todo va a ir genial.

Brice asiente no muy convencido antes de reanudar el camino. Me parece tan adorable que se esté preocupando tanto. Es como si estuviera más nervioso que yo por conocer a sus padres.

Entramos por un estrecho camino que lleva hasta la casa. La valla se abre a nuestro paso y Brice aparca al lado de un coche negro. Contemplo la casa impactada. Parece como si el arquitecto hubiera juntado tres casas en una sola. La fachada es de color crema, tiene un tejado rojizo y está repleta de ventanales. Sin duda alguna, esto de ser abogados no les está yendo nada mal.

Brice me coge de la mano y tira de mí hacia la entrada. Introduce un código y la puerta principal se abre. La sostiene y hace una pequeña reverencia para que entre primero.

La primera cosa en que me fijo es en la escalera de caoba que lleva a la segunda planta, seguida de un sillón con estampado de vaca. Continuo al recibidor, hay un comedor abierto con vistas al jardín trasero. Sentado en un extremo de la mesa, está un hombre de pelo castaño que me mira fijamente. Levanta la mano para saludarme y le devuelvo el gesto. En ese momento, una mujer de estatura baja se interpone en mi visión, con expresión de sorpresa. Viene con paso rápido en nuestra dirección. Tiene un aspecto impoluto y el pelo castaño recogido en un moño bajo muy tirante. Viste con un conjunto deportivo. Debe de ser Amelia.

—Al fin te dignas a aparecer por casa. —Saluda a Brice

con un abrazo más bien rápido. Mi presencia pasa totalmente desapercibida.

—Hola a ti también, mamá.

—Es indignante que tenga que llamar a tu hermano para que atiendas mi llamada.

—Te dejé claro que no te iba a contestar si me insistías con el tema de la carrera.

—Ya hablaremos de eso más tarde. —Brice eleva la mirada intentando mantener la calma.

—Mamá, esta es Lexi. —Tira de mi brazo y me abraza más a su cuerpo.

Su mirada al fin cae sobre mí. Le sonrío, pero no me devuelve el gesto. En su lugar, me repasa de arriba abajo y con una mueca. Sus ojos se quedan fijos en el punto donde la mano de Brice y la mía se unen.

—¿Has traído a «una cualquiera» sin consultármelo primero?

—No es «una cualquiera» —replica Brice serio. Niega ligeramente a modo de disculpa. Le aseguro que no pasa nada con un apretón.

—Y mi nieto no tiene que consultarte nada porque es mi invitada —resuena una voz desde arriba—. Lexi, querida, ven a darme un abrazo.

La abuela de Brice se asoma por la barandilla del segundo piso. Los tres levantamos la cabeza para verla. Brice sube de dos en dos los escalones para ayudarla a bajar las escaleras.

—¿Qué haces levantada tan temprano? —pregunta la señora ogro.

Ella la ignora olímpicamente y me abraza con fuerza. Miro

por encima del hombro a la madre de Brice y le sonrío con suficiencia.

«Yo también puedo jugar a tu juego».

—Encantada, señora Evans —digo, pero niega con desaprobación mis palabras.

—Nada de señora Evans, jovencita, llámame Christie. Una sabe que está vieja, pero no quiere que se lo recuerden.

—Pero si usted está genial.

—Lo sé, a veces me confunden con una veinteañera en el mercadillo de los domingos —dice con una risa. Entrelaza su brazo con el mío y hace que me agache para susurrarme—: Vamos a dejar a estos dos hablando. Voy a enseñarte tu habitación y la casa entera si te apetece. También tengo preparadas anécdotas de Brice; como la vez que...

—¡Abuela, ni se le ocurra contar nada!

—Shhh... ¡Voy a contarle lo que me dé la gana!

Christie me aleja de Brice y de su madre para enseñarme cada rincón de la casa. Descubro que hay tres salas de estar en la primera planta y también una piscina cubierta, a la cual un Brice de seis años muy creativo lanzó una piña para Bob Esponja, el Calamardo que encontró en la nevera y las sardinas que habían comprado ese día. En la segunda planta, me muestra una pared con las marcas de las alturas de los hermanos Evans. En el lado de Brice había más rayas que en el de Nate y según Christie es porque Brice cambiaba a escondidas su altura para que se pareciera a la de Nate. También me cuenta sobre las casas que construía para las hormigas del jardín, su odio hacia los kiwis y la vez que se intentó pintar el pelo verde con rotuladores.

Me relata cada uno de los recuerdos con brillo en los ojos y una emoción que delata el cariño que siente por su nieto.

Para cuando me lleva a ver la habitación donde me quedaré, nos cruzamos con Nate, quien como siempre tiene una expresión seria. No lo he visto desde el día del bar y lo último que supe fue que Beth y él se besaron. Según ella, fue un momento de debilidad y un error. Me ha jurado que jamás de los jamases se va a repetir. No la creí, obviamente.

Nate me saluda con un leve movimiento de cabeza antes de bajar con prisas las escaleras. También va con ropa deportiva y me entero de que van a un partido de golf con la familia de un importante cliente del bufete. Me pregunto si estarán convenciendo a Brice de ir, de ser así, no me molestaría pasar el resto de la mañana con Christie. Me ha caído fenomenal y me ha dado envidia que la tengan como abuela. Es de esas personas que irradian luz por donde pasan, algo que me recuerda a Brice.

Christie abre una puerta del pasillo y me invita a pasar. Dentro, hay una cama doble con estructura de madera y un reposapiés a un extremo. Encuentro un sillón al lado de una ventana y una planta al lado. También hay cuadros de plantas prensadas colgadas en las paredes. Christie se sienta sobre la cama y da golpecitos para que haga lo mismo.

—Mi Brice siempre está feliz, incluso cuando no lo está. Desde pequeño ha sido el ojo derecho de su padre, hacía lo que le decía, evitaba causarle problemas y sobre todo buscaba su aprobación. Hasta que tomó la decisión de no estudiar Derecho.

—Me ha contado que están intentando que se cambie de carrera.

—Así es. Su madre está obsesionada con que estudie Derecho y mi Will, como siempre, le da la razón en todo —dice con pesadez. Deduzco que Christie no se lleva bien con su nuera—. Por eso, Brice se ha pasado medio año sin tener mucho contacto con ninguno de los dos. Al menos a mí me llama semanalmente, pero cada vez que le saco el tema de los estudios desvía la conversación. Quise que viniese a casa para que solucionara las cosas y me sorprendió que me escuchara. Pero, viéndote aquí, sé que no fue así.

—No hice gran cosa, la verdad…

—Claro que sí, no te quites méritos. Me alegro mucho de que vuestros caminos se hayan cruzado. Y, por cómo te mira mi nieto y me habla de ti, sé que eres alguien importante para él. Solo te pido que no le rompas el corazón.

Me mira con intensidad. Sus palabras me causan una sensación de responsabilidad y veo sus expectativas reflejadas en su mirada.

—No lo haré —digo, prometiendo algo que no sé si voy a cumplir.

—Bien. —Su mirada se dirige hacia la puerta abierta.

En ese momento, Brice se asoma por el marco.

—Espero no estar interrumpiendo nada —dice animado. Detrás de él está mi maleta, que rueda dentro de la habitación.

—Justo le iba a enseñar a Lexi tu álbum de fotos. Pero supongo que podré esperar. Me iré a tejer un rato. —Christie se pone de pie y se dirige hacia la salida. Pero, antes de desaparecer por el pasillo, se gira para añadir—: Ah: una última cosa, la habitación de Brice está justo delante. Así que no hagáis nada que yo no haría. —Nos apunta con el dedo cómplice.

Me sonrojo un poco. Brice sonríe divertido y va detrás de ella para cerrar la puerta. Nos quedamos a solas en la habitación. Brice pasea la vista por la estancia como si nunca hubiera estado aquí. Camina hasta donde estoy y se desploma sobre la cama. Me tumbo a su lado.

Mi cabeza sigue dándole vueltas a la conversación con Christie.

Puede que Brice y yo estemos yendo demasiado deprisa, puede que yo haya apresurado las cosas viniendo aquí. Me aterra que llegue a conocerme a fondo y se dé cuenta de que no soy como imaginaba. Porque, cuando estoy a su alrededor, mis barreras desaparecen y me siento como un libro abierto.

—¿De qué estabais hablando mi abuela y tú? —La voz de Brice me saca de mis pensamientos.

—De tu intento de fondo de Bikini en la piscina.

Veo por el rabillo del ojo que sus comisuras se elevan al recordarlo.

—En mi defensa diré que pensé que los reviviría y comenzarían a hablar como en los dibujos animados.

—No sé si eso mejora las cosas. —Miro al techo, con las manos entrelazadas sobre el estómago—. ¿No sabían tus padres que venía? —Recuerdo los ojos muy abiertos de su madre al verme.

—No sabían ni que venía yo. Solo se lo dije a Christie.

—Suspira. Noto el colchón moverse. Brice se ha colocado de lado y me mira—. Siento cómo se ha comportado mi madre contigo.

—No es nada de lo que no me hayas avisado. —Me encojo de hombros.

—Igual, merecías un mejor recibimiento.

—Christie se ha encargado de eso. Pero, dime, ¿cómo te ha ido con tus padres? He oído que ya no hablas tanto con ellos.

—Normal. —Brice se ha dejado caer sobre el colchón de nuevo, bocarriba—. Van a estar el resto del día fuera lamiéndole el culo al pez gordo de Andrew Liechtenstein porque escucharon que no renovó el contrato con el bufete que se encargaba de sus asuntos y quieren que firme con los Evans. Así que me libraré de ellos hasta la noche.

—¿Y qué hay de la carre...?

—¿Christie te ha enseñado la casa ya? —interrumpe. Se sienta de un salto.

El cambio de tema no me pasa desapercebido. Me mira como si me suplicase en silencio que no saque el tema.

—Sí, he visto los tres salones —respondo divertida.

Brice suspira aliviado y una sonrisa ilumina su rostro de inmediato.

—Pero seguro que no te ha llevado a mi biblioteca secreta. —Levanto una ceja con curiosidad—. Venga, vamos.

Tira de mis brazos para levantarme de la cama y ponerme de pie. Salimos de la habitación y me dejo guiar por los pasillos. Nos alejamos de las escaleras principales y subimos por otras que están más escondidas. Por el camino, me entretengo con algunos retratos que hay colgados en las paredes. Juraría haber visto a un pequeño Brice envuelto en una toalla de ducha y con el pelo electrocutado. Necesito encontrar a Christie para que me muestre ese álbum más tarde.

Las escaleras nos llevan a un segundo piso que está alejado del resto de la casa porque solo hay una habitación.

—Bienvenida a mi biblioteca.

Pongo un pie en la estancia mientras miro boquiabierta las estanterías de color caoba. Van desde el suelo hasta el techo y cubren las cuatro paredes, dejando espacio para una ventana. Hay un puf tirado en una de las esquinas, junto a una lámpara.

Recorro los lomos de los libros con el dedo y tomo uno para hojear sus páginas. Brice me observa recostado en el marco de la puerta.

—¿Cuántos libros hay aquí? —pregunto intrigada. Porque parece que hay miles. No sé si he visto alguna vez una concentración tan grande de libros en un espacio de estas medidas.

—Nunca los he contado. Pero llevo leyendo desde los diez años. Haz cuentas.

—¿Y te los has leído todos?

—¿El ochenta por ciento de ellos? ¿Quizá menos? ¿El sesenta? —Se lleva una mano al cuello—. Dejémoslo mejor en que compro más de lo que leo.

Me río. Continúo toqueteando los libros, abriéndolos, cerrándolos y volviéndolos a colocar en su sitio. Brice no se ha movido de la puerta y tiene su atención puesta en cada uno de mis movimientos.

—Recomiéndame uno —propongo de repente. Brice arquea una ceja a modo de interrogante—. Va en serio. Ver tantos libros me ha dado ganas de leer uno.

Brice se cruza de brazos divertido.

—A ver, ¿qué tipo de libro te gusta?

No tengo ni idea porque no me ha gustado ninguno de los que he leído. Sin contar el audiolibro que escuchamos en el coche, que es la excepción. Brice me dijo que era el primero de una saga de ocho libros, pero sería capaz de comprarme el resto y leérmelos. No sabía que la vida de una asesina en una competición para convertirse en el asesino personal del rey me interesaría tanto.

Él ve la incertidumbre en mi rostro y termino por encogerme de hombros como respuesta.

—¿Y si me dices cuál es tu libro favorito?

—¿Ahora mismo? —Asiento. Brice tiene una mirada sospechosa y esboza una media sonrisa antes de contestar—: Tú.

—¿Yo?

—Sí. Eres como un libro de misterio que nunca se acaba y al que podría estar eternamente enganchado.

Giro sobre mis talones y le doy la espalda con las mejillas sonrojadas.

¿Qué se supone que tengo que responderle a eso?

Al unísono, suena una notificación en nuestros móviles.

nosoycupido Yo TAMBIÉN necesito un descanso. No me echéis mucho de menos... Volveré pronto con más #citas, más #fotos y más #diversión. Prometido!!!

—Al parecer estaremos sin Cupido unos cuantos días... —murmuro.

Miro por la ventana. La habitación está encima del garaje. La valla se abre y sale por ella el Mercedes negro que estaba aparcado en la puerta con Nate al volante.

19

Amelia y William vuelven por la tarde. No hay rastro de Nate por ningún lado y, por lo que tengo entendido, ha cogido un avión hacia Weston. Brice está muy tenso y creo que es por algo que le dijeron sus padres esta mañana. Christie también lo nota porque intenta hacer que hable. Pero es misión imposible. Brice mantiene una sonrisa en todo momento, como si eso le ayudara a ignorar el problema y pretender que no existe. Está aplicando la regla de «fíngelo hasta conseguirlo» muy a rajatabla y es cuestión de tiempo que le explote todo en la cara.

La hora de la cena se acerca y subo a mi habitación a ducharme. Deshago la maleta y lanzo mis opciones de modelito sobre la cama. Quiero dar una buena segunda impresión a los padres de Brice porque claramente la primera no salió nada bien. Estoy segura de que le caigo mal a su madre y de que le soy indiferente a su padre, algo que no sé si es bueno. Pero aparecer en su casa sin avisar tampoco es el mejor comienzo. Y, como no soy de las que creen que las primeras impresiones son decisivas, les estoy dando el beneficio de la duda. Pero Beth no está de acuerdo con mi punto de vista.

—Como una buena triple graduada en historias románticas —afirma Beth a través de la videollamada—, te aseguro que sus padres son los típicos ricachones con mentalidad arcaica, fieles defensores de las tradiciones y tienen claro con quién se casarán sus hijos incluso antes de que nazcan. Si interfieres en sus planes, serán un grano en el culo y te harán la vida imposible. Así que hazme caso cuando te digo que no te esfuerces por gustarles.

—Estás siendo prejuiciosa, Beth. Además, Christie se ha portado genial conmigo.

—No has entendido nada. —Se lleva la mano a la cabeza—. El papel de Christie no es ser la villana, sino la defensora. Ella está en nuestro equipo, sus padres no.

—Déjame adivinar, ¿tu papel es el de la vidente?

—Prefiero considerarme tu guía espiritual.

—¿Y se supone que tengo que escucharte para tomar las decisiones correctas?

—Totalmente. Voto por tirarle una copa a la víbora que te ha llamado «cualquiera». Si puedes, que sea de vino tinto, porque así le podrás manchar la ropa. También, cuando salgas del comedor, haz estallar la copa contra el suelo, ya sabes, con dramatismo.

—¿Te parece que le diga a Brice que grabe el momento para mandártelo?

—¡Qué buena idea! Le escribiré a Brice ahora mismo... —Hace el intento de coger el móvil de donde sea que lo tiene apoyado.

—¡Beth! —la interrumpo—. Era ironía. No pienso tirarle una copa a nadie.

—Pues habría sido divertido —refunfuña mientras deja el dispositivo en su lugar.

Hago que no con la cabeza sin saber qué hacer con ella. Está claro que su concepto de diversión no es el mismo que el mío.

—Venga, ayúdame a elegir qué me pongo. —Vuelo al verdadero motivo de esta llamada. Le enfoco mis tres opciones con la cámara. Beth las estudia con detenimiento.

—Ponte el vestido negro —decide—. Nunca falla.

Le hago caso. Cojo el móvil y voy al tocador del baño. Ella retoma sus planes de cómo debería enfrentarme a los padres de Brice, que no pondré en práctica, mientras me desenredo el pelo para hacerme una coleta. Tengo que repetirla varias veces para conseguir que todos los pelos bebés queden fijos. En medio de la llamada, le dejo saber que Nate ha vuelto a Weston y le pregunto si lo ha visto, a lo que me responde que por qué debería. Claro, su beso en el bar ha pasado a ser un tema inmencionable y para ella jamás ha existido.

Brice da dos golpes a la puerta y me grita que me espera abajo. Le cuelgo a Beth asegurándole que la voy a llamar después de la cena. Me doy un último repaso delante del espejo antes de abandonar la habitación.

Me encuentro a Brice recostado al final de las escaleras con expresión desenfadada. Tiene el pelo húmedo de la ducha y lleva una camisa. Me gusta cómo le quedan las camisas.

Cuando escucha mis pasos, levanta la cabeza sonriente. Su forma de mirarme me provoca retortijones en el estómago.

—Pareces sacada de mis sueños —dice, haciéndome girar. Después me coge de la mano para ir al comedor, pero antes añade—: Dos toques y nos vamos. Sin importar el qué.

Su preocupación me ablanda el corazón. Me hace querer achucharlo y no soltarlo jamás.

Le aseguro que solo es una cena y a no ser que nos caiga un meteorito encima no tendremos que salir corriendo. Ni que las teorías absurdas de Beth fueran reales.

La habitación está en silencio, solo se escucha el tintineo de los cubiertos y el sonido de los dientes al masticar. El padre de Brice está en un extremo de la mesa y su madre al otro. Tengo a Christie al frente y a Brice a mi lado. Este último, da golpecitos con el dedo sobre mi muslo y me lanza miraditas de vez en cuando.

—Lexi, ¿verdad? —habla William. Levanto mi vista del plato y lo miro a los ojos—. Me gustaría decir que Brice nos ha hablado de ti, pero no es el caso.

Su rostro se muestra inexpresivo y no puedo deducir si ha querido hacerme sentir mal con sus palabras o no. Porque soy la primera que no les he contado a mis padres lo que somos Brice y yo. Para ser honestos, ni siquiera tengo claro lo que somos, pero estoy cómoda con no ponerle una etiqueta aún.

—Eso es porque ni siquiera os habla —murmura Christie—. Porque si no os habríais hartado de escuchar su nombre.

—Abuela…

—¿Qué? Si es la verdad. La mencionas tanto que pareces un papagayo.

Brice suelta un suspiro y me mira algo avergonzado. Su padre ignora el ataque de Christie y dirige toda su atención hacia mí. Me remuevo en el sitio incómoda.

—¿Y qué estudias, Lexi?

—Química.

—Cómo no… —refunfuña Amelia con la vista en su plato. Corta su porción de carne con fuerza para hacer notar su desagrado.

—Estoy en la misma facultad que Brice —continúo explicando—, e hicimos unas prácticas juntos. No sé si te ha comentado, pero para estas tuvimos que pasar varios filtros hasta quedar entre los seis mejores del curso.

William levanta las cejas, haciendo que las líneas de expresión de su frente desaparezcan. Al fin, una reacción. Mira a su hijo con intriga.

—No sabía eso.

—Te lo hubiera dicho si hubieras preguntado —dice Brice.

—Tampoco importarán mucho esas prácticas cuando te cambies a Derecho —añade Amelia.

La afirmación hace que Brice se ponga en alerta y que William no indague más en el tema, a pesar de querer hacerlo. El brillo de sus ojos no miente.

Me fijo en que la única persona en la mesa que está en contra de que Brice siga en la carrera es su madre, como ya me había mencionado Christie. Su padre solo se deja llevar.

El silencio ha vuelto y Christie cambia de tema para aligerar el ambiente. Hace que la conversación se centre en nosotros dos y en nuestra relación. Nos hace las típicas preguntas de cómo nos conocimos, cuánto tiempo llevamos e incluso me invita a pasar el Año Nuevo con ellos. Idea que no descarto porque mi familia le da más importancia al Año Nuevo chino, que va regido por el calendario lunar.

Al terminar la cena, Christie es la primera en abandonar la mesa para irse a dormir. Yo aprovecho para pasarme por el baño, pero, cuando vuelvo al comedor, no entro. Me paro en el pasillo a escasos pasos. Las voces se oyen con toda claridad. Debería dar media vuelta y darles privacidad, pero mis pies tienen vida propia. Me acerco todo lo que puedo y me quedo detrás de la cristalera. Tengo una planta que me tapa y a la vez me permite ver a las tres figuras con claridad si cierro un ojo.

William y Brice siguen sentados en el mismo sitio, pero Amelia se ha puesto de pie y está delante de los dos con las manos apoyadas en la mesa.

—La oferta de Thomas sigue en pie —dice William a su hijo—. Pero quiere una respuesta antes del viernes.

—No hace falta esperar hasta el viernes. Le puedo dar una respuesta ahora mismo. Y es no.

—No puedes decir que no —interviene Amelia, enfadada.

—Sí que puedo. Llevo meses diciéndolo. Pensé que os lo había dejado claro la última vez.

—La última vez estabas fuera de ti mismo —replica su madre—, y, por lo que veo, lo sigues estando. Sé racional y haz lo que te digo.

—No compliques más las cosas, hijo…

Brice abre la boca para contestarle a su padre, pero cambia de opinión y se dirige a Amelia.

—¿Es tan difícil para ti entender que estoy harto de seguir el camino que me has diseñado? Sin mi consentimiento, por cierto.

—Me preocupo por tu futuro, como haría cualquier madre. Hazme caso, estudia Derecho y tendrás la vida resuelta.

—¡Es que no quiero una vida resuelta si tengo que vivir infeliz! —La silla chirría al echarse para atrás. Brice está de pie imitando la posición de su madre—. Suficiente le has hecho sufrir a Nate.

—Él está perfectamente bien. Gracias a él, ahora Andrew Liechtenstein está con los Evans y todo el bufete está contento con tenerle ahí. Ya podrías ser tú más como él.

—¿Y terminar igual de amargado y desgraciado? Todo porque no le dejaste otra opción. Y ahora quieres hacer lo mismo conmigo.

—No sabes lo que estás diciendo. —Amelia niega con la cabeza, en desaprobación—. En unos años mirarás atrás y te darás cuenta de que todo lo que he hecho es por tu bien.

—Si fuera por mi bien, no estaríamos teniendo esta conversación por milésima vez y me dejarías en paz. Estoy estudiando algo que me gusta, tengo un grupo de amigos fantásticos y he conocido a alguien que me hace realmente feliz. Pero eso a ti no te importa lo más mínimo, solo piensas en arrebatármelo todo. —Brice da por terminada la conversación y hace amago de abandonar el comedor. Sin embargo, Amelia anticipa sus movimientos y da la vuelta a la mesa para interponerse en su camino.

Yo me aparto de la cristalera y quedo con la espalda apoyada en la pared del pasillo para evitar que me vean.

—Tú no te vas a ningún lado. Este tema se soluciona aquí y ahora. No pienso permitir que me sigas dando largas.

Me asomo de nuevo con cuidado. William se está masajeando la frente, harto de la situación. Brice intenta apartar a su madre, pero no lo consigue. Al final, la coge por los hombros y se agacha a su altura.

—¿Podemos dejar esta conversación para mañana? —pregunta, más relajado—. Lexi puede volver en cualquier momento y no quiero que nos vea así.

Su madre se zafa de su agarre.

—¿Es por esa chica? ¿Es eso? ¿Por eso te niegas a abandonar la dichosa carrera? Y la has traído aquí para demostrarme que no vas a abandonar tu pequeña rebelión.

—¿Qué? ¡No! Si he pisado esta casa es gracias a ella. Así que ni se te ocurra meterla en esto.

—¿Cómo no voy a meterla si es la responsable de que no hagas lo que yo digo? —Pregunta retórica—. No eras así, Brice. ¿Qué te ha pasado? ¿Dónde está ese niño que nunca replicaba y hacía feliz a sus padres?

—Ese niño del que hablas se ha cansado de hacer lo que los otros quieren, se ha cansado de agachar la cabeza, se ha cansado de creer que tiene que esforzarse para que lo quieran. Eso es lo que ha pasado.

—Es culpa mía —se lamenta Amelia—. He dejado que tu fase de rebeldía durara más de lo que debería. Pero hoy voy a poner fin a todo este jueguecito. —Ella se aleja de su hijo, dando a entender que no quiere seguir escuchando sus palabras.

—¡¿Pero te estás escuchando, mamá?! No es ninguna fase

de rebeldía, es la realidad. Papá, dile algo. —Brice lo mira esperanzado.

William se gira hacia su esposa antes de hablar. Brice niega la cabeza en desaprobación.

—Tu madre sabe lo que te conviene. Deberías escucharla. —Vocaliza un «lo siento» al final. Amelia sonríe a su esposo y descansa la mano sobre su hombro.

—Mañana mismo llamaré a Thomas para informarle que aceptas la plaza —comenta su madre.

—No puedes hacer eso, no tienes mi consentimiento.

—No lo necesito, soy tu madre. Los Evans han estudiado Derecho en la Universidad de Weston generación tras generación y no voy a permitir que tú seas la excepción. Fin de la discusión.

Brice levanta el brazo, señalándola, pero lo deja caer rendido. Por su aspecto decaído deduzco que sabe que todo lo que diga le entrará por un oído y le saldrá por el otro a su madre. Y su padre solo se quedará observando el panorama, como ha hecho hasta ahora, y se posicionará en el bando de Amelia.

No entiendo a William. Se nota que quiere apoyar a Brice, pero por alguna extraña razón no lo hace. Es su hijo también y aun así parece que Amelia tiene mucho más poder de decisión.

En estos momentos, me siento muy agradecida por tener a los padres que tengo. Ellos siempre me han animado a hacer lo que he querido. Aunque eso también ha significado que tuviera la responsabilidad de tomar las decisiones correctas y querer que ellos estuvieran contentos con ellas.

—Quizá no sea un Evans después de todo —termina por

decir Brice. Señala a su madre y añade—: Y tú deberías ser la primera en saberlo.

William y Amelia se quedan paralizados. El rostro de ella palidece y juraría que se le entrecorta la respiración. No entiendo lo que ha querido decir. ¿Es posible que Brice sea adoptado y que se lo hayan ocultado hasta ahora. No debería estar escuchando esta conversación, ha sido un error quedarme fisgando a escondidas.

William es el primero en reaccionar y se pone de pie para detener a Brice, quien ha dado media vuelta. Pero Amelia lo coge del brazo y niega con la cabeza. ¿En serio va a dejar que se vaya así?

Brice sale del comedor y, como es inevitable, me ve. De pie. Inmóvil. Sin saber qué decir. Qué hacer. Sus ojos llenos de dolor me parten el corazón. Están rojos por las lágrimas no derramadas. Doy un paso hacia él. Él da uno alejándose de mí. Sin decir nada, pasa de largo y abandona la casa.

El sonido de la puerta cerrándose retumba en el silencio. Estoy de pie en medio del recibidor. Los padres de Brice me miran y hago lo que deberían haber hecho ellos. Ir detrás de Brice.

20

El aire frío de Guildford me da la bienvenida cuando salgo por la puerta. El vestido negro y las mallas que llevo no me abrigan lo suficiente. Me froto los brazos para entrar en calor.

—El frío es mental. No existe —me intento autoconvencer antes de dar un paso fuera del porche.

El patio delantero de la casa está iluminado por unas farolas y Brice no está por ningún lado. Los dos coches están aparcados delante del garaje y la valla está cerrada. No puede haberse alejado mucho a pie. Voy hasta la puerta lateral que da a la calle y miro a ambos lados. Entonces, lo encuentro.

Brice está sentado al borde de la acera a escasos metros de donde estoy. Apoya sus brazos en sus rodillas y tiene la mirada perdida. El chirrido de metal de la puerta contra el pavimento llama su atención.

—¿Quieres compañía? —pregunto con cuidado. Brice se encoge de hombros. Decido por los dos y me acomodo a su lado—. Siento lo de tus padres.

Mis palabras hacen eco en la fría noche. Brice evita el contacto visual y mantiene los ojos fijos en sus manos.

—No —niega con la cabeza—, siento yo que lo hayas tenido que presenciar. Se supone que iba a ser una semana divertida, pasearíamos por el pueblo, te llevaría a mis lugares favoritos, mi abuela nos tejería bufandas a conjunto... y lo he arruinado todo con el drama familiar. —Deja escapar un suspiro—. No debería haberte traído sabiendo que podría pasar esto.

—Ey, ey, no has arruinado nada. —Lo obligo a mirarme—. Y, hasta donde recuerdo, no me has esposado y metido en tu coche en contra de mi voluntad. —Fuerza una sonrisa ante mi comentario.

—Quizá te haya borrado la memoria y no lo sepas —bromea, dándome un ligero empujón.

Parece haber recuperado algo de su espíritu habitual o eso ha querido fingir. Porque dicen que los ojos son un reflejo de nuestras almas y en los suyos sigue habiendo tristeza. Y quiero que se deje llevar por ella, que no la disfrace con sonrisas, que entienda que está bien estar mal a veces. Deslizo un brazo por su espalda y le rodeo los hombros. Recuesto mi cabeza sobre él.

—Estoy aquí porque quiero —susurro—, y seguiré estando aquí por si quieres hablar con alguien. O por si quieres sentirte menos solo en el silencio. —Brice posa su mano sobre la que tengo en su hombro y esboza otra sonrisa. Más débil que la anterior. Más real. Más triste.

Nos quedamos así, abrazados bajo la intemperie y en un silencio que no necesita ser ocupado con palabras. Pero hay miles de preguntas que pasan por mi cabeza y tengo que morderme la lengua para no dejarlas escapar. Una de las cosas que he aprendido es que no puedes forzarlo a hablar, sino que tienes que ser paciente y estar ahí para escucharlo cuando decida hacerlo.

No sé cuánto tiempo pasa hasta que rompe el hielo.

—Cuando tenía doce años escuché a escondidas una conversación de mis padres. Nate se había ido a dormir a casa de unos amigos esa noche y yo bajé al salón. La luz del despacho de mi padre estaba encendida y discutía con mi madre. Podría haber sido por cualquier cosa, pero mencionaron mi nombre. Y la curiosidad hizo que me quedara. Si pudiera volver atrás en el tiempo, no sé si hubiera tomado otra decisión, porque ahora sé que mis padres nunca me lo hubieran contado.

Deduzco que se está refiriendo al tema de la adopción, pero no quiero dar nada por sentado.

—¿Contarte qué?

—Que William... no es mi padre biológico —dice incrédulo, como si no se creyera que lo haya dicho en voz alta.

—¿Entonces, Nate y tú sois adoptados?

Brice niega con la cabeza. Frunzo el ceño. Me he perdido.

—Mi madre y William estaban juntos cuando tuvieron a Nate. Pero tuvieron problemas y se separaron. Ahí es cuando mi madre conoció a quien debe de ser mi verdadero padre y se quedó embarazada de mí. No sé cuánto tiempo debían de llevar juntos por aquel entonces, pero él, al enterarse de la noticia, hizo las maletas y nos abandonó. No quiso saber nada de mí, Lexi. Durante todo ese tiempo, mi madre seguía en contacto con William por Nate y, después del incidente, supongo que poco a poco fueron arreglando las cosas porque William la acompañó durante todo el embarazo y cuando nací quiso adoptarme. A mí. Que no era nada de él. Alguien cuyo padre lo había abandonado antes de nacer. ¿Sabes cómo me sentí cuando me enteré? Que era, que soy, la persona más afortunada del mundo entero. Comencé a pensar que le debía algo, que tenía que ser obediente y no causarle ningún problema, porque si no dejaría de quererme. También creí que mi madre me odiaba en secreto por haber roto su relación con ese hombre y por ser una carga más para William y ella.

—Oh, Brice… —Alargo la mano para secarle la lágrima que se desliza por su mejilla. Mi corazón se encoge.

—Toda la vida sintiendo que había una pared invisible que me separaba de mi familia, que me hacía sentir diferente, fuera de lugar, y ahí tuve mi respuesta. A todo esto, también estaba Nate… La definición del hijo perfecto. No había cosa que se le diera mal. Y William lo adoraba, como para no hacerlo si era su hijo. Así que intenté ser más como él. Acepté apuntarme al equipo de baloncesto porque Nate jugaba, a las clases de francés porque Nate lo estudiaba, a las de equitación porque Nate sabía montar a caballo… Todo lo que hacía él, yo también quería hacerlo. E incluso me teñí el pelo para sentir que encajaba con ellos, para que los otros no señalasen la clara diferencia.

No hay rencor en su voz hacia Nate, solo pena hacia él mismo. Está más calmado que antes y se ha reclinado sobre mi cuerpo. Miro a Brice y veo los trazos de ese niño que buscaba desesperadamente no sentirse diferente y de algún modo me siento identificada con él. Porque crecer en un lugar donde la mayoría no tiene tus mismos rasgos físicos tiene sus consecuencias. Es como vivir con un constante recordatorio de que no perteneces a ese sitio a pesar de haber nacido ahí.

—¿Sabes? No eres el único que se ha sentido diferente. Yo lo he hecho durante toda mi vida. Siempre he tenido la necesidad de demostrar que merezco estar donde estoy. De hacerlo mil veces mejor que los demás para sentirme aceptada.

»Eso me ha llevado a esforzarme tanto que he creado expectativas que las personas de mi alrededor esperan que cumpla. Pero cada vez el listón es más alto, y la caída más dolorosa. Ahí te das cuenta de que caer implica dejar mostrar tu verdadero yo y el miedo a que resulte decepcionante te acaba paralizando.

—No necesitas demostrar nada porque, de por sí, destacas sobre la multitud, hay que estar ciego para no verlo.

No es así y me aterra que se dé cuenta tarde o temprano. Que lo deje acercarse demasiado y que vea que no soy la persona que espera que sea.

Ahora soy yo quien fuerza una sonrisa.

—Deberías hablar con tus padres y decirles cómo te sientes —digo al cabo de un rato.

—¿Para qué? Solo me escuchan cuando hago lo que quieren y a la primera negativa ya me dan la espalda. Mi yo de doce años no se equivocó al pensar que su amor se medía basándose en el esfuerzo que hacía para ganármelo.

Por eso se ha pasado años contentándolos. E, inconscientemente, ha reflejado esa necesidad en otros aspectos de su vida.

—No es verdad. Ellos te quieren —insisto.

Puede que no apoyen la decisión que ha tomado Brice sobre su futuro, pero no significa que lo hayan dejado de querer. Solo es un bache que tienen que superar juntos y ninguna de las dos partes quiere ceder.

—¿De verdad crees que me quieren después de cómo se han comportado en el comedor? No les importó mi opinión y se quedaron como estatuas cuando les sugerí que sabía la verdad que me han ocultado con tanto esmero.

—Piensas eso porque no lo estás viendo con perspectiva —intento hacerle entrar en razón—. Ponte en su lugar. Estoy segura de que tuvieron sus motivos para ocultártelo. Tienes que hablarlo con ellos. Darles la oportunidad de explicártelo.

—Han tenido diecinueve años para hacerlo y no lo han hecho.

—Quizá no lo hicieron porque no querían que pasara justamente esto. Que creyeras que no te mereces tanto su amor como Nate. —Me mira con dolor, sé que he dado al clavo. Hago una pausa antes de añadir—: Que la sangre de William no corra por tus venas no te hace menos hijo suyo. Créeme cuando te digo que él te quiere sin importar qué, al igual que tu madre.

Brice sabe que tengo razón y que si habla con ellos le dirán exactamente lo mismo, pero en sus ojos veo la inseguridad y el miedo a tener la conversación. Dirige su mirada hacia el frente.

—Voy a esperar que las cosas se calmen y vuelvan a su cauce —decide, poniéndose en pie. Niego con la cabeza en desacuerdo—. Vamos dentro, que ya es tarde.

Se esconde las manos en los bolsillos y se dirige hacia la puerta de metal sin mirar atrás. Me levanto de la acera y lo sigo.

—Te estás alejando del problema otra vez —acuso. Brice

detiene su paso—. ¿Por qué siento que prefieres huir antes que solucionarlo?

—Porque estás en lo cierto —reconoce.

Acorto la distancia que ha puesto entre nosotros. Levanto la cabeza para mirarlo a los ojos. La luz de la farola endurece sus rasgos y la brisa nocturna sacude su pelo rubio.

—¿Qué es lo que te asusta, Brice? —pregunto en un susurro.

Él me sostiene la mirada y siento la alarma sonar en su cabeza. Poso la mano sobre su brazo, invitándolo a hablar. Su nuez de Adán sube y baja. Espero. Un segundo. Dos segundos. Tres segundos. Brice suspira.

—A empeorar aún más las cosas, a que me digan que no me quieren en la cara.

Me pongo de puntillas y lo abrazo. Brice me rodea de la cintura y entierra su cara en mi cuello. Deja escapar un sollozo y lo abrazo con más fuerza.

—No va a pasar eso —susurro.

Me remuevo en la cama buscando una posición cómoda, pero no lo consigo. Cruzo las manos sobre mi estómago y me quedo mirando el techo de la habitación sin poder conciliar el sueño. Estar en una cama desconocida no ayuda, ni tampoco estar dándoles vueltas a las palabras de Brice.

Volvimos a la casa hace una hora y encontramos todas las luces apagadas. La cocina estaba perfectamente recogida y sus padres parecían haberse retirado a su habitación porque no estaban por ningún lado. Percibí un cierto grado de decepción en él al no verlos esperándole para aclarar las cosas. Terminamos despidiéndonos en la puerta de nuestras habitaciones, no sin antes asegurarme de que iba a estar bien.

Echo el edredón a un lado y me incorporo sobre el colchón. La luna creciente se asoma por la ventana y el viento mueve las ramas del árbol que da golpes al cristal. Busco una sudadera en el armario y me la pongo. Con cuidado abro la puerta de la habitación. Bajo las escaleras sin hacer apenas ruido.

Me froto los ojos al percibir la fuerte luz de la cocina. Me acerco al marco de la puerta confundida, contaba con ser la única insomne de la casa. Mi sorpresa llega cuando me encuentro con la silueta de una mujer de cabello castaño delante de la estufa. Viste un pijama de seda verde oscuro. Estoy por dar media vuelta y olvidarme del vaso de leche cuando me ve.

—¿Tú tampoco puedes dormir? —pregunta la madre de Brice—. ¿Quieres una tila?

La observo perpleja durante unos segundos antes de asentir. Insegura, entro en la cocina y me siento en uno de los bancos de la isla. Me entretengo mirando los armarios verde oliva y las lámparas flotantes que hay sobre mi cabeza. Mientras tanto, Amelia saca dos tazas de cerámica y coloca una bolsita de la infusión dentro de cada una. Retira la tetera del fuego y vierte el agua hirviendo en las tazas.

—Lo sabe, ¿verdad? —Me tiende mi infusión.

—Sí —respondo con la mirada fija en el vapor que desaparece en el aire.

Amelia se sienta en el banco que está delante de mí. Sopla a la taza y le da un sorbo.

—¿Y está bien?

—Ha estado mejor…

Ella asiente, pensativa. No hay rastro de la mujer que conocí esta mañana. Su aspecto impoluto y rígido ha sido sustituido por un rostro que luce cansado y una mirada de preocupación que no se molesta en disimular.

—¿Te ha contado desde cuándo lo sabe?

Muevo la bolsita dentro del vaso en círculos, debatiéndome si debiera decirle todo lo que sé. Me decido por la que me parece que es la mejor opción a pesar de que me hace sentir que estoy traicionado de alguna manera a Brice.

Comienzo por el principio, contándole cómo lo descubrió, la cantidad de información que sabe y las consecuencias que han tenido estos hechos en la vida de su hijo. Al terminar, Amelia me observa con una expresión que no consigo descifrar. Si le ha afectado de alguna manera, no lo demuestra.

—Suéltalo, Lexi. Hazme esa pregunta que te está carcomiendo la cabeza —dice, leyéndome la mente.

—¿Qué pasó con el verdadero padre de Brice? ¿Volvió a ponerse en contacto contigo después de que él naciera?

Le da otro sorbo a la tila antes de hablar.

—Cuando estaba con el padre de Brice, Gregory, seguía teniendo contacto con William. Eso a Gregory no le hacía gracia ni tampoco que tuviera que hacerme cargo de Nate. Quería que me fugara con él a Estados Unidos y dejara a mi familia atrás. Pero me negué y él se fue solo. Semanas después, me enteré de que estaba embarazada, le conté la noticia y me dejó claro que no quería saber nada de su hijo.

Después nació Brice y, para entonces, las cosas entre William y yo se habían solucionado. Él le hizo llegar a Gregory un documento donde renunciaba a su paternidad a favor de él para poder adoptar a Brice. Y desde ahí no hemos vuelto a tener noticias de él, ni tampoco hemos querido indagar mucho más. ¿Responde esto a tu pregunta?

Asiento.

—¿Y de qué discutías con William aquel día en el despacho?

—Él insistía en contarle la verdad a Brice y yo no creía que fuese necesario. Llevábamos doce años siendo una familia feliz y no quería que este detalle tan insignificante cambiara las cosas entre nosotros.

—Pero, al final, lo ha hecho igualmente sin que lo supieras —digo, pensando en cómo habría sido todo si hubieran dicho la verdad desde el principio. Está claro que le habría ahorrado gran parte del sufrimiento que le han causado a Brice involuntariamente.

Amelia se levanta del taburete y deja su taza vacía dentro del lavaplatos.

—Por eso, mañana vamos a tener la conversación que debíamos haber tenido hace años. Y gracias, Lexi, por haber estado ahí para él. —Abandona la cocina, pero no sin antes añadir—: Siento que nuestro primer encuentro fuera tan desafortunado.

Entonces, me quedo sola en la estancia, con la tila entre las manos y cuestionándome si no me estoy involucrando demasiado en la vida de Brice.

21

Me despierto por culpa de los rayos de sol que se cuelan por la ventana. Estiro del edredón hasta cubrirme la cara entera y ahogo un gruñido. ¿Por qué no bajé las persianas?

Saco una mano y tanteo sobre la mesilla en busca de mi móvil. Salto fuera de la cama al rozar por accidente un objeto. Pero el sonido del golpe llega antes de que pueda evitarlo.

Es la lámpara. Y no está rota.

Suspiro, aliviada. La coloco en su sitio y me autoconvenzo de que no es buena idea volver a la cama. En su lugar, me dirijo hacia el baño. Abro el grifo y me lavo la cara con agua helada. Después me cambio el pijama y bajo la escalera leyendo la nota que encuentro pegada en mi puerta.

He salido a correr. Te llevaré a visitar el pueblo cuando vuelva. ¡Abrígate!

BRICE.

P. D.: No me eches mucho de menos :-)

Doblo el papel y lo guardo en el bolsillo. Entro a la cocina con una sonrisa bailando en mis labios.

—¡Lexi! Al fin estás aquí. He querido ir a despertarte, pero estos dos —apunta a William y Amelia con el cucharón, que pasa vertiginosamente cerca de mi cara— no me han dejado.

—Porque no a todo el mundo le gusta madrugar —señala William. Levanta su taza de café hacia mí a modo de saludo. Está leyendo algo en su tablet.

—Tonterías. Ven, Lexi, te voy a servir un poco del *porridge* que he hecho. —Con su mano libre, coge de mi muñeca para arrastrarme hacia los fogones.

Christie empuja un bol contra mi pecho y remueve la densa mezcla de avena con leche que contiene la olla. Llena el cucharón hasta arriba y me lo echa en el recipiente. Remata con un puñado de azúcar moreno y me introduce una cucharada en la boca sin previo aviso.

—¿A que está bueno? —pregunta expectante.

Detesto todo lo que tenga una textura parecida al puré, me da arcadas, pero no puedo decirle a Christie que lo odio. Me lo trago todo de una sola vez antes de asentir con una sonrisa forzada.

Llevo el bol hasta la mesa y lo dejo a un lado. Cojo una tostada y unto sobre ella un poco de mermelada. Si William se ha dado cuenta de que no he vuelto a probar bocado del *porridge*, no ha dicho nada. Amelia se nos une al rato y se sienta delante de mí. Tiene un aspecto impecable.

El desayuno acaba siendo menos incómodo que la cena de anoche. William retoma su pequeño interrogatorio y yo termino contándole media vida. Amelia me pregunta con un falso desinterés más que evidente sobre cómo le va a Brice en Química y sobre esas prácticas. Parece que lo ocurrido ayer la ha hecho recapacitar.

Para cuando vuelve Brice, decido dejarles espacio para que puedan hablar. Brice me ruega con la mirada que no me vaya. Le doy un pequeño apretón en el hombro para asegurarle que todo irá bien antes de subir las escaleras hacia el piso de arriba.

Dejo la puerta de la habitación abierta.

—Mis padres quieren que vayamos a «hablar» en un sitio tranquilo. —Brice se inclina sobre el marco de la puerta—. No sé cuánto tiempo me retendrán, aunque espero que sea poco. Así que… ¿te parece bien posponer nuestro tour hasta después de comer?

—Me parece fenomenal. Ve a «hablar en un sitio tranquilo» con tranquilidad. —Brice esboza una sonrisa torcida y aparece su hoyuelo—. Por cierto, ¿me podrías prestar tu portátil? Quiero aprovechar el tiempo.

—¿Haciendo cosas de la universidad? A mí me suena más tentador ver una película en uno de los tres salones. —Arqueo una ceja—. Está bien…

Brice entra a su habitación y aparece con el portátil en la mano.

—Tampoco traje mi portátil. Este es el que suelo usar aquí, digamos que es su hermano gemelo que vive al otro lado del continente —explica tendiéndomelo—. La contraseña es 9427.

—9427 —repito—. Gracias.

Me despido de él y me encierro en mi habitación. Pronto escucho la puerta abrirse y cerrarse. Me quedo sola en la casa.

Avanzo quinientas palabras en mi ensayo cuando decido que es suficiente por hoy. Me salgo del archivo y me aseguro de cerrar sesión en mi cuenta. He estado contrastando información de diferentes fuentes y he abierto miles de webs. Expando la barra con todas las pestañas abiertas y comienzo a cerrar una por una para no dejar rastro.

Le doy a las equis sin cuidado, cosa que provoca que esté entrando y saliendo de las páginas. Se me abre la pestaña de Instagram en una de las veces. Brice la habrá dejado abierta sin querer. Evito cotillear mucho y voy a su perfil para cerrar su sesión. Frunzo el ceño al ver las fotos del feed. Esta no es la cuenta de Brice. Pero reconocería estas publicaciones en cualquier lado.

Brice y yo en la cafetería. Brice y yo en la feria. Brice y yo en la biblioteca…

Leo el nombre de usuario con miedo:

nosoycupido.

Me congelo. No puede ser verdad. Tiene que ser un error.

Mi primer impulso es abrir los mensajes directos porque podría tratarse de una cuenta falsa. Pero me equivoco. Entro a mi chat y compruebo que está cada uno de los mensajes que me ha enviado durante estos dos meses, incluso están aquellos en los que le exigía que no me involucrase. Reacia a creer que sea verdad, me envío un mensaje a mí misma a través de la cuenta. En segundos, mi móvil suena con una notificación de Nosoycupido. Lo abro y, efectivamente, es lo que escribí.

Cierro el portátil y escondo la cabeza entre mis brazos. No tiene sentido alguno ayudarme a desenmascarar a Cupido cuando él es Cupido. Lo tenía delante de mis narices. ¿Por qué lo ha hecho? Repaso las conversaciones que hemos tenido en busca de pistas y entonces lo recuerdo. Nuestra última cita en esa pastelería. Sus palabras se reproducen en mi mente.

«Supe que ibas a ser mi única rival».

«Créeme cuando te digo que esa beca tiene mi nombre».

«Tengo un as bajo la manga».

La beca de AT Labs. Las citas eran una distracción. Para ir tenía que sacar tiempo que podría haber dedicado a otras cosas mucho más importantes. Me siento estúpida por creer en él, por dejarme llevar, por no haberme dado cuenta antes. Pero esto se acaba aquí.

Sin pensármelo dos veces, me levanto del escritorio. Hago una bola con la ropa que he puesto en el armario y la tiro dentro de la maleta, hago lo mismo con el resto de las cosas que he traído. Llamo a un Uber y bajo las escaleras arrastrando la maleta.

La puerta principal se abre justo cuando hago girar el pomo. Brice no se espera encontrarme, pero la sorpresa es sustituida rápidamente por una expresión de felicidad. Yo solo puedo mirarle con ira.

—Lexi, tenías razón, mis padres… —No termina la frase cuando sus ojos se desplazan hacia lo que sujeto. Arruga la frente con confusión—. ¿Por qué has sacado la maleta? ¿Ha pasado algo?

Quiero reírme en su cara, pero no puedo. Si abro la boca, romperé a llorar. Y no quiero llorar.

Está chispeando fuera. Mi Uber llegará pronto. Paso por su lado sin decir ni una palabra. Brice me coge de la muñeca, obligándome a mirarle.

—Dímelo tú —espeto, zafándome de su agarre—. ¿Ha sido tu plan desde el principio?

—¿Qué plan? ¿De qué estás hablando?

—No hace falta que sigas fingiendo. Lo sé todo, Brice. ¿Te has divertido viéndome caer en tus mentiras? Seguro que sí. El papel de chico bueno te queda tan bien que no me has hecho sospechar en ningún momento.

—De verdad no sé a qué te refieres, Lexi. Sea lo que sea, lo podemos hablar dentro. —Brice da un paso hacia mí y yo doy otro lejos de él.

Su confusión me hace dudar por un segundo. Una parte de mí aún piensa que no es verdad. Que él no es Cupido. La misma parte que hizo que me tragara el personaje que interpreta Brice y desarrollara sentimientos hacia él. Pero esta vez no pienso caer.

—Déjame refrescarte la memoria. Nos emparejaste. Intentaste que participara y, cuando no lo hice, me ofreciste tu ayuda. La maravillosa idea de desenmascarar a Cupido. Para ello tenía que ir a las citas y perder el tiempo buscando a alguien que estaba justo a mi lado. Claro, como no era tu intención que te descubriera, me contaste todo ese rollo de que te gustaba para que me olvidara del tema sin perder de vista tu principal objetivo, que siguiera yendo a las citas. Y yo, como una tonta, caí en todo. Pero ahora he abierto los ojos y no voy a dejar que me quites la beca, aunque sea la última cosa que haga.

Brice niega con la cabeza, procesando la información. Probablemente pensando en cómo le he descubierto. Si no hubiera sido por su descuido de dejar su cuenta abierta, habría pasado otros tres días sin avanzar en el ensayo.

—¿Crees que soy Cupido? —pregunta.

—¿Acaso no lo eres?

—¿Qué te hace pensar que lo soy?

—La cuenta de Cupido en tu portátil.

Su expresión se endurece y su compostura cambia. Si antes quería que entrara a la casa, ahora está estático en su posición y parece querer poner distancia, al fin, entre nosotros.

Dos pitidos del conductor me avisan de que mi Uber ha llegado. Pero no me muevo. Espero. Le doy tiempo para que lo niegue. Le doy tiempo para que me dé una explicación de por qué tiene la cuenta de Cupido en su portátil.

La respuesta nunca llega.

Doy media vuelta y corro lo suficientemente rápido para llegar al coche sin derramar ninguna lágrima. El conductor me ayuda con la maleta y me meto en el asiento trasero. Cuando el vehículo se pone en marcha, cometo el error de mirar hacia atrás. Brice ya no está en la entrada y la puerta está cerrada.

Ojalá alguien me hubiera avisado antes de que me enamorase de él.

Dejo de aguantar y las primeras lágrimas mojan mis mejillas. Veo por la ventana pasar el pueblo y no puedo evitar recordar los planes de esta tarde. Busco en el bolsillo la nota de esta mañana y la parto en trozos antes de dejarla ir con el viento.

El viaje de una hora y media hasta Weston me cuesta doscientas libras. Veo las luces encendidas por el balcón y, cuando entro al piso, Beth deja de bailar en el salón y apaga la música que tenía puesta.

—¿Qué haces tú aquí? —Se acerca confundida—. ¿No se supone que ibas a estar con Brice hasta el sábado? —La sola mención de su nombre hace que se me nuble la vista. Sin decir palabra, Beth me envuelve entre sus brazos y logra tranquilizarme.

Me hace sentarme en el sofá mientras va a la cocina a traerme agua. Me tiende mi taza de «mañana será un día mejor» y esbozo una media sonrisa.

—Prométeme que no se lo contarás a mis padres. No quiero que se preocupen por esta tontería.

A Beth no se la ve muy convencida, pero termina por asentir.

Le cuento todo lo que ha pasado.

22

Brice no me escribió después de que me fuera. Tampoco me llamó. No se puso en contacto conmigo de ninguna manera para darme la explicación que me merecía. No conseguía entender cómo pudo haberme traicionado. Él, que apareció como el perfecto salvador cuando más lo necesitaba. Solo con el pequeño detalle de que siempre tuvo segundas intenciones. No quería creer que todo fue una mentira, que sus palabras lo fueran, porque dolía. Me dormí con el móvil en la mano esperando que sonara varias noches. Después bloqueé su número y lo eliminé.

Obligo a mi mente a no pensar en nada de lo ocurrido en los últimos meses y, sobre todo, a no pensar en Brice. Especialmente en Brice. Porque no puedo deshacer lo que ha pasado. Y tengo que aceptar que ya no somos nada. Aceptar que nunca lo fuimos.

Me echo hacia atrás en la silla de la biblioteca con los ojos en mi portátil. He terminado el ensayo que va a hacer que gane la beca. Porque lo haré. Dejar que Brice se salga con la suya no entra en mis planes. Por eso, me he pasado tardes y noches en vela reescribiendo una y otra vez mi texto hasta que fuera perfecto.

Le doy al botón de enviar y siento que me he quitado un peso de encima. Ahora queda esperar a la respuesta del doctor Smith.

Recojo mis cosas y salgo del edificio. Beth me espera sentada sobre el césped del recinto. Agita la mano enérgicamente cuando me ve. Ha estado visitándome toda la semana durante la hora del descanso para hacerme compañía. No se fía de que esté segura con los seguidores de Cupido rondando por el campus, porque, desde que hemos retomado las clases, todos han notado la distancia entre Brice y yo y se han desatado los rumores. Supongo que son las consecuencias de hacer tan pública tu vida amorosa. Ahora me siento como una celebrity de tercera, de quien todos se creen con el derecho de opinar.

Me dejo caer a su lado.

—Te he traído tu cappuccino y también le pedí a la señora Pax que te guardara unas galletas. —Saca la comida de una bolsa de papel y la coloca sobre el mantel.

—No tienes que seguir viniendo. Estoy bien —digo dándole un sorbo al café.

—No estás bien con esos lunáticos por ahí sueltos. ¿Tengo que recordarte que hicieron una barrera humana delante de tu campus solo para obtener respuestas sobre lo que ha pasado con Bricexi? —Beth se cruza de brazos—. Además, estoy aquí para convencerte de algo.

La miro con desconfianza. Ninguna idea de Beth es buena.

—Sea lo que sea, la respuesta es no.

—No puedes negarte sin haber escuchado mi propuesta primero. —Beth apoya sus manos sobre el suelo para acortar la distancia entre nosotras—. ¿Sabes qué día es hoy?

—¿Viernes? —pregunto insegura de mi respuesta. Me da la sensación de que es una fecha importante que se me ha olvidado. ¿Será su cumpleaños? Cojo el móvil para comprobarlo en mi calendario a pesar de saber que estamos en noviembre y ella cumple en junio.

—No es mi cumple, tonta. —Beth me arrebata el dispositivo—. Hoy es viernes y ¿qué se hace los viernes? —Abro y cierro la boca sin saber la respuesta. Ella suspira derrotada y añade—: ¡Salir! Te has pasado la semana encerrada en tu habitación tecleando delante de ese portátil tuyo y necesitas salir. Así que nos vamos esta tarde a The Drunk Duck. Las dos. —Enfatiza las dos últimas palabras.

—No puedo…

—No aceptaré un no como respuesta —me interrumpe, cogiéndome de las manos—. Venga, Lexi… Te divertiste la última vez que estuvimos con…

Se calla de golpe. Me lanza una mirada a sabiendas de que ha metido la pata y niego con la cabeza para quitarle importancia. Ni que estuviera prohibido mencionar su nombre o cualquier cosa relacionada con él. Igualmente, ella se ha empeñado en no hacerlo. Si antes Beth era la mayor fan de Cupido, ahora es su archienemiga. Incluso ha dejado de seguirlo.

—Brice —termino por ella—. El caso es que no puedo porque iré a una conferencia.

Es lo que necesito, volver a la rutina. Recuperar la vida que tenía antes de que él irrumpiese en ella sin permiso y la dejara patas arriba.

—Está bien. —Levanta y deja caer sus brazos rendida—. Podemos cambiarlo por una noche de pelis para cuando vuelvas.

—Suena genial.

Beth se queda unos minutos más, pero tiene que volver a sus clases. Me quedo sola en el césped, comiéndome las galletas y recargando la bandeja del e-mail en espera de algún mensaje del doctor Smith.

Es por la tarde, y la puerta del aula donde se dará la conferencia está cerrada. No hay nadie a excepción de un grupito de cuatro a un metro de donde estoy sentada mientras esperamos a que sean las seis en punto. Sus murmullos y miradas nada discretas me hacen torcer el gesto. Están hablando de mí. Afino el oído para distinguir sus palabras.

—Claro que siguen juntos. Cupido nunca falla. Seguro que el lunes los vemos abrazados de nuevo.

—Pero Cupido ya no sube nada de ellos.

—También el otro día él pasó delante de ella y ni se miraron.

—Estarán en una crisis. Todas las parejas pasan por una.

—Será eso. O que se hayan separado definitivamente y no quieren anunciarlo.

—¿Crees que ha habido cuernos?

—¿Quién podría haber sido? ¿Él o ella?

—Ciento por ciento ella. ¿No recordáis lo en contra que estaba Alexa de todo este tema de Cupido? La llamaban la «Grinch del amor».

—Pobre Brice…

—¡Dejad de inventar! —estallo, furiosa. Mi voz hace eco en el silencio. Los cuatro pares de ojos se han girado hacia mí. Me intimidan, pero sigo hablando—: Brice y yo nunca estuvimos juntos. Así que es imposible que nos hayamos puesto los cuernos. Nos odiamos ¿y todas esas citas donde se nos ve felices? Un montaje para engañaros. Sois patéticos por haber caído. —Hago una pausa para coger aire y sigo señalándolos con el índice—: Y, para vuestra información, nunca he dejado de pensar que Cupido es un farsante y ese concepto de encontrar a tu alma gemela me parece una estupidez tan grande como una casa. Ni que te pudieras fiar de un formulario. Además, Cupido se cree *Gossip Girl* o algo y solo hace el ridículo. ¿Mantenerse en el anonimato? Oh, por favor, que estamos en pleno siglo veintiuno, eso ya no está de moda. Que alguien le informe. Seguro que no hace falta que os diga quién es Cupido porque seguro que ya lo sabéis, no como yo, que fui una ingenua cayendo en sus mentiras. Cupido es…, Cupido es… —Soy incapaz de pronunciar su nombre. De delatarle. Mi estúpido corazón sigue queriendo protegerlo a pesar de todo.

Me levanto de golpe y me doy cuenta de que no estoy sola con el grupito. Se ha formado una aglomeración de personas alrededor de nosotros y tienen los ojos puestos en mí. Han escuchado todo y cuchichean entre ellos. Abrumada por la situación, abrazo mi bolso y me abro camino hacia la puerta del aula de la conferencia sin mirar atrás. Para mi desgracia, no calculo bien las distancias y mi hombro termina chocándose con el marco de la puerta. Se me escapa un gruñido del dolor y junto con él un par de maldiciones. Me obligo a hacer como si no pasara nada. Cambio discretamente el bolso de hombro y con la cabeza alta camino entre las sillas de la sala.

Está proyectado en el panel el título de la conferencia: *Nanometre scale paths for minimalist moving molecules*, que será presentada por el doctor Davison de la Universidad de Nottingham. Me siento en una fila vacía y alejada del resto de los alumnos.

Tenía que haber hecho oídos sordos ante los comentarios y evitar montar una escena. No necesito llamar más la atención. Además, perder los papeles de esta manera no es propio de mí. Aunque decir en voz alta mis pensamientos sienta bien. Tan bien que ni he pensado en las consecuencias que podría desencadenar mi acto.

—¿Lexi?

Me giro hacia la dirección de donde proviene la voz. Es Sophie. La había visto esta mañana en las clases que tenemos en común y habíamos intercambiado pocas palabras. Desde el inicio del curso hasta ahora, nos hemos ido distanciando tan poco a poco que ni me he dado cuenta. Hasta ahora. Me he centrado en cosas que han terminado siendo una pérdida de tiempo.

—¿Qué haces aquí? —pregunta, ocupando la silla de mi lado—. Olvídalo. Es una pregunta tonta. Es solo que hace tanto que no te veo en una conferencia… El año pasado no te perdías ninguna.

—Las cosas cambian, supongo —me encojo de hombros—. Pero nunca es tarde para volver a ser esa Lexi.

—Ya te digo que no. Yo he tenido que cancelar mis planes con mi abuela para estar aquí. Pero esto es mucho más importante que alimentar a unas palomas en el parque y recordar anécdotas de mi yo de cinco años. —Se ríe y la imito sin gracia.

La Lexi de hace un año le habría dado la razón porque ella habría hecho lo mismo. La vida académica siempre va primero y el resto de las cosas pueden esperar el tiempo que haga falta. Pero la Lexi de ahora duda. Quizá no es necesario estar en todo cuando se trata de actividades voluntarias. No he ido a ninguna conferencia en lo que llevamos de curso hasta ahora y no se ha acabado el mundo. Sigo manteniendo mi media de sobresalientes y estoy de camino a obtener una beca que hará muy felices a mis padres.

—¿Me estás escuchando, Lexi? —pregunta Sophie.

—Lo siento… Estaba pensando…

—No te preocupes. Te preguntaba si habías leído el folleto con los subtemas que tratará el doctor Davison. Porque estoy muy emocionada por saber más sobre los dos sistemas a nanoescala que simulan las huellas biológicas y el movimiento de las moléculas.

—La verdad es que me he apuntado sin pensar. No he visto el tema hasta que he entrado a la sala.

—Oh. —Sophie me mira confundida—. Pero seguro que te encantará. Si quieres te puedo hacer un resumen de mi pequeña investigación sobre el tema para que no vayas tan perdida antes de que comience la explicación del doctor Davison.

Estoy por asentir cuando me cuestiono por qué estoy aquí. No me viene ningún argumento de peso a la cabeza. El tema de la conferencia no me interesa del todo y la voz pausada del doctor Davison me da sueño. La única razón por la que he venido es porque pensé que era lo correcto, lo que mi yo del pasado haría. Pero ya no soy la misma persona.

—Es muy amable de tu parte. Pero creo que no me quedaré —decido.

Recojo mi bolso del suelo y me pongo de pie. Sophie me coge de la muñeca, impidiéndome alejarme.

—¿Por qué? Si ya comienza. Ahí está el doctor Davison.

Efectivamente, un señor trajeado con pelo canoso aparece en la tarima. Le están ayudando a ponerse el micrófono y han proyectado el material visual que ha traído.

—Porque me acabo de acordar de que tengo planes con mi mejor amiga.

Sophie deshace su agarre y asiente extrañada como si no se creyera mis palabras. Me despido de ella y me abro camino hacia la salida mientras el doctor Davison pronuncia sus primeras palabras y la sala se llena de aplausos.

Cierro la puerta de la sala con cuidado y apoyo la espalda sobre ella. No hay arrepentimiento en mi decisión, solo alivio. Enseguida busco el móvil para hacer una llamada.

—¿Sigue en pie lo de The Drunk Duck?

Ver el letrero luminoso del local me trae recuerdos, pero mi mente los bloquea nada más aparecer. Beth camina a mi lado dando saltos mientras me explica el último k-drama que se está viendo y las teorías que tiene sobre el final.

A la entrada nos recibe un chico de nuestra edad vestido con camisa blanca y chaleco. Nos hace enseñar nuestros carnets de identidad para comprobar que no seamos menores de edad. También hace un repaso a nuestros outfits porque la temática de la noche es Las Vegas y han establecido un código de vestimenta para los clientes. Cuando pasamos por el chequeo, nos explica el funcionamiento del casino que han recreado en el bar.

—Por cada consumición se os darán billetes falsos y cada billete se puede intercambiar por diez fichas. Al final de las escaleras están los premios disponibles para canjear. Disfrutad de la noche.

Aceptamos el primer billete gratis que nos ofrece el chico y nos adentramos por el túnel que baja hacia el bar. Nos encontramos colgado en las paredes un cartel de bienvenida a Las Vegas y las letras de casino acompañadas de flechas luminosas que apuntan hacia el camino que tenemos que seguir.

—¡Pero si son mis personas favoritas! —exclama Jack al vernos—. No sabía que vendríais.

Está detrás del mostrador de los premios. Lleva la pajarita deshecha y una cartera con billetes falsos atada a la cintura.

—Ha sido algo de último momento —explico con una sonrisa—. ¿Estarás toda la noche aquí?

—Toda la noche —dice no muy entusiasmado—. No me

negaré si decidís quedaros para hacerme compañía. —Sonríe con picardía.

—Ni pensarlo. —Beth mueve su índice de un lado hacia otro delante de su rostro—. Hemos venido a pasárnoslo bien y a ganar todos los premios.

—Muy bien. ¿Os han dado billetes en la entrada?

Estoy por asentir cuando mi amiga se adelanta.

—No. Nos han dicho que tú nos los dabas. —Beth me guiña un ojo.

—Aquí tenéis, entonces. —Jack nos tiende dos billetes.

—Gracias —dice Beth, cogiéndolos. Da media vuelta y pasa por la cortina que nos separa del supuesto casino. Doy un paso para seguirla cuando la voz de Jack me detiene.

—Brice también ha venido. —No contesto. Se forma un silencio que interrumpe añadiendo—: Está claro que algo pasó entre vosotros dos en Guildford, pero no quiere contármelo. No espero que me lo digas tú tampoco. Solo... Solo quería que supieras que él está aquí.

Mi primer pensamiento es dar media vuelta y salir corriendo del local. Después de que terminaran las prácticas no quedaba ninguna otra razón que nos juntase en el mismo espacio. La última vez que lo vi fue a lo lejos y ni siquiera estoy segura de que fuera él. Pero esto no es tan grande como la universidad y la probabilidad de encontrármelo de frente es altísima.

Luego pienso que no tengo por qué esconderme de él, siendo yo la víctima de la situación. En todo caso, debería hacerlo él.

—Estaré bien. Gracias, Jack.

Tomo una respiración honda y me repito varias veces más que estaré bien antes de desaparecer por la cortina. El local está igual que la última vez, solo que han desmontado el escenario y han recubierto el suelo con una moqueta color vino tinto. Hay tres tragaperras nada más entrar, una mesa de blackjack y una ruleta al centro al fondo. El photocall está en una de las esquinas y hay una aglomeración de personas a su alrededor.

Beth está en la barra con un martini en la mano.

—Aquí estás. —Se baja del taburete de un salto—. Hemos conseguido más billetes y ahora toca duplicarlos. He visto en los estantes un vale de bebidas gratis por un mes y va a ser mío. Así que, dime, ¿por dónde quieres comenzar?

Hago como que estoy decidiendo a qué puesto ir primero cuando en realidad escaneo la estancia con el corazón encogido en busca de Brice.

—¿La ruleta? Parece lo más fácil.

—La ruleta será.

Me toma de la muñeca y se abre camino entre la multitud. Entonces, lo veo. A Brice. Me quedo estática en mi sitio. Beth nota el tirón y se gira confundida. Obtiene sus respuestas rápido al seguir mi mirada.

Brice está en la mesa de blackjack envuelto en un traje que le viene como anillo al dedo. Con el pelo engominado y la sonrisa ladeada que solía dedicarme. Pero la diferencia es que la sonrisa va dirigida a la chica rubia que cuelga de su brazo. Él se acerca a susurrarle algo al oído y ella se aleja riéndose. Me pregunto si le estará diciendo las mismas mentiras que me dijo a mí. Si quedaba alguna duda de que no signifiqué nada para él, acaba de desaparecer.

—No tenemos que quedarnos si no quieres —dice Beth contemplando la escena.

—No vamos a irnos por él —afirmo—. No pasa nada por compartir el mismo espacio.

Beth asiente. Avanzo detrás de ella, pero sin apartar la vista de la parejita y con una presión en el pecho. Nuestras miradas se cruzan entre la multitud. Me dan ganas de gritarle que lo extraño, que olvidemos estos días y volvamos a cómo estábamos. ¿Pero cómo se vuelve a algo que nunca existió, a una mentira que fue descubierta?

Él rompe el contacto visual sin dudarlo y yo hago lo mismo. Paso por delante de él. Sin saludos de por medio, solo siendo dos desconocidos con una historia que ha terminado en tragedia.

23

Bricexi4ever Queremos fotos de Bricexi 😭😭😭

annainthewoods Es verdad lo que dice Alexa?! Bricexi NO ES REAL🤮?!

spencer.hall He visto a Brice con otra 🤯

cupidofans13 Qué ha pasado con Brice y Alexa??????

osita_gominola Cupido respondeee 🙏🙏🙏

anónimo_x_ Podemos hablar del vídeo? No supero lo gracioso que es el final JAJAJA

El último post de Cupido con Alika y Jo en una cita se ha llenado de comentarios referentes a Brice y a mí porque los rumores de un supuesto distanciamiento se han confirmado. Y no lo ha hecho Cupido, sino yo. Varias personas grabaron mi escena delante del aula de conferencia y lo han subido a las redes sociales. También han creado un remix con mi grito al chocarme con el marco de la puerta, pero es un tema que no vamos a comentar.

El hashtag de «Grinch del amor» se ha reactivado y Bricexi tiene el título del primer fracaso de Cupido. El único daño que le ha causado a Cupido es que varias personas lo han dejado de seguir, pero no las suficientes como para marcar una diferencia.

Solo por si se necesitara más confirmación, se han filtrado fotos en el bar de The Drunk Duck donde aparecen Brice y la chica misteriosa demasiado juntos como para ser simples extraños que se han encontrado. Se especula que son viejos conocidos. Pero he repasado a todas las personas a las que sigue Brice y no la he encontrado. A no ser que sea una de esas cuentas privadas que no se tienen como foto de perfil a ellos mismos. Aunque sí hay una tal Kate Winslow que siempre le comenta en las fotos. Tiene de perfil una foto abrazando a su perro, pero no se le distingue la cara, solo el pelo rubio. Nate también la sigue.

¿Cuál es la probabilidad de que sean la misma persona? Tampoco es que me importe mucho saber quién es el nuevo ligue de Brice. Ni que me hubiera pasado la noche investigando sobre ella.

—Mirad quién ha acompañado a Brice.

Al oír su nombre, me giro como un búho.

Las dos chicas que están sentadas en las escaleras señalan a un coche blanco aparcado en medio de la entrada de la universidad. Está obstaculizando el paso y suenan bocinas por todos lados. Pero a la supuesta Kate no le importa porque se baja del coche y les saca el dedo corazón a los conductores. Rodea el coche para llegar a la acera junto a Brice. Intercambian unas palabras, que me encantaría poder oír, y se dan un abrazo que dura una eternidad. Cuando se separan, Kate le da un beso en la mejilla antes de volver al coche. Brice se limpia el lugar del beso intentando eliminar el rastro del labial rojo.

—Hacen mejor pareja. Al menos ella parece querer estar con él, no como Alexa, que desde el principio ha puesto trabas y más trabas. ¿Viste el vídeo que subieron ayer donde salía gritando que todo lo suyo fue una mentira? Está piradísima. Brice se merece a alguien mejor... —Su amiga le da un codazo—. ¿Qué?

—Habla más flojo, Alexa está al lado y te puede oír —susurra mientras me lanza una mirada. La otra chica imita su gesto.

—¿Y qué? Si lo que digo es la verdad.

Cierro el puño con fuerza y decido que es mejor irme. Pero no me muevo. He quedado como la villana de la historia cuando realmente soy víctima. ¿Por qué no le echan la culpa a Brice?

«Porque aparenta ser un *golden retriever* que no le haría daño ni a una mosca».

—Si supieras lo que realmente ha pasado no pensarías lo mismo. Brice os tiene a todos engañados y no sabéis lo feliz que estoy por haberme librado de él —digo antes de dar media vuelta y meterme en el edificio.

La rabia me nubla la vista mientras camino por los pasillos sin rumbo.

Me duele la rapidez con que ha pasado página, como si me hubiera borrado de su mente de un chasquido. ¿Y por qué no hacerlo? Ahora puede dejar de fingir y mostrarse tal como es. Pasar tiempo con personas que realmente le gustan como Kate. Aunque no lo vaya a admitir jamás en voz alta, la envidio y en mis momentos más débiles deseo volver atrás en el tiempo para seguir viviendo en la mentira tan perfecta que había construido Brice.

Me choco con la espalda de alguien. El impacto me hace volver a la realidad. Retrocedo varios pasos para ver de quién se trata. Cuando veo la bata blanca del doctor Smith, giro sobre mis talones y me tomo unos segundos para deshacerme de la mezcla de rabia y tristeza de mi rostro.

—Doctor Smith, qué causalidad encontrarle por aquí. Estaba caminando y, ¡boom!, usted. ¿Ha leído mi ensayo ya?

Me mira perplejo antes de negar con la cabeza y entreabrir la boca para hablar.

—Señorita Wang —saluda—. Sí, he leído su ensayo y le he enviado un e-mail para que se reúna conmigo en mi despacho después de sus clases. Y esta vez la decisión sí está tomada.

Se me acelera el pulso.

—Hoy sabré si he obtenido la beca o no… —me digo.

—Así es. Ahora, si me permite, tengo clases que atender.

Cuando el doctor Smith se va, saco mi móvil para recargar mi bandeja de entrada. Ahí está el e-mail del que hablaba.

Leo las palabras «es un ensayo impecable» entre el texto. Eso es una buena señal, ¿verdad?

Despacho 202. Es como volver al día de la entrevista. Pero, en esta ocasión, sabiendo dónde está situado y mucho menos nerviosa. Mentira. Estoy igual de nerviosa que aquel día. Mi corazón va a más de mil y me sudan las palmas de las manos. Tengo que tomar y expulsar varias bocanadas de aire para tranquilizarme y bloquear las voces que me susurran cosas en mi interior y que me hacen dudar de mi trabajo. No negaré que he recreado mil escenas hipotéticas de cómo puede terminar esta reunión cuando debería haber estado prestando atención en clase. Solo espero obtener la beca y poder darles la buena noticia a mis padres. También, para verle la cara de payaso que se le queda a Brice.

Brice.

Suelto la puerta de golpe y el ruido que produce esta al cerrarse hace que Brice levante la mirada. Está sentado en el banco que hay delante del despacho y tiene los codos apoyados sobre sus rodillas. Aparta los mechones rubios que le caen sobre la frente con un movimiento rápido de cabeza. Sus ojos permanecen clavados en los míos y creo que es la primera vez que me sostiene la mirada desde el incidente. No sé qué es lo que pasa por su mente o cuál va a ser su siguiente movimiento, pero siento que he dejado de respirar y necesito alejarme de él a toda costa. Pongo la mano sobre el pomo para abrir la puerta, pero no lo consigo. Está atascada. Qué oportuno.

—Lexi, ¿podemos hablar? —Su voz es suave, familiar. Da dos pasos hacia delante, acortando distancias. Cometo el error de levantar la cabeza. Sus ojos marrones me miran con súplica y tengo que recordar todo el rencor que siento para no dar el brazo a torcer.

—No quiero hablar contigo. —Tiro con más fuerza del

pomo y, como no parece ceder, me rindo. Si no puedo salir por aquí, tendré que encontrar otra alternativa. Rodeo a Brice para dirigirme hacia el lado contrario del pasillo. Él me sigue.

—Solo será un momento. Déjame explicarme. Quiero arreglar las cosas.

—Dijo el chico que huye de los problemas —digo sarcástica.

Brice da dos zancadas largas y se posiciona delante de mí, obligándome a frenar en seco para no estamparme contra su pecho.

—Pero estoy aquí. No voy a huir. No esta vez.

—Entonces, te haré un favor y huiré yo —respondió con firmeza.

No entiendo su arrebato de querer solucionar las cosas de repente. Qué más le da si terminamos mal a estas alturas. Ha conocido a alguien nuevo, los ensayos están entregados y el doctor Smith ha tomado la decisión. Ya no puede cambiar los resultados ni hace falta distraerme para sacar ventaja. Será que no puede dormir bien por las noches sabiendo lo que me ha hecho. Si de mí dependiera, que siga con la conciencia intranquila porque se lo merece. Y espero de todo corazón que el karma le llegue más pronto que tarde.

Lo rodeo por segunda vez y sigo mi camino. Pero alarga el brazo para detenerme. El tacto de sus dedos alrededor de mi muñeca me quema la piel. Intento apartarme, pero lo único que consigo es que me sujete con más fuerza. No me queda otra que encararlo.

—No soy Cupido —musita mirándome a los ojos.

—Pudiste haberlo dicho aquella noche. —Me deshago de su agarre—. Pero no lo hiciste. Me quedé esperando una explicación que nunca llegó. ¿Y ahora te atreves a decirme que no eres Cupido? ¿Me crees tan estúpida como para creerte otra vez?

—Te juro que no soy No soy Cupido. Te doy mi palabra.

Dejo escapar una risa sarcástica.

—Tu palabra ya no vale nada, Brice.

Un atisbo de dolor se asoma en su rostro. Seguro que me he confundido.

—¿Qué tengo que hacer para que me creas?

—No hay nada que hacer porque digas lo que digas no te creeré. ¿Cómo hacerlo después de tus mentiras? Eras la última persona que hubiese pensado que me traicionaría. —Mis palabras quedan suspendidas en el aire durante unos segundos. Brice entreabre la boca con intención de replicar, pero no lo hace. Se aleja un poco y, cuando pienso que me va a dejar en paz, se gira.

—Sé sincera. ¿De verdad me crees capaz de hacerte algo así?

—Dímelo tú. —Me cruzo de brazos—. ¿El portátil que me diste era tuyo?

—Sí...

—Ahí tienes tu respuesta, Cupido.

Brice niega con la cabeza con frustración.

—Estás sacando conclusiones precipitadas. La Lexi que conozco le habría dado dos vueltas al asunto y se habría dado cuenta de la verdad.

—Quizá no me conoces tan bien como crees. Además,

no son conclusiones precipitadas cuando todas las pruebas apuntan a lo mismo.

—¿Y no se te ha ocurrido que otra persona podría haberse conectado desde mi ordenador?

—¿Quién? Dime, Brice. ¿Quién?

Él se queda en silencio y sé que no hay nada más de que hablar. Se vuelve a sentar en el banco. En ese momento, la puerta del despacho se abre y aparece el doctor Smith. Si ha oído algo de nuestra conversación, finge no haberlo hecho. Me dice que puedo entrar. Cuando cierro la puerta detrás de mí, le dirijo una última mirada a Brice. Hay algo en sus ojos que ha cambiado y sé que, si había alguna posibilidad de arreglar las cosas, esta ha desaparecido. Pero no me importa lo más mínimo. O eso intento hacerme creer.

Me acomodo en la butaca delante del escritorio con la cabeza aún en los instantes anteriores.

—Volvemos a estar en la misma posición que el primer día que nos conocimos. Pero estoy seguro de que muchas cosas han cambiado desde entonces.

Y razón no le falta.

—Supongo que sí…

—Parece que fue ayer cuando usted entró por esa puerta con sus tarjetas. ¿No las ha traído hoy? —bromea. Hago el amago de reírme.

—Hoy no las voy a necesitar.

—¿También recuerda la pregunta que no supo responder?

¿Qué es esto? ¿Un viaje en el tiempo? Solo falta que mencione a Brice para terminar de completar el pack de los recuerdos.

—Que cuál era el motivo detrás de mi interés por hacer aquellas prácticas. —Esboza una sonrisa de satisfacción. La pregunta que me atormentó durante días—. Una duda que tengo, ¿por qué me aceptó a pesar de haber fallado en la pregunta?

El doctor Smith se coloca las gafas sobre el puente de la nariz.

—Porque no era una cuestión de acertar o fallar. Mi intención era que se planteara si de verdad quería hacer las prácticas o si se había presentado por compromiso.

—¿Qué hay de malo en eso último?

—Nada. Pero siempre habrá una gran diferencia entre la persona que lo hace por pasión y la que lo hace por obligación. Quiero que mis alumnos sean conscientes de los motivos que impulsan sus acciones para evitar que se condenen a algo que los hará infelices antes de cederle la oportunidad a otra persona.

Asiento.

—¿Y a qué grupo de personas pertenezco yo?

—Esa es una pregunta que tiene que contestar usted. —Sus comisuras se elevan cuando hace una pausa antes de seguir—: Y espero que sepa la respuesta porque la beca es suya.

—¿Disculpe?

—He dicho que la beca de AT Labs es suya, señorita Wang.

Abro los ojos como platos. Abro la boca para hablar, pero mi garganta no emite ningún sonido.

Espero que la euforia me exalte, ponerme a saltar o a gritar de la emoción porque… ¡La beca es mía!

Pero nada de eso pasa. Me quedo quieta en la silla con la mirada fija en el doctor Smith. Lo único que siento es alivio. El alivio de no tener que decirles a mis padres que les he fallado.

—No parece muy entusiasmada.

Niego con la cabeza y me obligo a sonreír.

—Todo lo contrario, estoy muy contenta de que haya confiado en mí para este puesto —digo, pero suena a mentira.

He conseguido la beca por la que llevo meses compitiendo. He descubierto quién es Cupido. Me he librado de Brice. Puedo recuperar la vida que tenía antes de estos meses de locura. Es exactamente lo que he deseado desde el principio y sin embargo no me siento feliz. Todo lo contrario.

24

Me encierro en mi habitación después de volver de la universidad. Mi cabeza está hecho un lío tratando de comprender el motivo de mi repentina incertidumbre. La beca ha sido mi línea de meta y ahora que la he sobrepasado no estoy segura de querer aceptar el premio. Tengo la sensación de haber comenzado a perseguir algo no por mí, sino por otros. Por mis padres.

Decidí apuntarme a las prácticas, pensando en ellos, en lo feliz que les haría. Mencioné las prácticas en las llamadas sabiendo lo orgullosos que estarían de mí. Y, cuando supe que la beca era mía, me relajé porque la posibilidad de decepcionarlos había desaparecido.

Aquí tengo la respuesta a la pregunta del doctor Smith y no me gusta. Porque me doy cuenta de que no solo son las prácticas, sino que he tomado muchas decisiones en mi vida con base en la reacción de mis padres. Buscando en todo momento que sea positiva.

Como si supieran que estoy pensando en ellos, mi móvil suena con una videollamada entrante. Deslizo hacia la izquierda para colgar porque no es el mejor momento para hablar con ellos. Pero ¿cuándo va a ser un buen momento para contarles que me estoy replanteando mi vida académica? Nunca. Muevo el dedo hacia el lado contrario y la cara de mi padre aparece en la pantalla. Lleva puestas sus gafas de leer y tiene la mano con la que sostiene el dispositivo muy extendida.

—¡Cariño! Creo que ya está —llama a mi madre. Se escucha el sonido de las pisadas acercarse con velocidad—. ¿Me ves, Lexi?

—Te veo, papá. Si puedes colocar…

—¿Qué? No te oigo. —Se acerca el móvil y tengo un primer plano de su oreja. Se me escapa una risita.

—Activa el altavoz. Y pon el móvil en algún sitio para que no se mueva tanto.

La imagen de la oreja es sustituida por su cara fruncida. Le describo el icono del altavoz y lo veo sacar la lengua mientras mueve los dedos sobre la pantalla. Se le ilumina la cara cuando lo encuentra.

Una vez que se ha terminado su batalla contra la tecnología, se aclara la garganta, serio. El gesto hace que me ponga en guardia.

—Tu madre y yo acabamos de ver el historial de movimientos bancarios del mes.

La sangre se me va de la cara y le devuelvo la mirada con horror. No hace falta que diga nada más para saber que habla del gasto del Uber. Habían pasado tantas cosas que me había olvidado de ese detalle.

—¿¡En qué diablos has gastado doscientas libras!? —exclama mi madre, que acaba de aparecer en la pantalla—. ¡Y sin consultarnos!

—Habíamos quedado en solucionar la situación con calma —le susurra papá. Él siempre ha sido el más pacífico de los dos. De pequeña, iba en su busca cada vez que me metía en algún lío porque sabía que me ayudaría a encontrar una solución y se saltaría la parte de la bronca.

—Estoy muy calmada —dice mi madre. Se cruza de brazos y hace un mohín con los labios. En su posición también estaría cabreada porque no estamos hablando de veinte libras, sino de una cuarta parte del alquiler del piso.

Mi padre niega con la cabeza y suelta un suspiro cansado.

—¿Qué hiciste con ese dinero?

Los dos me miran con intensidad. Incluso se han acercado más a la pantalla. Entreabro la boca sin saber por dónde comenzar. Decir que fue en un Uber no sería respuesta suficiente para callarlos. Peor, indagarán más en el tema y tendré que contarles la historia completa que involucra a Brice. Y, sinceramente, no me apetece. Al igual que hablar de mi crisis con la carrera. Sin embargo, quitarle la tirita al segundo problema me parece menos doloroso.

—Me han dado la beca de AT Labs —suelto. En cámara lenta, ambos parpadean como dos personajes de dibujos animados e intercambian una mirada antes de volver hacia mí.

Mi madre es la primera en reaccionar.

—Wei —le estrangula el brazo a mi padre, quien pone cara de dolor e intenta deshacer el agarre dedo a dedo—, dime que has oído lo que acaba de decir nuestra hija.

—Claro que sí, que le han dado la beca.

Ante la confirmación, pega un chillido y abraza a mi padre con júbilo. Después se levanta del sofá para coger el móvil y acercárselo a la cara. Mi padre desaparece del plano. Me permito contagiarme de su alegría, sabiendo que no va a durar mucho.

—Sabíamos que lo conseguirías —dice sin dejar de sonreír—. Estamos tan orgullosos de ti. Esto se merece una celebración a lo grande. Pero, antes, voy a contárselo a tus abuelos, a tus tíos, a la vecina de abajo, a la panadera, que, por cierto, el otro día me preguntó por ti y le conté que…

Dejo de oír y en mi mente solo se repite la palabra «orgullosos» en bucle. Sabía que reaccionarían de esta manera y la idea de hacer añicos su felicidad con mis siguientes palabras me abruma. La leve sonrisa que se había instalado en mi rostro desaparece.

—¿Qué pasa, cariño? —Mi padre gira el móvil para enfocarse—. No pareces muy emocionada con la noticia.

Mi primer instinto es negar con la cabeza.

—Lo estoy. Es una gran oportu… —Me corto a mí misma. Es ahora o nunca—. En verdad, no he aceptado aún.

—¿A qué esperas entonces? —pregunta mi madre sin entender el significado detrás de mis palabras.

—Es que… no estoy segura de querer hacerlo.

Una mezcla de confusión e incredulidad se instala en el rostro de mi madre. La misma expresión que puso el doctor Smith cuando le pregunté si podía pensármelo antes de aceptar. Quiere una respuesta dentro de una semana, de lo contrario, le ofrecerá el puesto a Brice.

—¿Cómo? Si no has parado de mencionarla cada vez que

nos llamabas, que si la beca por aquí, que si beca por ahí. Claro que la quieres. —El tono es autoritario, casi de exigencia.

—Puede que solo estés un poco confundida —aporta mi padre—. Piénsatelo dos veces antes de tomar cualquier decisión.

—Tu padre tiene razón. Recuerda lo ilusionada que estabas cuando te aceptaron en las prácticas y cuando te eligieron como uno de los tres candidatos.

Hay desesperación en sus palabras para que cambie de idea. No les gusta el giro de los acontecimientos y aparece una vocecita que me susurra que estoy cometiendo un error al tirar por la borda mis esfuerzos para conseguir la beca. Me resisto a ceder porque sé que terminaré autoconvenciéndome de no hacerlo, de que no vale la pena poner patas arriba mi vida solo por el hecho de dudar del motivo detrás de mis decisiones.

—Quería la beca porque sabía que os haría felices a vosotros y os sentiríais orgullosos de mí —suelto en una bocanada de aire. Obtengo el silencio como respuesta y continúo—: Me he pasado años demostrándoos que los sacrificios que hicisteis para darme la vida que tengo merecieron la pena.

Mantengo la mirada fija en mis manos enredadas. El silencio prosigue. Tengo miedo de levantar la cabeza y descubrir la reacción de mis padres.

—Hicimos sacrificios para que no tuvieras que hacerlos tú —dice mi madre en un suspiro. La miro con desconfianza.

—Lo único que siempre hemos querido es que seas feliz —añade mi padre, cogiéndole la mano a mi madre. Ella asiente y continúa:

—Por eso nos pusimos tan contentos cuando nos contaste lo de la beca, porque pensábamos que era lo que querías… Sabes que vamos a apoyarte en todo lo que hagas, ¿verdad? Y no hace falta que nos demuestres nada para que estemos orgullosos de ti. Porque lo estaremos siempre, pase lo que pase.

De repente, mis ojos hormiguean y tengo la necesidad imperiosa de echarme a llorar.

—¿E incluso si decido dejar la carrera? —pregunto.

El horror aparece en el rostro de mi madre y abre la boca con intención de protestar. Pero mi padre se le adelanta:

—E incluso si decides dejar la carrera.

—No llores, cariño —dice mi madre.

—No estoy llorando… —rebato, con una lágrima resbalándose por mi mejilla.

Siento un peso menos sobre mis hombros y es liberador. Por primera vez, tengo la posibilidad de tomar una decisión sin pensar en nadie más que en mí. Estoy más perdida que nunca. No sé qué quiero y me aterra. Pero es un comienzo y tengo tiempo para descubrirlo. Aunque no mucho: una semana para determinar si le envío una respuesta positiva o negativa al señor Smith.

Y pensar en la beca hace que piense en Brice. Como ya he soltado una bomba a mis padres, quizá debería romper el hielo con el otro tema y contarles la historia con todos los detalles.

—Me gasté las doscientas libras en un taxi para volver de Guildford —confieso, secándome los ojos con un pañuelo.

—¿Guildford? —pregunta mi madre con el ceño fruncido—. ¿Qué hacías allí?

—Hay algo que no os he contado de Brice. Bueno, a decir verdad, no os he contado nada.

—Tenemos toda la tarde, ¿a que sí, Wei?

—No sé si quiero saber de la vida amorosa de mi hija... Si parece que fue ayer cuando te llevaba a caballito al cine. ¿En qué momento ha pasado tan rápido el tiempo? —suspira melancólico.

—Pues yo sí quiero saberlo, así que ve desembuchando. Que solo me enteré de una cuarta parte por Beth.

Así lo hago. Comienzo por el principio, explicándoles la figura imprescindible de esta historia: Cupido. Porque él lo empezó todo y también lo terminó. Les cuento las citas, nuestro plan de desenmascararlo y la relación con la beca por la cual ambos competíamos. Pero, sin duda, lo más difícil es recordar estar delante de ese portátil y descubrir la verdad. Revivo cada escena en mi mente como si de una película se tratase. Veo a Brice inmóvil en el porche de su casa y sin salir detrás de mí, otra vez. Y siento que las pocas piezas que he reconstruido de mi corazón vuelven a romperse.

Mis padres me escuchan con atención, callados, sin juzgar. Pero hay una clara preocupación en sus ojos. No les digo que estoy bien, que lo he superado, y dejo que se preocupen por mí.

Desearía que estuvieran aquí conmigo.

25

Beth tiene desde ayer un comportamiento de lo más extraño. Se manda mensajes con alguien que no quiere que sepa porque cada vez que me acerco a menos de un metro de distancia de ella deja de teclear y gira el móvil boca abajo. Justo lo que está haciendo ahora mismo.

—Eres pésima disimulando. Ya dime por qué hay tanto secretismo. —Me siento en la mesa. Acabamos de terminar de comer.

—No sé de qué estás hablando. —Beth coloca ambas manos para tapar el móvil.

—Espero que no me estés organizando una fiesta sorpresa... —La señalo con advertencia—. Sabes cuánto las odio.

—Si te lo dijera dejaría de ser sorpresa.

—Beth...

—Tranquila. No lo estoy haciendo. Ni que quisiera llevarme otro tortazo. Te acuerdas aún de eso, ¿verdad?

¿Y cómo olvidarlo?

A los catorce, en mi casa, cuando volvía de clase de danza. La luz no se encendía, mis padres no me contestaban y oía pasos. Una escena digna de una película de terror. De repente la sala se iluminó y tenía a muchos pares de ojos observándome. Tú gritaste «sorpresa» a mis espaldas. Me giré de un salto, te estampé la tarta que sujetabas y salí corriendo por la puerta.

—Me duró por lo menos una semana el olor a glaseado en el pelo. Ten por seguro que aprendí la lección. Eres demasiada asustadiza para las sorpresas.

El móvil de Beth suena y se lanza a responder. Me levanto y corro para ponerme detrás de ella y leer el contenido. El timbre del piso se interpone en mis planes. Mi amiga no tiene intenciones de ir a abrir la puerta y me veo obligada a hacerlo yo. Voy a la entrada preguntándome quién podría ser a estas horas del mediodía.

—¿Mamá? ¿Papá? —inquiero sin dar crédito. Me restriego los ojos con la mano para asegurar que no estoy sonámbula y esté alucinando. Pero siguen los dos ahí de pie sonriéndome y con los brazos abiertos.

—¡Sorpresa! —exclaman al unísono. Tal vez no me disgusten todas las sorpresas.

Me lanzo a rodearlos del cuello. Ambos me estrujan y nos quedamos así un buen rato. No hay nada mejor que abrazar a un familiar después de meses sin hacerlo.

—Pero… pero… ¿qué hacéis aquí? —Me separo para mirarlos, aún incrédula.

—¿Qué vamos a hacer aquí? —pregunta mi padre—. Está claro que para ¡celebrar contigo tu cumpleaños!

—También hemos aprovechado para traerte unas infusiones homeopáticas que sirven para todo. —Mi madre me pasa una bolsa llena de plantas secas. Sonrío, ella y sus plantas medicinales.

—Pero me dijisteis que habían surgido algunos imprevistos con las reformas del restaurante y que mi cumple coincidía con la fecha del…

—Era todo mentira —dice mi madre, moviendo las manos como para quitarle importancia al asunto. La miro perpleja—. Después de aquella llamada fuimos directos a comprarnos un billete hacia Weston y estuve hablando con Beth para organizar la sorpresa.

Con razón estaba tan rara y se negaba con excusas irracionales a celebrar mi cumpleaños fuera de casa. Necesitaba que estuviera aquí para cuando mis padres llegaran.

Le lanzo una mirada de agradecimiento a mi amiga, que está asomada por el pasillo. Como mi cumpleaños ha caído entre semana, no podía cogerme un avión y saltarme días de clase. Y, como tampoco podían venir ellos aquí, habíamos quedado en que volvería durante el primer fin de semana.

Pero aquí están. Delante de la entrada del piso. Es el mejor regalo que me podrían haber hecho.

Durante la tarde, el timbre suena por segunda vez, a los pocos minutos de que mis padres se fueran a su hotel. Su vuelo había sido largo y habían venido directamente al piso nada más aterrizar. Así que les he obligado a irse a descansar antes de nuestra cena de esta noche.

Beth se ofrece a abrir la puerta mientras yo me quedo en

el salón, intentando redactar mi e-mail para el doctor Smith. Lo he borrado y lo he reescrito tantas veces ya que he perdido la cuenta. He ido desde una versión donde acepto la beca hasta otra en la que la rechazo. También está en la que le ruego para que me amplíe el margen de tiempo que ha establecido. Pero, sea cual sea la versión del e-mail, nunca me atrevo a pinchar el botón de enviar.

Oigo a Beth discutir con el desconocido, cuya voz se me hace muy familiar. Estoy por ir a comprobar mi teoría cuando mi amiga cierra la puerta de un portazo. Se queda apoyada contra la madera con la mano en el corazón y murmurándose algo que no logro distinguir.

—¿Quién era? —Me asomo por el marco de la puerta del salón. Ella se endereza de golpe y se aleja de la entrada como si no quisiera que lo descubriera. Pero, en lugar de despistarme, hace que confirme más mis sospechas. Pondría la mano en el fuego a que es Nate.

—Nadie importante. —Me toma de las manos para tirarme de vuelta al salón.

Las dos volteamos las cabezas cuando el timbre suena con más intensidad y la madera de la puerta resuena por los golpes.

—Pues está insistiendo mucho ese Nadie… Iré a ver.

Beth me retiene.

—Solo es un capullo que se ha equivocado de puerta. Dejemos que siga tocando, en algún momento se cansará.

Enarco una ceja. Me suelto y, con una sonrisa maliciosa en los labios, voy hacia el lugar donde estaba hace unos segundos. Abro la puerta y el sujeto de pelo castaño y ojos verdes aparece. Lo pillo con la mano suspendida en el aire a punto de golpear la puerta.

—Nate —vocifero con exageración para que mi amiga lo oiga. Él, con su cara de pocos amigos, mira dentro del piso en busca de alguien—. Creo que a Beth no le apetece mucho hablar contigo —señalo con un tono divertido.

Sus ojos se centran en mí.

—No he venido a hablar con ella, sino contigo.

Arrugo las cejas.

No nos conocemos de nada. Nuestras escasas interacciones se limitan a saludarnos por mera formalidad. Pero, pensándolo bien, hay algo que lo podría haber traído hasta aquí. O más bien alguien. De repente, tampoco me apetece hablar con él.

—Si te ha mandado Brice, ahórrate el esfuerzo y vete —digo cansada. Sin apenas dejarle margen a contestar, pongo la mano sobre el pomo para cerrar la puerta, pero su pie me lo impide.

—Brice no me ha pedido nada. Tengo mis propios motivos para venir aquí. Te interesará escuchar lo que tengo para decirte.

Niego con la cabeza.

—Mira, me caes bien, Nate, y no quiero discutir contigo, así que no insistas y vete.

—Es sobre Cupido.

La mención me inmoviliza por un segundo. ¿Por qué cuando pienso que lo estoy olvidando aparece algo para recordármelo? Estoy harta.

—Me interesa incluso menos.

—Dame sesenta segundos y te dejo en paz. —Aumenta la fuerza que mantiene la puerta abierta. Cedo un poco y toma mi silencio como una invitación para continuar—: Soy yo a quien has estado buscando todos estos meses. Yo estoy detrás de la cuenta de Nosoycupido.

No sé qué reacción esperaba Nate por mi parte, pero seguro que no la que tengo de absoluta indiferencia. Si cree que soy tan ingenua como para creerle, está muy equivocado. Seguro que Brice se lo ha contado.

Decido tomármelo con humor.

—Y yo soy Papá Noel, pero no se lo digas a nadie —digo con una risa seca.

Nate mantiene su semblante serio y por un segundo se me cruza por la mente la posibilidad de que pueda ser verdad.

—¿Te parezco alguien que va con bromas? —Se agacha para estar a mi altura.

Niego con lentitud, intimidada. Doy un paso hacia atrás a la vez que él se endereza. A estas alturas, he soltado la puerta y está abierta de par a par.

—Tampoco pensé que Brice me traicionaría y mira dónde estamos —digo entre dientes.

Nate suspira, claramente irritado ante mi negativa de fiarme de él. Tampoco tengo motivos para hacerlo. Entonces, se palpa sus bolsillos en busca de algo y veo que saca su móvil. Desliza el dedo sobre la pantalla con agilidad y teclea unas palabras. Me pongo de puntillas para cotillear. Antes de que pueda leer cualquier cosa, gira el dispositivo hacia mí y me lo extiende. Lo miro incrédulo.

—Cógelo.

Sujeto su móvil entre mis manos con cuidado. Es un documento. Por el sello deduzco que viene del ayuntamiento.

—¿Qué es?

—Desde pequeño me ha fascinado el mundo de la programación. Eso de poder crear complejos softwares al alcance de un teclado me parecía alucinante. Así que, a medida que crecía, mis padres me permitieron ir a clases de programación y cuando llegó el momento de escoger carrera lo tenía claro. Pero más claro tenía el hecho de que no iba a poder ser. El único camino era el derecho e hice lo que me tocaba. Entre asignaturas que odiaba y clases eternas, busqué una escapatoria. Una forma de diversión. Así que creé @nosoycupido. En verdad, primero vino la idea de crear un software de comparación de datos, que tras unos retoques convertí en lo que es ahora, un programa que compara perfiles y junta a las personas más compatibles. Pura estadística. Y la cuenta fue un método para testar mi programa. Lo que no me esperaba fue que las personas compartieran tanto el perfil hasta convertirlo en la sensación de la universidad. No paraban de llegarme propuestas y sugerencias de cosas que podría hacer. Así que me dejé llevar y, después de cuatro años de funcionamiento de Nosoycupido, aquí sigo.

Me quedo sin palabras, procesando la nueva información. Tiene todo el sentido del mundo, pero sigue sin explicar por qué encontré la cuenta en el portátil de Brice. La posibilidad de que los dos hermanos hayan construido una historia para seguir engañándome me sigue atormentado.

—¿Y piensas que te voy a creer? —Me cruzo de brazos.

—¿Por qué tendría que mentirte? —Se me ocurren mil

motivos, pero ninguno con suficientes fundamentos para creerlo. Nada tiene sentido ahora. Al no contestar, Nate prosigue—: Me creas o no, estoy aquí para dejar claro que Brice no tenía ni idea.

—Tenía, o sea, que lo sabe.

—Porque se lo conté hace unos días, después de que me contara lo que había pasado entre vosotros. —Como si me leyera la mente añade—: Y, en cuanto a lo del portátil, fui yo quien inició sesión para hacer un post. Pero, con las prisas que tenían mis padres para que me reuniera con un cliente, me descuidé. Técnicamente ese portátil es suyo, pero lo uso más yo que él.

Recuerdo ese día, cuando Christie me estaba enseñando la casa y me crucé con él. Después de la reunión cogió un vuelo directo para volver a Weston.

Si lo que dice es verdad y tiene toda la pinta de que sí lo es, ¿por qué Brice no me lo contó cuando coincidimos delante del despacho del doctor Smith? ¿Por qué me dejó ir de nuevo creyendo que fue él el culpable de los hechos?

—Esto no puede ser cierto —murmuro.

—Ese documento —señala su móvil, que se me había olvidado que sujetaba aún— es el registro del software que creé, solo por si se te queda alguna duda. Mira, aquí tienes mi nombre.

Amplía la pantalla y enfoca una parte del texto en concreto.

Propietario: Nathaniel Evans.

Levanto la cabeza a cámara lenta y lo miro con la boca abierta.

Cupido. El verdadero Cupido y esta vez no hay dudas después de ver las pruebas.

—Entonces, Brice no es Cupido. Tú eres Cupido.

Nate asiente satisfecho. Recupera su móvil de mis manos y se lo guarda. Me quedo bloqueada en el sitio asimilando la nueva información.

—Espero que ahora solucionéis las cosas. Y esto —saca una caja del bolsillo— Brice lo compró hace semanas y hoy se ha pasado todo el día mirando la caja con ojos de cordero. Así que le he hecho un favor y te lo he traído. Feliz cumpleaños, Lexi.

Me lanza la caja y no tengo otra opción que aceptarla.

—Gracias —digo. Nate eleva las comisuras de los labios y lo que parece una sonrisa aparece en su rostro. A continuación, se da media vuelta y baja las escaleras del edificio. No cierro la puerta hasta que veo su sombra desaparecer.

Beth está apoyada en el marco del salón y la mirada que intercambiamos me confirma que lo ha escuchado absolutamente todo.

—La probabilidad de que Nathaniel sea Cupido era del menos ciento por ciento. Ese amargado no puede pasar su tiempo libre emparejando a universitarios. —Beth camina de un lado hacia el otro en el salón—. ¿Pero tú lo has visto? —Pone los brazos en jarra—. Con ese ceño fruncido y esa actitud de «soy mejor que todos» parece que ha pasado por siete divorcios y sigue sin aceptar que el problema es él. Ni hablar. Me niego a aceptar que él es quien ha creado mi cuenta favorita del mundo mundial y he rellenado sus formularios para que encuentre mi alma gemela. Prefiero mil veces vivir en la ignorancia.

Parece que Beth se está tomando la noticia peor que yo. Aunque tampoco me quedo lejos. Sigo con una rara conmoción en el cuerpo y pienso que estoy en un sueño. Pero lo que más me atormenta es ser consciente del daño que ha causado este malentendido y lo que me ha hecho perder. Jugueteo con la caja que me ha entregado Nate, en parte, muriéndome de ganas de abrirla y a la vez de esconderla lejos para no verla.

—Cómo engañan las apariencias... Si me dijeran ahora que su pasatiempo favorito es ver comedias románticas me lo creería sin pestañear.

Beth se desploma a mi lado en el sofá, haciéndome caso omiso.

—Decidido. —Se incorpora de golpe—. Voy a borrar de mi mente que Nathaniel es Cupido y seguiré creyendo que es Brice. Pero seguro que habrá leído los mensajes que le he enviado a Nosoycupido. Y las solicitudes... ¿crees que las revisará una a una personalmente? Espero que no.

—¿Qué pusiste en ellas?

—Puede que haya dado demasiados detalles rellenando el apartado de los «comentarios extra» de mi pareja ideal y con los audios que le he enviado a lo largo del año. Maldito sea el día que decidí usar ese chat como mi diario personal, hasta le conté la vez que tuve una infección de orina. No me juzgues, cuando una no sabe quién está detrás de la pantalla se toma muchas libertades y se le olvida la vergüenza. Y ahora es demasiado tarde para borrarlo todo. Nathaniel tiene contenido para burlarse de mí para el resto del año. Me he cavado mi propia tumba. —Beth se esconde la cara en uno de los cojines y suelta un grito de frustración.

Me aguanto la risa porque sería de mala persona regocijarse en las desgracias de mi amiga. Pero tengo que admitir que veo la palabra «karma» a lo grande y en fosforito escrita en la frente de Beth.

—Seguro que le llegarán miles de mensajes al día y ni se habrá dado cuenta de los tuyos —la tranquilizo—. Solo por curiosidad, ¿qué le contabas?, aparte de tus infecciones de orina.

—No me hagas recordarlo —gimotea—. Además, tú deberías estar teniendo una crisis ahora que sabes la verdadera identidad de Cupido, no yo.

—Si te hace sentir mejor, también la estoy teniendo interiormente.

Porque que Nate sea Cupido lo cambia todo.

Salgo de mi ensimismamiento cuando noto la caja que sostengo deslizarse de mis manos. Levanto la cabeza corriendo.

—¿Qué hay dentro? —Beth la agita en el aire. Se escucha el pequeño objeto chocar repetitivas veces contra el cartón. Me encojo de hombros—. Pues ábrela.

Me devuelve la caja y estoy por replicar que no es buena idea, cuando la curiosidad me puede. Le quito el envoltorio y deja ver el cartón verde esmeralda. Tiro de la pequeña lengüita a la vez que se desliza como si fuera un cajón. Dentro, sobre la gamuza negra, hay una cadena, de la cual cuelga un…

—No puede ser... —digo divertida. Sujeto la pieza con cuidado y la sostengo en lo alto. Beth se pega a mi costado para observarla.

—¿Qué se supone que es? —Arruga la frente.

—Una molécula.

—Pensaba que era un pulpo de cuatro patas —dice irónica—. Claro que es una molécula, hasta ahí llego.

—Es la molécula de la cafeína —aclaro.

Los rayos de luz chocan sobre la superficie plateada del colgante y lo hacen brillar. Es una pieza inusual, algo que no cualquiera compraría, pero a mí me parece perfecto. Y el hecho de que al verlo se haya acordado de mí me hace querer dar saltos de alegría por todo el salón. Aunque la emoción no tarda en desaparecer. Guardo de nuevo el colgante con cuidado en la caja y la cierro. Si bien el regalo pudo haber significado algo diferente en el pasado, ahora solo me trae nostalgia de lo que fuimos y se ha convertido en un recordatorio de lo que nunca seremos.

—¿Qué vas a hacer ahora? Porque harás algo, ¿no?

—¿Qué voy a hacer? —pregunto retóricamente. Me pongo de pie. Beth me imita y me sigue pisándome los talones—. Nada, dejar pasar el tiempo. Brice ha pasado página, está con otra persona y solo puedo alegrarme por él.

Una realidad que odio y con la que tengo que aprender a vivir. Quisiera no haber sido como el grupo saliente que se va corriendo durante el ataque de un nucleófilo. Quisiera haberme quedado. Quisiera haber hecho las cosas de otra manera. Pero ahí se queda, en un anhelo de querer y no poder. Y lo peor de todo es que, si le hubiera dado el beneficio de la duda a Brice, igualmente, el desenlace de nuestra historia habría sido el mismo. Porque el problema real no es que Brice sea Cupido, ni la beca.

—No —sentencia Beth, cortándome el paso—. No puedes desaparecer de su vida como un fantasma. Tenéis que solucionar este malentendido. No digo que volváis a lo que erais antes de todo, pero sí tenéis que aclarar las cosas. Os merecéis tener un final, aunque no sea feliz, pero un final. —Extiende la mano hacia mí—. Dame el móvil.

—¿Qué?

—Que me des tu móvil.

—Para qué lo… —No termino la frase y ya me lo ha arrebatado de las manos. Lo desbloquea con mi cara y mueve los dedos sobre la pantalla con agilidad. Después de unos bufidos y poner los ojos en blanco, me lo devuelve.

Es una conversación y, cuando veo el nombre del usuario de la persona a quien ha escrito, se me acelera el corazón sin ningún motivo.

No soy Cupido

Activo(a)

Necesito que hagas algo por mí

nosoycupido

Qué quieres exactamente?

Hablar con Brice

nosoycupido

Escríbele entonces...

Quieres que te pase su número?

Para eso lo habría hecho
yo misma, Nathaniel...
No tienes madera de Cupido

nosoycupido

Quién eres tú para juzgar
cómo hago de Cupido?
Dime qué quieres que haga,
Beth

Cómo sabes que soy yo? Déjalo...
Quiero que busques un punto de quedada,
PARA MAÑANA, y asegurarte de que Brice
se presente. O es una tarea demasiado
difícil para ti???

nosoycupido

Hecho

—Lo correcto es que sea yo la que arregle lo que empecé, ¿no? Una última cita con Brice.

26

No me considero una persona muy supersticiosa, pero que mi taza se estalle contra el suelo y salga volando en mil pedazos al mismo tiempo que me llega un mensaje de Nosoycupido no debe ser buen signo. Puede que sean mis nervios los que han causado esta catástrofe o puede que sea una señal del universo para que no vaya a la universidad y, por ende, a la cita. Alejo la idea de mi mente y salgo del piso dirección a la facultad de Química antes de arrepentirme.

Por el camino, me imagino todos los escenarios posibles sobre mi encuentro con Brice. La tristeza me invade porque es una despedida o así es como yo lo siento. Pero necesito ser totalmente sincera con él para poder al fin pasar página y guardar nuestros recuerdos en una caja. Porque eso es lo que somos; recuerdos que solamente cobran vida en nuestras mentes.

Sin embargo, mi mañana no se queda en eso, sino que el universo decide mandarme otra señal porque la suela de mis botas aplasta un material blanducho. Desciendo la cabeza con lentitud y una mueca de asco aparece en mi rostro.

—Lo que me faltaba —refunfuño mientras intento rascar el excremento canino con el borde de la acera.

A pocos metros de mí, un señor mayor viene con un *golden retriever.* Me observa a mí y a mi bota. Se tapa la nariz de manera exagerada mientras pasa de largo corriendo.

—¡Tampoco es para ponerse así, solo he pisado una mierda! —vocifero indignada.

Continúo mi ruta y llego al portal de la universidad con el ceño fruncido y un humor de perros, qué irónico. La masa de alumnos camina de un lado hacia el otro para ir a sus respectivas clases. Como ya va siendo costumbre, me encuentro con mi primer grupo de fans, o, mejor dicho, antifans. Me señalan con el dedo o con un movimiento de cabeza. Pero no son los únicos. Hay más personas que hacen lo mismo y comienzan a sacar sus móviles para mostrar algo a sus amigos.

Doy una vuelta completa sobre mi eje para contemplar el panorama.

¿Qué he hecho ahora?

También saco mi móvil y por instinto busco la cuenta de Nosoycupido. Recargo la cuenta con impaciencia y no me aparece nada diferente. Levanto la cabeza de la pantalla confundida a la vez que las personas de alrededor hacen lo mismo.

Subo las escaleras hacia el hall e intencionadamente paso muy cerca de dos chicos. Miro por el rabillo del ojo lo que captura su atención. Tengo que parpadear dos veces para asegurarme de que mis ojos no me juegan una mala pasada.

Me hago sitio en medio de los dos chicos y ambos dan un salto al notar mi presencia. Sin preguntar, le quito el móvil de las manos y deslizo el dedo por la pantalla.

—Oye, devuélvemelo —se queja el dueño, extendiendo el brazo. El chico que lo acompaña hace un gesto con la cabeza para que no me lo quite.

Lo ha subido Brice. Es una story de él con esa chica. Ahora puedo confirmar que es Kate porque la ha etiquetado. En la foto que hay arriba, aparece Brice estático con una sonrisa mientras ella lo envuelve con los bazos, como si quisiera levantarlo. Mientras que en la de abajo están en la misma pose, pero son ellos de pequeños. Y en una esquina hay un texto escrito.

Feliz cumpleaños
atrasados, K 🥳🎂.

Te has convertido
en alguien
imprescindible!!!

TQM ♥

La pantalla se apaga y me quedo con la vista fija sobre el color negro. Quieta. Cuestionándome si esto es una confirmación por su parte o solo es la felicitación de un amigo hacia otro.

—¿Te encuentras bien? —Oigo de fondo la voz del dueño del móvil.

Asiento varias veces mientras empujo el dispositivo contra su pecho. Él lo atrapa y se aparta hacia un lado cuando doy el primer paso lejos de ellos.

«Estoy bien. Ya lo he superado». No me importa, repito las palabras a cada escalón que subo, haciendo caso omiso de las miradas de pena que me lanzan.

El día acaba de empezar y todo está mal.

Y, como es costumbre, el doctor Smith escoge el peor momento para aparecer. Está enfrente de secretaría con su bata blanca y un tocho de papeles entre las manos. Estoy por dar media vuelta para no cruzármelo cuando me ve.

—Señorita Wang, espere un momento —dice interrumpiendo su conversación con la mujer que está a su lado, también con una bata.

—Doctor Smith.

Camino hacia su dirección a regañadientes. Tiene la cara relajada, pero su aspecto jovial no desaparece. Sé sus siguientes palabras antes de que las pronuncie.

—No he recibido ningún e-mail de su parte y hoy es el último día para que me dé una respuesta sobre si va a aceptar o no la beca de AT Labs.

—Lo sé —reconozco—. Tendrá una respuesta, se lo prometo. Solo necesito un par de horas más.

Traducido es que tengo dos borradores de e-mail y no me atrevo a enviarlos por miedo a equivocarme porque sea lo que sea no habrá vuelta atrás. Ahora sin la presión de mis padres, el miedo a rechazar la propuesta ha desaparecido, pero se ha convertido en una opción. Y, cuando tienes donde elegir, el terror a equivocarte se asoma y te paraliza. Aunque en el fondo ya he tomado una decisión. Me falta el valor de dar el paso. Y solucionar antes otro problema que implica a Brice.

—Ya le he dado una semana. No entiendo qué es lo que le impide aceptar. Cualquiera en su posición lo habría hecho sin pestañear. También me parece extraño esta indecisión viniendo de usted, que desde el día uno me dejó claro que haría lo que fuera para ocupar el puesto…

—Hasta las doce de la noche —le interrumpo.

—¿Disculpe?

—Técnicamente el día de hoy no termina hasta las doce de la noche. Tengo hasta entonces para mandarle el e-mail.

El doctor Smith abre la boca para replicar, pero la cierra. Suspira.

—Hasta las doce de la noche. Ni un segundo más. —Me señala con el índice—. De lo contrario, daré por hecho que no le interesa el puesto.

Posponer la decisión de la beca ha sido un éxito, pero enfrentarme a Brice es inevitable. Me obligo a no salir corriendo otra vez. Estoy sentada en la misma mesa, debajo de los árboles del amor, donde sellamos nuestro trato para desenmascarar a Cupido. El recuerdo viene acompañado de la nostalgia. También, me sorprende que Cupido, o, mejor dicho, Nate, haya decidido que nuestra última cita fuese aquí. Es como si esperara que nos diéramos cuenta del guiño que nos está haciendo: el lugar donde comenzó a escribirse nuestra historia también será donde le pondremos punto final. Extrañamente perfecto.

Compruebo la hora en el móvil. Han pasado cinco minutos más desde la hora que hemos quedado. Repiqueteo con los dedos sobre la madera, entre impaciente y nerviosa. Dejo encendida la pantalla y veo los minutos pasar. No hay rastro de Brice por ningún lado. Cuando llega a un cuarto de hora, aparece el pensamiento intrusivo de que me ha dejado plantada. Y lo peor de todo es que lo entendería. Él ya intentó hablar conmigo una vez y yo no puse de mi parte. Puede que ahora sea demasiado tarde para enmendar las cosas.

Me levanto del banco, aceptando el significado de su ausencia. Pero me paro en seco al distinguir una figura que reconocería en cualquier lado aparecer por la esquina del edificio. Mi corazón se salta un latido y contengo el aire.

Camina con las manos dentro de los bolsillos y, cuando llega a donde estoy, sus ojos marrones se clavan en los míos y por un segundo me ilusiono con la idea de que nada ha cambiado entre los dos. Porque me sigue contemplando como si fuera el núcleo respecto el cual giran sus electrones.

—¡Hola! —saludo con demasiado entusiasmo. Me reprendo a mí misma, pero no puedo dejar de hablar—: ¿Cómo has estado? ¿Cómo están tus padres? ¿Y Christie?

—Están bien. Gracias por preguntar.

Me encojo en mi sitio al percibir su tono seco. Todo su cuerpo está en tensión, en guardia, y no le culpo. En todo caso, he sido yo quien nos ha llevado a esta situación. Porque el recuerdo de nuestros últimos encuentros también está presente en el fondo de mi mente. Él dando un paso hacia mí. Yo dando otros tres, alejándome de él.

Me da la sensación de que preferiría estar en cualquier otro sitio que no sea este. Así que le hago un favor y voy directa al grano.

—Nate me ha contado la verdad y ahora sé que no tuviste nada que ver. —Trato de ver una reacción en su rostro, pero no lo consigo. Así que continúo—: Siento muchísimo la manera en la que terminó todo y reconozco que saqué conclusiones precipitadas. Si pudiera volver en el tiempo… —Dejo la frase en el aire.

—Adelante, termina la frase. —Da un paso hacia mí—. ¿Qué habrías hecho, Lexi?

La forma en que pronuncia mi nombre me provoca un hormigueo en el vientre. Está cerca. Demasiado para mi propio bien. Mis ojos se desvían a sus labios y lo veo tragar saliva, un movimiento imprescindible que podría haber pasado por desapercibido. No me lo cuestiono y vuelvo a sus ojos. Entonces, siento la intensidad con la que me observa y tengo el impulso de decir la verdad.

Me muerdo la lengua.

—Ya no importa porque no existe una manera física de volver atrás en el tiempo. —La verdad es que no quiero complicarle las cosas ahora que ha pasado página—. Te he hecho venir para decirte que lo siento.

Le es imposible mantener su cara de póker. Hay una pizca de desilusión en su forma de mirarme y no entiendo el porqué.

—¿Solo querías disculparte? ¿No tienes nada más que decirme? —Su pregunta queda suspendida en el aire. Espera expectante una respuesta que nunca llega. Suelta una risa irónica a la vez que se da media vuelta y de repente se gira, señalándose—. Porque a mí me dolió. Me dolió que desconfiaras. Fui sincero en todo momento, me abrí contigo, te conté cosas que no me atrevía a contar a nadie... Pero nada de eso te importó. Sabías qué clase de persona era y ni siquiera me diste el beneficio de la duda antes de ponerte a fingir que no me conocías...

—¡Lo hice porque tenía miedo! —reconozco desesperada.

Brice se queda en silencio y la confusión tiñe su rostro.

—¿Miedo de qué?

Desvío mis ojos a un punto del suelo. Me obligo a no retroceder y alejarme de él. De nuevo. No tiene sentido que lo siga negando.

—Tenía miedo de decepcionarte —confieso en un hilo de voz—. Odiaba que me hicieras sentir que te podía contar absolutamente todo. Odiaba la forma que tenías de ver a través de mí. Odiaba no poder controlar cuánto muestro de mí misma cuando estoy contigo —enumero sin respirar—. Así que, cuando vi la cuenta de Cupido en tu portátil, no me lo pensé dos veces. Era la excusa perfecta para cortar lazos contigo. No quería estar ahí para cuando te dieras cuenta de que no soy quien pensabas y decidieras terminar las cosas. Yo solo creía que estaba acelerando lo que iba a suceder tarde o temprano.

Brice en ningún momento me mostró que esperase algo de mí. Fui yo quien me impuse unas expectativas que pensé que necesitaba cumplir para gustarle. Lo mismo hice con mis padres porque sentía que les debía algo. Mi problema ha sido dar por hecho qué versión de Lexi prefieren los demás y querer ser ella. Pero con Brice inconscientemente no lo hice, me dejé mostrar tal cual soy y, cuando me di cuenta de lo que estaba haciendo, me entró la inseguridad e hice lo que hace una persona ante el peligro: huir. Ahora sé que esas expectativas nunca existieron y, de haber existido, nada hubiera pasado si no las cumplía. Solo que he aprendido la lección demasiado tarde y no hay nada que hacer para remediar el error.

Me abrazo a mí misma, sintiéndome vulnerable. No me atrevo a ver la reacción de Brice, que no se ha movido de su sitio, y juraría que ha acortado más la distancia entre nosotros. La punta de sus zapatillas rozando mis botas. Oigo a Brice soltar un suspiro cansado.

—Podríamos haberlo hablado si me lo hubieras dicho. Podríamos haber evitado estas semanas de tortura. Porque eso es lo que ha sido mi vida sin ti. ¿Sabes lo enfadado que estaba contigo después de que te subieras en ese Uber? Me sentía traicionado, dolido, y pasé días teniéndote rencor. Por eso no te escribí, por eso no te llamé. Después, esas emociones se transformaron en tristeza. Todo me recordaba a ti y, por más que me obligué a eliminarte de mi mente, no lo conseguía. Eras la primera persona en la que pensaba al despertarme y la última cuando me iba a dormir. Y me mató no poder haberte llamado el día de tu cumpleaños para felicitarte. —Noto su mano sobre mi mejilla y el contacto manda una corriente eléctrica por todo mi cuerpo. Por fin levanto la cabeza y lo miro a sus ojos marrones con los míos lagrimosos.

—Entonces ¿por qué no fuiste a buscarme cuando Nate

te contó la verdad? ¿Por qué no te molestaste en aclarar el malentendido?

—Lo quise hacer. Pero quería darte tiempo para que te decidieras. Siempre he sido yo quien ha ido detrás de ti y, por primera vez, quise que tú dieras el paso. Y aquí estás. —Una media sonrisa se extiende por sus labios y hace visible ese hoyuelo suyo.

Sus palabras me confunden más como no lo han hecho nunca. Es como si él quisiera rescatar lo nuestro tanto como lo deseo yo. Pero no se me olvida que no estamos los dos solos ahora, sino que uno de nosotros tiene a alguien más. Y no soy yo.

Muy a mi pesar y con todo el dolor del mundo, retiro su mano de mi mejilla y pongo una distancia entre nosotros.

—Supongo que ya nada importa porque la tienes a ella. Se os ve muy felices y me alegro muchísimo por ti. Ahora solo queda que yo pase página. —La sonrisa que me sale es triste y me muerdo el labio inferior para no echarme a llorar como una magdalena delante de él. Doy otro paso hacia atrás, decidida a salir corriendo, cuando noto que su mano envuelve mi muñeca.

—No quiero que pases página. No te quiero fuera de mi vida.

—¿Y qué pasa con ella?

—¿Quién demonios es ella? —La perplejidad de su rostro me hace fruncir el ceño. ¿Tiene memoria de pez y se le ha olvidado que está saliendo con alguien?

—La chica adorable de pelo rubio que tiene un *golden* de mascota.

—¿Kate?

Asiento con la cabeza. De repente, una risa estruendosa brota de su garganta, seguida de otra y otra. Arrugo aún más la frente, sin saber qué le está causando tanta gracia.

—¿Por qué te ríes?

—Porque se va a poner furiosa cuando le cuente que has usado la palabra «adorable» para describirla —dice entre risas, que cesan al rato. Luego coloca ambas manos sobre mis hombros, y divertido aclara—: Solo somos amigos, Lexi. Bueno, estuvimos un tiempo saliendo por presión de nuestros padres, pero no salió bien la cosa. Ella y yo no funcionamos para estar en una relación.

—Ohhh... —Es lo primero que alcanzo a decir—. Ella y tú...

—No existe un ella y yo. La conozco desde pequeño y es como una hermana para mí. Además, ¿cómo pudiste pensar que te había olvidado tan rápido?

—Las fotos, aquella noche en The Drunk Duck, yo... —Hago un gesto para negar con la cabeza sin llegar a terminar la frase porque nada de eso importa. El alivio no tarda en llegar y, a su vez, con él un torbellino de felicidad. Ser consciente de que todavía no ha desaparecido la posibilidad de enmendar absolutamente todo hace que se me ilumine de nuevo la cara—. Habría sido más valiente y habría cambiado el final de lo nuestro. Eso es lo que habría hecho si pudiera volver atrás en el tiempo... Porque ahora sé que alejarme de ti no hace que me olvide de ti, solamente hace que te extrañe aún más. Llegaste a mi vida de repente y rompiste todos mis esquemas. Me sacaste de mi zona de confort. Y no te imaginas cuánto te detesté por ello. No veía el día de que las cosas volvieran a ser como eran. Pero de alguna manera conseguiste colarte en mi corazón y pasar tiempo contigo ya no me parecía una tortura… —Brice enarca una ceja—. Vale, lo admito, nunca fue una tortura. Eras demasiado encantador y me lo pasaba demasiado bien contigo como para poder odiarte. Luego, me entró el miedo y lo arruiné todo. Pero ahora estoy aquí de pie, pidiéndote que retrocedamos juntos a aquella noche e imaginemos que no hui. Porque yo tampoco te quiero fuera de mi vida. Otra vez no.

—Pues yo no habría cambiado ni una sola cosa de nuestra historia. Absolutamente ninguna. —Las palabras me sientan como un balde de agua fría; una sonrisa traviesa, que no me tranquiliza, baila en sus labios—. De lo contrario, me habría perdido esta cita y lo más importante, esta declaración de amor. Que, por cierto…, ¿me harías el favor de repetirla? Me he perdido en la parte que decías que me extrañabas. ¿O en la que decías que soy demasiado encantador? —Ladea la cabeza, pensativo. Solo el Brice risueño de siempre puede arruinar un momento como este con una ristra de comentarios sin gracia.

—Imbécil —suelto, propinándole un pequeño empujón. Él atrapa mis manos en el aire y las coloca en mis costados.

—Yo también te he extrañado —confiesa—. Y, solo para que te quede claro, jamás de los jamases, me podrías haber decepcionado porque eres perfecta en todos los sentidos. —Hago el amago de negarlo, pero él se adelanta y añade cogiéndome de la barbilla—: Lo fuiste, lo eres y lo serás. Al menos a mis ojos. Prométeme que, a partir de ahora, vamos a hablar las cosas, por muy estúpidas, irracionales o insignificantes que te parezcan, antes de lanzarte a tomar una decisión por los dos. —Levanta ambas cejas buscando mi confirmación.

—Prometido. ¿Algo más, señor Evans? —inquiero con fingida irritación. En estos momentos, hay pocas cosas que le negaría.

—De hecho, sí.

Con un movimiento inesperado, tira de mí. Tengo que poner las manos sobre su pecho para mantener el equilibrio. Él me mira con una media sonrisa antes de besarme. Entrelazo los brazos detrás de su cuello para atraerlo aún más. Envueltos en una mezcla de emociones, que van desde el remordimiento hasta la alegría pasando por la añoranza, me doy cuenta de que puede que haya encontrado a mi persona. Puede que, al final, Cupido no estuviera tan equivocado.

Nuestra pequeña burbuja se comienza a romper con la primera notificación que llega, a la cual le sigue un bombardeo incesante de otras miles. Muy a nuestro pesar, nos separamos lo suficiente para buscar nuestros móviles y poder silenciarlos. Pero, antes de hacerlo, ambos nos quedamos con los ojos fijos en las pantallas.

Además de centenares de menciones y personas etiquetándonos, hay un nuevo post de Nosoycupido. Al ver el contenido, ambos levantamos la cabeza para recorrer el perímetro con la mirada.

Brice señala a un punto a mi izquierda. Nate está apoyado

sobre el tronco de un árbol y se lleva dos dedos a la frente a modo de saludo. Luego, se da media vuelta para alejarse con despreocupación.

—Ahí va nuestro Cupido. Creo que puedo afirmar que nuestro plan de desenmascaramiento ha sido un total éxito —dice Brice mientras observamos a Nate—. ¿Qué te parece embarcarnos en otro plan?

—¿Como cuál?

—Te toca pensar a ti.

—Entonces… descubramos si tú y yo somos tan compatibles como asegura Cupido.

—Meeec… Propuesta denegada. Me ofende que pongas en duda nuestra compatibilidad porque está más que testado que tenemos una química imparable. Somos como dos moléculas que cuando nos juntan no pueden evitar reaccionar. —Me guiña un ojo.

—Ey, que solo yo puedo hacer comparaciones como estas —me quejo—. Búscate una personalidad.

Brice se ríe, negando con la cabeza. Va hacia la mesa del pícnic para coger mi bolso y colgárselo. Después deja caer su brazo sobre mis hombros mientras nos guía lejos del lugar que ha marcado un inicio, un casi final y un continuará eterno en nuestra historia.

—Por cierto, ¿qué es lo que ha escrito nuestro querido Cupido?

Sujeto el móvil con nuestra foto besándonos y deslizo hacia la parte de abajo. Leo en voz alta el contenido del texto.

nosoycupido Cuando llega la hora 🕐 de la verdad, el amor ❤ SIEMPRE TRIUNFA... Después de tantos giros, #Bricexi nos lo ha demostrado con un cierre de semestre inolvidable. No estoy llorando, lo estáis vosotros???
Recordad que la flecha de Cupido nunca falla... Os espero a la vuelta con nuestras próximas parejas!!!
#TicTac #TicTac

EPÍLOGO

10 MESES DESPUÉS

Instagram
nosoycupido
120.345 Me gusta

nosoycupido Me habéis extrañado??? Porque yo a vosotros sí!!! Y este año el amor revolucionará más que nunca al campus... Pero, antes, os tengo una sorpresa. REDOBLE DE TAMBORES 🥁🥁🥁. Tenéis en mi perfil un #álbumdefotos con los mejores momentos de la historia de amor que han vivido nuestras últimas parejas: #Bricexi y #Jolika 🖤🖤🖤

Doy a publicar tanto el post como mi sorpresa y cierro el portátil antes de que me saturen con comentarios, likes y mensajes en privado. Como ya es tradición, el primer post de Cupido es crucial para dar la bienvenida al nuevo semestre y miles de ojos están atentos a este suceso tan icónico. Pero esta vez hay algo diferente, esos miles se han convertido en cientos de miles y están más atentos que nunca al inicio de temporada después de que Brice y Lexi decidieran compartir la verdad de su historia. Sí, incluyendo la parte de su pequeño engaño a todos mis fans. Todos se volvieron locos y, en vez de cancelarlos de por vida, no digo que nadie lo haya hecho, se lo han tomado como otra confirmación de la efectividad de Cupido. El hashtag de #Bricexi fue tendencia durante semanas hasta tal punto que varias revistas independientes han hecho su propio reportaje.

Me echo hacia atrás en la silla, agotado, maquinando alguna excusa razonable para librarme de seguir moviendo cajas.

—Nate, ¿crees que puedes acercarme al piso las que no me quepan dentro del coche? —Mi hermano se asoma por el marco de la puerta de mi habitación. Giro la silla para verlo—. No me apetece tener que ir y volver otra vez. Si puedes traerlas mañana por la mañana sería lo ideal. Aunque hazlo cuando te venga bien. Sin presión.

—Las tendrás mañana por la mañana —le aseguro.

Con una sonrisa triunfal, se esfuma para seguir su mudanza. Habéis escuchado bien. Brice me va a abandonar para irse a vivir con su novia. Estuvo todo el verano taladrándome los oídos con la búsqueda del piso hasta que hace una semana Lexi y él firmaron el contrato. Técnicamente, estarán atados al menos por un año, con posibilidad de renovación bajo las mismas condiciones. Aunque esto de los contratos tampoco les viene de nuevo.

Las únicas personas que se opusieron a la idea fueron los padres de Lexi. Nada que no se pudiera solucionar con un par de palabras y sonrisas de Brice. Aunque les sigue atormentando el pensamiento de que van muy rápido. Si me preguntasen mi opinión, como buen experto en parejas, les diría que no tienen de qué preocuparse, lo importante es que ellos dos estén seguros de la decisión. Porque mira lo bien que les va a Alika y a Jo, que se mudaron juntas a los dos meses de conocerse. Ahora se han abierto un canal de YouTube donde comparten su día a día y hacen suspirar a sus seguidores de lo adorables que son.

Me levanto de la silla y salgo al salón, que se ha convertido en un total desastre de cosas tiradas por el suelo y cajas a medio rellenar. Brice vacía su cuarto de todas las cosas que ha ido acumulando estos dos años y las clasifica en tres montones a petición de Lexi: donar, reciclar y quedar.

—No puedes quedarte todo —dice Lexi señalando el montón de «quedar», que triplica en tamaño a los otros dos—.

¿Para qué vas a querer una botella vacía? ¿Y esta camiseta? Está llena de tijeretazos. —La sostiene en lo alto y mira a través de los orificios.

—Es mi disfraz de zombi, amor. Quizá este año lo use —vocifera Brice desde su habitación. Lexi pone los ojos en blanco y lanza la prenda en el montón para reciclar. Luego continúa buscando en las cosas que Brice se niega a tirar y decide por él.

Me acerco a su lado y vuelvo a mi tarea de precintar las cajas llenas.

—Veo que has terminado tu trabajo de Cupido por hoy —me dice señalando la notificación de Nosoycupido en su móvil—. Aún sigo sin asimilar que estés tú detrás de esa cuenta. La de bocas que dejarías abiertas si descubrieran la verdad. Seguro que pararán de querer que les encuentres pareja a querer una cita contigo. Imagínatelo, una cita con el mismísimo Cupido. —Expande las manos en el aire, como si anunciara el titular de alguna noticia.

—Eso no va a pasar porque jamás descubrirán que soy yo.

Lo mismo dije cuando me creé la cuenta y ahora Brice lo sabe, Lexi también, al igual que su amiga, Beth. Como si me leyera la mente, añade:

—Tu secreto está a salvo conmigo. Con nosotros. Brice me ha comentado que vas a comenzar tu segunda carrera, Ingeniería Informática, ¿no?

Asiento. Fue mi plan desde el principio: terminar la carrera de Derecho para que mis padres no me pusieran trabas cuando les anunciara la bomba. Pero tampoco es un tema que me preocupe especialmente después de que Brice hiciera lo que no me atreví a hacer yo años atrás: plantarles cara. Ahora, ellos se dedican a intentar remediar sus errores a base de regalos mensuales y decir que sí a todas nuestras propuestas. Brice se está aprovechando de la situación y quizá yo también. Solo un poco.

—Estaré rondando por la zona otros cuatro años más. ¿Y tú? ¿Cómo vas con esas prácticas de AT Labs?

—Es la mejor decisión que he tomado en mi vida —contesta. No me pasa desapercibido el brillo en sus ojos—. El otro día, un grupo de investigación me dejó entrar en su laboratorio y me mostraron lo que hacían. Cada día estoy más segura del camino que quiero seguir y de los motivos que hacen que quiera seguir luchando.

—¡Mira lo que he encontrado! —Los dos nos giramos hacia Brice, quien sale de su cuarto, y, pronto, mi nuevo despacho, con una chaqueta verde—. Es la que llevé a nuestra primera no-cita —le guiña un ojo a Lexi—. Aunque creo que me la he puesto al revés.

Gira la cabeza intentando ver la etiqueta de la prenda y parece un perro intentando morderse su propia cola. Comienzo a entender las referencias del *golden retriever* que hace Lexi.

Ella va hasta su lado y lo ayuda. En ese momento, alguien golpea la puerta del piso con demasiado entusiasmo. No tengo que mirar por la mirilla para saber quién es.

—Vas a hacer un agujero en la madera como sigas así —digo al abrir la puerta de golpe. Beth, al otro lado, da un salto hacia atrás. Obstaculizo la entrada, con una mano apoyada en cada costado.

—¡Qué susto, Nate! —exclama. Pero se recupera rápido de la conmoción. Sus ojos miel me repasan de arriba abajo antes de agacharse y pasar por debajo de mi brazo.

—Ni que fuera un ogro —murmuro cerrando la puerta.

—Seguro que sí eres un descendiente muy cercano —comenta Beth lo suficiente alto para que la oiga.

Una mueca aparece en mi rostro al instante. Pero ella ni siquiera lo nota porque no vuelve a girarse hacia mi dirección. Está centrada en buscar a su amiga.

—Te has pasado todo el día aquí, Lexi. Yo también necesito que me ayudes con mi mudanza —dice con un puchero.

—En un momento estoy contigo. Primero tengo que asegurarme de que Brice no devuelva el montón de «reciclar» al de «quedar». No quiero que nuestro piso termine siendo un vertedero.

Beth bufa y arrastra una silla para sentarse.

—Vas a rayar mi parquet —me quejo. Ella pasa olímpicamente de mí. Parece que quiera irritarme aposta.

—Aún no supero que me hayas abandonado de esta manera. Y encima dejándome de vecino a un amargado de dos metros. ¿Qué clase de amiga eres?

Oh. Se me ha pasado mencionarlo. Ahora que Lexi se va a mudar y han tenido que dejar el piso que compartían, se ha visto obligada a buscar otro sitio, que resulta ser un apartamento que está en este mismo edificio. Y, para ser más exactos, es el que está puerta con puerta con la mía.

—La clase de amiga que seguirá estando ahí para lo que sea. Además, mi piso está a cinco minutos caminando de aquí.

—Pero no va a ser lo mismo.

—Todo seguirá siendo igual.

—Entonces ¿te quedas a pasar la noche conmigo? Podemos pedir pizza y ponernos mascarillas mientras vemos un episodio de mi k-drama.

—Ni hablar —interviene Brice—. Lexi y yo tenemos planes. Iremos de librerías antes del cine y después hemos reservado en un restaurante.

—No es justo. Pasáis todo el día juntos. —Beth se cruza de brazos—. Ya nada es igual.

—Nate está libre esta noche, quizá le apetezca hacerte compañía. Seguro que será un sustituto perfecto, ¿qué opinas, amor?

—No puedo estar más de acuerdo —dice Lexi, con una sonrisilla en los labios. Se acerca a susurrarle algo al oído, pero con la mirada paseándose entre Beth y yo. La diversión que aparece en la cara de mi hermano me confirma que prefiero no saber qué están tramando estos dos.

AGRADECIMIENTOS

Escribir esto lo siento como estar cumpliendo un sueño que pensé que nunca se haría realidad. O lo que es lo mismo: es un claro ejemplo del «nunca digas nunca»; porque, cuando menos lo esperaba, lo imposible se hizo posible. Y, en este momento, solo puedo dar las gracias a todas las personas que me han acompañado durante el proceso de escritura y edición de esta novela.

Gracias a Penguin Random House Grupo Editorial, por darle un hogar a la idea que llevaba dando vueltas en mi cabeza desde los catorce años.

A Marta, mi editora, que apostó a ciegas por mí y por esta historia. No sabes lo afortunada que me siento al haber podido trabajar contigo. También gracias al resto del equipo editorial, que, aunque no he tenido el placer de conocerlo, ha puesto todo su esfuerzo para publicar la mejor versión de este libro.

A Mei Ivens, por crear una portada insuperable. Ha sido increíble haber contado con una artista tan talentosa.

A mis seguidores, os estaré eternamente agradecida por el

apoyo y la gran acogida que le habéis dado a esta historia. Sin duda sois una parte fundamental de que esté cumpliendo mi sueño. Ojalá sintáis este proyecto también como vuestro.

A las personas que he conocido gracias a las redes sociales y se han convertido en amigas. Gracias a Gemma, que ha estado ahí desde el día uno; a Maryam, por querer conocer a Brice y a Lexi; a Ona, que acogió a mis personajes como si fueran suyos, y a Esperanza, por tranquilizarme y convencerme de que todo iría genial.

A las chicas de Lenke Agency, que se sumaron al proyecto sin dudarlo y siempre me han cuidado tanto.

A Davinia, que me descubrió la «aplicación naranja». Sin ti, no sé si me hubiera animado a escribir mis propias historias. Gracias por estar ahí y leerme desde los inicios.

A mis amigas; todo entusiasmo y apoyo. Carme, tus reacciones me han dado la vida (desde ahora, «Bricexi» no volverá a sonar igual). Serine, ojalá Brice y Lexi consigan que te enamores de la lectura.

A mi madre, por creer en mis sueños cuando ni yo misma lo hacía.

Por último, pero no por ello la persona menos importante, a ti, que estás leyendo esto. Ojalá hayas disfrutado de este libro. Espero que nos reencontremos pronto en nuevas historias.

«**Para viajar lejos no hay mejor nave que un libro**».

EMILY DICKINSON

Gracias por tu lectura de este libro.

En **penguinlibros.club** encontrarás las mejores recomendaciones de lectura.

Únete a nuestra comunidad y viaja con nosotros.

penguinlibros.club

Penguin Random House Grupo Editorial

penguinlibros